KB245865

투망(投網)

나남
nanam

엄 현 주

서울여자대학교 국어국문학과 졸업
2002년 제2회 토지문학제 평사리 문학상 대상수상
2006년 문예진흥금 수혜

나남창작선 82

투 망 (投網)

2007년 4월 5일 발행
2007년 4월 5일 1쇄

저자_ 엄현주
발행자_ 趙相浩
발행처_ (주)나남출판
주소_ 413-756 경기도 파주시 교하읍
       출판도시 518-4
전화_ (031) 955-4600 (代), FAX : (031) 955-4555
등록_ 제 1-71호(79.5.12)
홈페이지_ http://www.nanam.net
전자우편_ post@nanam.net

ISBN 978-89-300-0582-1
ISBN 978-89-300-0572-2
책값은 뒤표지에 있습니다.

엄현주 창작집

투망(投網)

나남
nanam

아버지는 부업으로 양봉을 했다. 인부들이 전국 각지를 돌아 꿀을 따서 집으로 보내오면 아버지는 최고로 우수한 품질의 꿀만을 가려내는 일을 몇 날 며칠이고 했다. 마침내 그 일이 끝나면 여러 번의 세척과 건조를 한, 거의 완벽하게 소독을 해놓은 대병 속으로 꿀을 옮겨 담았다. 그런 일련의 작업들을 그는 마치 하늘이 내린 신성한 임무를 수행하듯 해냈다. 그럴 때 그에게서 느껴지는 엄숙함과 진지함에 눌려 어린 나는 몇 발 뒤로 물러서야 했다. 짧게 깎은 손톱과 정갈한 옷소매, 단정하게 빗어 넘긴 앞머리 …. 순도 백 퍼센트의 꿀을 위해 혼신의 힘을 다하는 아버지의 모습은 참으로 아름다웠다.

"사람들의 입으로 들어갈 것인데 …."

작업을 완전하게 마친 후면, 아버지는 변명처럼 중얼거리곤 했다.

소설을 쓰기 위해 컴퓨터 앞에 앉을 때면 나는 늘 아버지를 떠올린다. 불순물이 조금이라도 꿀에 섞일까봐 조심을 하던 아버지처럼 토씨 하나라도 잘못 쓰지 않기 위해 조바심을 쳐보지만, 완성도에서 내 소설은 아버지의 꿀을 아직 따라갈 수 없다. 순도 백 퍼센트의 꿀처럼 완벽한 소설을 어떻게 하면 쓸 수 있을까? 우리 집 꿀을 맛본 사람들이 '진짜 꿀'이라고 고개들을 끄덕여주었던 것처럼, 내 소설을 읽고 '잘된 소설'이라고 고개를 끄덕여주는 독자를 단 한 사람이라도 만날 수 있다면 얼마나 좋을까? 아버지는 본업이 아닌 부업으로 하는 일이었지만 사람의 입으로 들어갈 것이기에 최선을 다 했었다. 나는 본업으로 하는 일임에도 불구하고, 더구나 사람의 입이 아닌 영혼으로 들어가게 하는 것인데도…. 고개가 푹 숙여진다.

　여기에 실린 작품들은 삼사 년 전에서부터 거슬러 올라가 십여 년 전까지 이르는 시기에 썼다. 그 시간 동안 문학에 대한 내 감정 또한 몇 번의 굽이를 거쳐왔다. 무조건 좋기만 하다가, 원망스럽다가, 야속하다가, 스쳐가듯 주는 눈길에 어찌할 바를 모르다가…. 이제 나는 인정하지 않을 수 없다. 문학은 내게 영원한 정인(情人)임을, 살아 있는 한, 나는 그것에서부터 벗어날 수 없음을. 그러니 어찌하랴? 부조건 매달릴 수밖에 별 다른 도리가 없지 않은가. 온 힘을 다해 읽고 쓰는 일에 몰두한다면 결코 모른 체하지 않으리라는 믿음으로 나를 문학에게 고스란히 맡기려 한다.

　첫 창작집 출간은 내게 많은 생각들을 하게 해준다. 무조건 기쁘고 뿌듯할 줄 알았는데 더 잘 쓸걸, 하는 후회와 함께 걱정스럽고 허전하고 부끄러움마저 느낀다. 내 딴에는 애써 키운 딸을 막상 시집보내려고 할 때 이런 심정이지 않을까 싶다. 비록 결점이 눈에 띄더라도 너그럽게 봐주기를 바라는, 어미의 심정으로 책을 세상에 조심스럽게 내보낸다.

이 자리를 빌려 감사드려야 할 분들이 많다. 늘 내 문학의 이정표가 되어주시는 윤흥길 선생님, 출간을 허락해준 나남출판사와 수고를 아끼지 않은 출판사 가족들, 해설을 써주신 백지연 선생님께 모두 감사드린다. 그리고 외조를 열심히 해준 남편과 소설 쓰기에 끊임없는 원동력이 되어주는 두 딸, 난영과 보미에게 사랑을 보낸다. 오랜 시간 내 곁에서 눈물겨운 사랑과 후원을 해준 우리 자매들. 이 책이 조금이나마 그들의 사랑에 보답이 될 수 있다면 참으로 기쁘겠다. 늘 나를 위해 기도해주는 용금 씨, 오랜 친구 정해, 격려와 비판을 서슴없이 해주는 문우들. 그들 모두에게도 고마움을 전한다.

원고를 들고 여기 저기 출판사들을 찾아다닐 때의 수고로움과 불만이 봄눈 녹듯 다 녹아내린 내 마음자리에 이제 따스한 봄기운과 함께 설렘이 차지하고 있다. 이 소설집이 내게 문학에 대한 새로운 희망과 열정을 불러일으켜 주기를, 그리하여 앞으로 많은 독자들에게 감동과 위안을 주는 작품을 꼭 쓸 수 있게 되기를 기대해본다.

2007년 봄
엄 현 주

엄현주 창작집

투망(投網)

차 례

작가의 말 … 5

해브 어 굿 타임 …… 11

투망(投網) …… 35

장진주사(將進酒辭) …… 63

은사시나무는 햇빛을 받아 반짝인다 …… 89

왈츠를 추실까요 …… 113

아버지의 의자 …… 139

목련화 …… 163

레이스 모자를 쓴 노파 …… 189

그가 남긴 이름 …… 213

겨울 무지개 …… 239

해설 ‖ 남루한 생을 껴안는 따뜻한 시선 · 백지연 … 265

해브 어 굿 타임

여자는 에이프런을 팔락거리며 재빠르게 움직입니다. 에이프런이 스쳐 지나간 자리마다 말쑥해지면서 윤이 납니다. 잘 닦인 출입문, 창, 진열대들이 햇빛을 받아 반짝거리기 시작하자 가게 안은 한결 환해집니다. 바깥 간판 위에서도 '해브 어 굿 타임 베이커리'라고 쓰인 큰 글씨와 '포토케이크 전문점'이라고 새긴 작은 글씨가 아침 햇살 속에서 빛나고 있겠지요. 여자는 출입문을 한 번 밀었다가 놓습니다. 그러자 출입문 위의 새가 날개를 흔들며 뾰르롱 울다가, '해브 어 굿 타임'이라고 쫑알거립니다. 새의 내장 대신 들어 있는, 녹음테이프가 돌아가기 때문이지요. 여자는 실내를 둘러본 후 거울 앞으로 다가가 립라이너로 입술 가장자리를 그립니다. 그러고는 바이올렛 빛깔이 선명한 입술 끝을 살짝 위로 끌어당기며 억지로 웃어 보입니다. 저 입술 위에 오늘 하루도 제일 많이 올려질 말은 역시 '좋은 시간 되세요'일 겁니다. 그리고 그 말을 한 횟수만큼 한숨도 쉴 거구요. 어떻게 아느냐구요? 오호, 그러고 보니 내 소개가 빠졌군요.

나는 이 가게 한쪽 벽에 걸려 있는 벽시계랍니다. 쳇, 시계 주제에 사람들 일에 함부로 끼어든다구요? 모르시는 말씀. 나로 말할 것 같으면, 저 여자와 같은 날에 태어나 지금까지 함께하고 있지요. 여자가 이 조그만 도시를 떠나 서울로 갈 때도, 서울을 떠나 다시 이곳으로 돌아올 때도 제일 먼저 챙긴 게 바로 나랍니다. 이제 여자 곁에 유일하게 나만이 남아 있지요. 그러니 세상 어느 누가 나보다 저 여자랑 더 가깝다고 말할 수 있겠어요? 나는 여자의 발소리, 손놀림, 숨소리, 웃음소리…. 그 하나만 들어도 어떤 기분인가를 정확하게 집어낼 수 있답니다. 그리고 여자는 때때로 내게 하소연도 하지요. 내가 누구한테 이런 말을 털어놓을 수 있겠니, 그러면서 시작하는 이야기들. 그렇겠지요. 그런 것들을 들어줄 만한 사람들이 여자 주위에 아무도 없답니다. 여자의 말을 다 듣고 나면 나는 위로해주고 싶어서 어쩔 줄 모릅니다. 초침 소리를 더 크게 낸다든가, 양팔을 반짝거려 본다든가…. 그러면 여자도 내 마음을 안다는 듯이 손바닥으로 얼굴을 쓰다듬어 주지요. 자, 우리 사이가 이 정도면 저 여자의 일에 내가 안 낄 수 없겠지요.

잠시 내 이야기를 하느라 여자의 행동을 놓칠 뻔했네요. 여자는 가게 한쪽 구석에 있는 커피메이커 앞으로 다가가 머그잔에 커피를 가득 붓습니다. 그런 다음 카운터 앞 의자에 앉아 조간신문을 뒤적이며 커피를 마시기 시작합니다. 대충 눈으로 큰 기사만 읽다가 여자는 신문을 덮어버립니다. 여자의 흥미나 호기심을 끌 만한 기사가 어디 잘 있을라구요? 신선하고 구수한 커피향이 흘러나오지만 그 커피를 마시고 있는 여자의 얼굴은 지쳐 보이기만 합니다. 그럴 수밖에 없지요. 여자에게 마지막 남은, 사랑하는 딸을 얼마 전에 잃어버렸으니까요. 물론 그 딸 편에서 보면 아빠에게로 간 게 되겠지만…. 어쨌든 여자는 딸을 아무리 보고 싶어도 볼 수 없게 됐으니, 세상 어떤 일에 관심이 가겠어요? 그나마 정신을 놓지 않고 가게를 차려 그럭저럭 꾸려나가는 게 다행이라면 다행이겠지요. 때때로 여자가 멍하니 있을 때면, 나는 온 힘을 다해 움직이는 소리를 낸답니다. 그게 여자에게 살아갈 힘을 주리라고 나 스스로 믿기 때문이지요.

여자가 천천히 커피를 다 마시고 잔을 내려놓는 순간 출입문 위의 새가 울기 시작하네요. 삼십 대 후반쯤 됐을까요? 여자보다 몇 살쯤 더 위로 보이는 아주머니가 들어섭니다. 그녀는 사진을 꺼내면서 말합니다.

"넬 쓸 거예요. 젤 큰 걸루 해주세요. 이 사진이 젤 예쁘게 나와서 가져오긴 했는데 … 약간 희미하네. 이래두 포토케이크가 잘 나올 수 있을래나?"

여자는 사진을 받아듭니다. 대여섯 살쯤 되어 보이는 계집아이가 색동옷을 차려 입고 족두리까지 쓴 채 제법 어른스런 표정을 짓고 있네요. 여자의 손이 가늘게 떨립니다. 쯧쯧. 종종 저런 표정으로 뭐든 제 손으로 하겠다고 고집 부리던 아이가 왜 생각 안 나겠어요? 더구나 오늘은 바로 그 아이 생일인데…. 나는 아슬아슬한 심정으로 여자를 지켜보고 있습니다. 다행히도 여자는 내색하지 않고 대답하네요.

"그럼요. 선명하게 만들어서 하면 돼요."

"예쁘게 해주세요. 선전용이다 생각하시고…. 유치원 애들 사이에 소문이 퍼지면 금방 몰려올 걸요. 요즘은 생일 파티도 튀어 보이려고 얼마나 야단들인지 몰라요. 넬 열 시까지 되겠죠?"

들어올 때와는 달리 급하게 나가는 사람의 등 뒤에 대고 여자는 습관적으로 말합니다. 좋은 시간 되 …. 마침 새가 크게 울고는 여자의 말을 가로채듯 말하네요.

"해브 어 굿 타임."

여자는 멍하니 새를 올려다보고만 있습니다. 새가 남긴 말의 여운이 오늘따라 여자의 맘을 흔드는 모양입니다. 좋은 시간? 내겐 오지 않는 시간일 줄 뻔히 알면서 남들에게는…. 여자는 아마 이런 마음이 들었나 봅니다. 하지만 장사하는 사람으로서는 어쩔 수 없는 일 아니겠어요? '좋은 시간 되라'는 말을 여자로서는 최고의 덕담이라 생각하고 판매 전략의 하나로 사용하는 모양인데, 가게 문 닫을 생각 아니면 그런 정도는 감수해야지요. 하지만 시간이 지날수록 그 말을 할 때 여자가 느끼는 거부감은 더 심해지는 모양입니다. 여자는 결국 아이의 사진을 또 꺼내들고 마네요.

유채꽃 사이로 아이가 얼굴을 내밀고 있습니다. 파란 하늘과 노란 꽃이 아이의 동그스름하고 붉은 뺨을 더욱 잘 드러나게 합니다. 여자는 지난 일 년 동안 저 사진을 수백 번도 더 들여다보았을 겁니다. 눈가에 얼룩진 눈물 자국, 배시시 웃는 입술 사이로 드러나는 잇몸과 새로 반쯤 자라나고 있는 앞니, 턱 밑의 점…. 어느 것 하나라도 놓치지 않으려는 듯 여자의 시선은 조심스럽게 움직입니다. 아이가 어떻게 변했을까? 그것이 견딜 수 없이 궁금해서 자꾸 들여다보는 모양입니다.

여자는 사진을 든 채 일어나더니 가게 한가운데 놓인 포토케이크 시스템 앞으로 다가갑니다. 아마 아이의 생일 케이크를 만들 모양입니다. 여자는 익숙한 손동작으로 스캐너에 사진을 넣고, 컨트롤러에 숫자를 입력한 다음, 프린터의 버튼을 누릅니다. 금방 설탕종이에 사진과 똑같은 아이의 모습이 나왔네요. 유채꽃과 하늘과 아이가 전부 미세한 설탕으로 변해 배시시 웃고 있습니다. 여자는 그걸 잠시 들여다보더니 크림으로 미리 아이싱한 케이크 위에 조심스럽게 얹습니다. 그러자 케이크는 설탕종이를 순식간에 흡수하고서, 자신의 몸체에 본래 이 모든 영상들이 새겨져 있었던 것처럼 시치미를 뚝 떼네요. 저 능청스러움이라니, 하기야 그래야만 포토케이크를 성공적으로 만들 수 있다나요. 전에 여자가 혼자서 중얼거리는 말을 들은 적이 있어요. 여자는 이제 장식을 시작합니다. 초콜릿과 과자로 만든 성을 위쪽에 세우고 그 옆에 분홍 드레스를 입은 인형을 놓습니다. 그리고 가장자리는 여러 가지 과일로 모양을 냅니다. 오, 정말 예쁜 케이크가 만들어졌네요. 그런데 아직 다 끝난 게 아닌가 봐요, 여자가 조그만 상자 뚜껑을 여는 걸 보면? 상자 속에서 자디잔 구슬들이 달린 푸른 요술봉을 꺼내네요. 그리고 그걸 인형의 손에 쥐어주면서 뭐라고 속삭입니다. 가만, 무슨 말을 하는지 잘 들어볼게요. 란아, 네가 원하는 것이면 뭐든 다 이루어지길 빌게. 여자는 같은 말을 몇 번이고 되풀이하면서 케이크에 담긴 아이의 얼굴을 뚫어져라 들여다봅니다. 나도 그만 가슴이 찡해져 잠시 숨소리를 낮춥니다. 여자는 아이의 포토케이크를 가슴에 안고 쇼케이스 앞으로 다가갑니다. 전할 수 없는 케이크를 그금이라도 더 오랫동안 안전하게 보관하려는 것이겠죠. 물론 저 케이크를 만드는 동안 누렸던 즐거움도 함께 넣어서 말입니다. 이제 마음을 가라앉히고 손님 맞을 차비를 얼른 해야 될 텐데….

여자는 방금 케이크를 만드느라 어질러진 주위를 치우고 시식대 위에 케이크를 꺼냅니다. 아, 저 케이크는 지난밤에도 여자가 빵칼과 포크로 온통 흠집을 내놓았던 거네요. 케이크에 담긴 남자의 저 흉측스런 몰골이라니, 여기저기 패인 자국, 흉터들…. 어휴, 마치 괴물같아 보입니다. 왜 저렇게 해놓았는지 궁금하다구요? 거기에 대한 전후 사정을 지금 한꺼번에 다 설명할 수야 없죠. 간단히 말하자면, 원망과 분노 때문이지요. 칼과 포크를 쥔 여자의 손끝에서 느껴지는 광기와 살의. 그걸 나 혼자 가만히 보고 있노라면, 두렵고 슬퍼서 견딜 수가 없어요. 매일 밤마다 여자가 가게 셔터를 내리고 소주와 함께 토악질까지 해가면서 남자의 얼굴을 파먹듯이 한다고 생각해보세요. 아, 끔찍해. 저 곱고 얌전해 보이는 여자가 아무려면 그렇게야 하겠어? 다들 그러면서 물론 쉽게 믿으려 하지 않을 거예요. 하지만 난들 왜 사랑하는 여자를 두고 그런 쓸데없는 거짓말을 하겠어요? 어쩌다가 저렇게 불쌍하고 딱하게 됐는지, 원. 가엾어 죽겠어요. 저 케이크를 또 시식용으로 쓸 모양입니다. 나쁜 인간, 잊지 않고 이렇게 내뱉은 다음 여자는 날렵하게 손을 움직입니다. 케이크가 조각조각 잘려 남자의 얼굴이 완전히 해체됩니다. 얼마 후면 저것들은 시장바구니를 든 여자나 아이 들의 목구멍으로 대부분 사라질 겁니다. 나는 케이크가 한 조각씩 없어질 때마다 마음속으로 이렇게 빕니다. 그 남자를 향한 여자의 원망과 분노도 어서어서 사라져라. 그리하여 마침내 여자에게도 좋은 시간이 찾아오기를…….

새가 날개를 흔들며 웁니다. 아이들이 문 옆에 붙어서들 새를 올려다보며 장난질을 합니다. 아이들이 계속 문을 여닫는 탓에 새는 울음소리를 내랴, 해브 어 굿 타임이라고 말하랴, 쉴 새가 없습니다. 저러다 새가 지쳐 아예 입을 다물어버릴까 걱정이 되네요. 여자도 더이상 참지 못하고 아이들을 진열대 앞으로 불러들입니다.

"얘들아, 이리로 와봐. 여기 예쁜 케이크들, 많이 있단다. 어떤 케이크가 필요한데?"

"이건 세븐이잖아? 어, 저건 문희영이다. 저쪽엔 전부 캐릭터들이야. 우와, 정말 예쁘다."

이제 아이들은 진열대에 숱한 손자국을 남기며 어느 것이 제일 예뻔지 의견 다툼 하느라 또 시간 가는 줄 모릅니다. 여자는 그만 카운터 앞 의자에 지친 듯이 주저앉습니다. 아이들이 결정 내리기를 가만히 앉아 기다리기로 한 모양입니다.

조그만 도시 한복판에 걸린 포토케이크 전문점 간판은 이곳 사람들에게 호기심은 불러일으키지만 구매 충동까지는 쉽게 일으키지 못하는 듯합니다. 불쑥 들어와서 구경만 하고 돌아서서 나가는 사람들의 등에 대고, 좋은 시간 되세요, 말하고 여자는 꼭 한숨을 내쉬지요. 그런 다음 진열창 위에 형광 사인펜으로 울긋불긋하게 써 붙인 문구들을 입 속으로 나직이 외어보곤 한답니다. 생일, 결혼기념일, 백 일의 만남…. 이런 날들을 위해 특별하게 태어난 케이크가 여기 있습니다. 이젠 케이크도 맞춤시대! 오직 당신만을 위한 케이크입니다. '오직 당신만을 위한'이란 말이 누구의 마음도 쉽게 움직이리라 믿고 썼겠지만 여자의 목소리는 이 부분에서 늘 떨립니다. 왜냐면 남자의 말이 생각나기 때문이겠지요. 좀만 참아. 금방 해결할게. 오직 당신만을 위할 수 있을 때가 곧 올 거야, 곧. 늦은 밤, 여자의 방을 나서면서 남자는 언제나 그렇게 말했지만 결국 그런 시간은 오지를 않았지요. 여자는 그 말을 떨쳐버리려는 듯 아랫입술을 사리뭅니다. 하지만 자신도 모르게 또 떠올려지나 봅니다.

"아줌마, 이걸로 주세요."

마침내 정한 모양입니다. 허탕치면 어떡하나, 은근히 걱정을 했거든요. 특히 애들은 저러다가 가버릴 경우가 많아요. 여자도 다행이다 싶은지, 벌떡 일어나 아이들 옆으로 갑니다. "은석이 사진 가져올걸, 지 생일인데, 이왕이면…. 근데 왜 이렇게 벌써부터 배가 고프냐?"

변성기가 갓 지난 듯, 약간 쉬고 갈라진 목소리로 말하는 아이를 따라 우르르 시식대 앞으로 아이들이 모입니다. 일회용 포크로 아이들은 케이크 조각들을 하나씩 집습니다. 순식간에 시식대 위가 비어 버렸네요. 언제 준비해두었는지 새로운 케이크를 여자는 시식대 위에 놓으며 상냥스런 얼굴로 말합니다.

"구경하고 싶을 때 언제든지 들어와. 좋아할 만한 캐릭터로 여러 개 만들어 놓을 거니까. 그리고 특별히 만들고 싶은 게 있음 갖고 와. 가수 사진이나, 사인, 친구 사진, 뭐든 다 돼. 하여튼 인쇄되어 있는 건 … ."

어린 학생이나 젊은 층이 주고객이기 때문에 여자는 아이들의 마음을 사로잡으려 애씁니다. 그러나 여자의 말이 채 끝나기도 전에 케이크 상자를 들고 앞장서 나가는 아이를 뒤따라 어느새 다 나가버리고 마네요. 문을 거칠게 닫고 저 멀리 뛰어나가고 있는 아이들을 다시 불러모으려는 듯 새는 큰 소리로 웁니다. 그런 다음, 해브 어 굿 타임 이라고 말하네요. 이런 순간에도, 해브 어 굿 타임이라니, 참. 새가 그만 입을 다물자 순간 열 평 남짓한 공간에 깊은 물처럼 정적이 흐릅니다. 마치 깊은 물 속으로 빠져 들어가듯, 여자의 표정이 쓸쓸하고 적막해집니다. 여자가 꼭 저런 표정으로 방 안에 우두커니 앉아 있었던 때가 생각나네요.

낮잠에서 여자가 깨어나자 옅은 먹빛 어둠이 조금씩 방 안을 적시고 있었습니다. 어둠 속에서 팔을 뻗어 여자는 습관처럼 옆자리를 더듬다 말고 벌떡 자리에서 일어났습니다. 갑자기 품속이 허전해졌던 모양입니다.

"란아, 라아안아 … ."

여자가 아이의 이름을 미친 듯이 불렀지만 대답 대신 옆집에서 고양이의 목쉰 울음소리만 들려왔습니다. 여자는 형광등 스위치를 켰습니다. 흰색 불빛이 출렁 흔들리면서 횅뎅그렁한 방 안을 환하게 비추었습니다. 여자는 사방을 두리번거리더니 마침내 두 다리를 뻗고 앉아 악을 쓰며 울었습니다.

"나쁜 놈, 어떻게 유치원까지 가서 애를 빼돌려? 나한테 사전에 말한 마디 않구선 ….."

여자의 울음소리는 옆집 담을 넘어 고양이의 울음소리와 섞이고 있었습니다. 여자는 그만 울음을 그치고 형광등 스위치를 눌렀습니다. 좀 전보다 훨씬 짙어진 어둠이 여자를 가만히 감싸 안았습니다. 어느새 고양이도 울음을 그쳤는지 사방이 고요했습니다. 어둠 속을 흐르는 정적에 갇혀 여자는 조그맣게 입술을 달싹거렸습니다. 란아 …. 나는 여자의 방 한쪽 벽에 매달려 가만히 있기만 했습니다. 여자를 위로해주고 싶었지만 슬픔이 온몸에 차올라 아무런 소리도 내지 못했습니다. 그때처럼 내가 무력하게 느껴진 적이 없었습니다.

마침내 여자가 자리에서 일어나 에이프런 끈을 고쳐 매고 진열대 위를 다시 정리하네요. 하지만 오후의 느릿한 시간들이 손끝에 머뭇거리면서 온몸을 나른하게 하는지 여자는 졸린 표정을 짓고 있습니다. 기대거나 엎드려서 눈을 잠시 붙이면 좋으련만 …. 깊고 긴 잠에서 여자가 영원히 깨어나지 않는다 해도 아는 체할 사람 하나 없는 세상이지요. 그런데도 저렇게 악착을 떠는 것은 오기가 아닐까요? 사랑하는 사람들을 남김없이 빼앗아간 잔혹한 운명에게 부려보는 오기 말입니다. 아무리 잔혹한 운명이라도 여자에게 아이만은 남겨두어야 했어요. 세상 그 어느 엄마보다도 좋은 엄마가 됐을 텐데 …. 엄마, 여자는 때때로 자신의 엄마를 간절하게 불러본답니다. 하지만 여자는 한 번도 엄마를 본 적이 없습니다. 여자의 엄마는 여자가 태어날 때 숨을 거두었지요. 여자는 그것을 상상해보며 아무리 힘들더라도 자신의 아이에게 좋은 엄마가 되겠다고 다짐하곤 했지요. 그럴 때마다 나도 다짐했답니다. 여자의 엄마 대신 내가 곁에서 잘 지켜 주리라고. 그렇게 해야 하는, 무슨 특별한 이유라도 있느냐구요?

시계 수선공이었던, 여자의 아버지는 아내의 부른 배를 보며 멋진 시계를 선물하려고 결심했답니다. 세상에 단 하나밖에 없는, 멋진 시계. 그것을 만들기 위해 그는 바빴지요. 제일 좋은 원목을 구하기 위해 여기저기 돌아다니고, 특별한 유리를 주문하고, 부품들을 조립하고…. 틈나는 대로 그것을 만들어도 해산 일에 맞추기가 아주 빠듯했답니다. 먼저 태어난 사내아이가 놀아달라고 해도 모르는 척해야만 했지요. 그렇게 해서 시계가 완성되는 날, 아내도 진통을 시작했답니다. 마침내 오랜 산고 끝에 원하던 대로 예쁜 딸애를 얻었지만 아내는 잃어야 했습니다. 아내와 목숨을 바꾼 딸애에게 그는 시계를 주기로 했습니다. 엄마 대신 그 시계가 좋은 시간을 보낼 수 있게 늘 딸애 옆에서 지켜 주리라는 믿음을 갖고 말입니다. 그러니 그 아버지의 믿음을 어떻게 저버릴 수가 있겠어요?

여자는 졸린 얼굴을 몇 번 문지르고는 바깥쪽으로 난 쇼케이스 속의 케이크들을 다시 진열합니다. 유효기간이 얼마 남지 않은 케이크들이 밖에서 잘 보일 만한 곳에 놓아두기 위해서겠지요. 그런데 무슨 일일까요? 이리저리 살피다가 잠시 멈칫하네요. 아, 저 남자 때문인가 봅니다. 조금 전부터 자꾸만 가게 안을 기웃거렸지요. 하지만 여자의 얼굴 위로 실망스러운 빛이 스쳐갑니다. 아마 나이가 꽤 들어 보이기 때문에 고객이 되어주지 않으리라고 지레 짐작을 했나 봐요. 중년 남자, 이들은 여자의 고객이 되어준 적이 없답니다. 젊은 시절에는 기념일이면 연인들에게 곧잘 선물이나 케이크를 내밀기도 했으련만. 이 땅의 중년 남자들은 세월과 더불어 기념일도 연인도 다 잊어버린 모양이에요. 케이크 전문점을 처음 낸다고 했을 때도 제일 탐

탁지 않게 여긴 사람은 중년의 나이에 접어든 여자의 오빠였지요. 사업 실패 후 그는 처가 식구들을 따라 캐나다로 떠나면서 몇 번이고 여자에게 말했습니다.

"난데없이 무슨 케이크 전문점이냐? 이 후진 데서 누가 그딴 걸 사간다고⋯. 차라리 여기서 아버지가 하시던 대로 시계포나 계속해라, 기술자 하나 데리고. 넌 왜 맨날 안 되는 일만 벌이냐? 나도 옆에 없을 거고, 정말 걱정된다."

하지만 내가 정말 걱정되는 건 여자가 아니라 그 오빠였지요. 제 나라에서도 성공하지 못한 사람이 남의 나라에 가서 발붙이고 살겠다니. 오빠의 말에 여자는 아무렇지도 않은 듯 대답했습니다.

"새롭잖아? 게다가 별다른 기술도 필요 없고⋯. 무엇보다 아이템이 맘에 들어. 축하해주거나 기념할 때 필요한 거니까. 그리고 다같이 둘러앉아 즐거움을 나누며 함께 먹는 거니까 더 좋잖아? 설마 케이크를 앞에 두고 눈물 흘리거나 혼자 먹어치울 일이야 있겠어?"

"졌다. 하여튼 넌⋯. 언제쯤이면 현실감이 생기겠누? 끌끌."

그렇게 혀를 차며 여자의 오빠는 떠났지만 여태껏 잘 있다는 안부 전화조차 없답니다. 이제 때때로 여자가 오빠를 떠올리며 혀를 차곤 합니다.

그 남자는 의외로 꽤 오래 쇼케이스 안을 들여다보고 있네요. 들어와서 구경하라는 말을 하려고 문 쪽으로 여자가 몸을 돌리는데 전화벨이 울립니다.

"시트는 별쯤 갖다 주세요. 아, 네. 판매 사원은 아직 필요 없어요. 그럼요, 네에."

체인 본사에서 걸려온 전화가 봐요. 여자가 송수화기를 내려놓는 순간 새가 웁니다. 남자는 문 위를 한 번 올려다보고는 가게 안으로 성큼성큼 걸어 들어옵니다. 어딘지 모르게 낯설지 않은 느낌을 주는 사람이네요. 글쎄, 언제 본 적이 있었나? 골똘히 생각해보려는데 남자가 실내를 둘러보며 낮게 중얼거립니다.

"포토케이크 전문점이라, 시계점은 흔적도 없어졌네."

여자의 아버지는 삼십 년 넘게 여기서 멈춘 시계를 고쳐주며 세월을 보냈지요. 하지만 한 번 덜컥 멈춘 아버지의 생명시계를 고쳐줄 수 있는 사람은 아무도 없었답니다. 낡은 철제 캐비닛과 모서리가 둥그스름하게 닳은 책상이 놓인, 정작 시간이 멈추어버린 듯한 그 공간에서 여자의 아버지는 두꺼운 돋보기를 쓰고 시계 부품을 만들고 고장난 시계를 고쳤지요. 머리카락보다 더 가는 시계 부품도 깎아 만들고, 어떤 고장난 시계도 다 고칠 수 있다고 아버지는 늘 딸에게 큰 소리로 자랑했었답니다. 하지만 호적에 떳떳이 올릴 수 없는 아이를 낳아 데리고 갔을 때, 여자의 아버지는 작지만 단호한 목소리로 말했지요. 고장난 시계라면 무슨 수를 쓰더라도 고쳐보지. 어긋난 딸년 팔자는 내 힘으로 도저히 어떻게 해볼 수가 없네. 내 살아생전에는 눈앞에 다시 나타나지 말아라. 순간 아버지와 딸 사이에 흐르던 시간이 딱 멈추어버리는 기분이었어요. 용서를 비는 대신 그러겠노라고 여자가 고개를 끄덕이더라구요. 그리고 이를 악물며 여자는 그 약속을 지켜냈지요. 여자가 다시 나타났을 때는 약속대로 아버지가 이미 숨을 거둔 뒤였어요.

"벌써 육 개월이나 됐는데요. 왜요? 시계점에 무슨 볼일이라도?"

"꼭 그런 건 아니고⋯. 여기서 결혼 예물 시계를 몇 번 고친 적이 있었거든요. 저 앞에 있는 케이크, 저런 건 미리 주문해야 합니까? 사진 가져와서? 케이크에 담긴 아이가 참 예쁘네요. 웃는 입매가 얼마나 예쁜지⋯."

다행히도 저 남자의 눈에 아이의 얼룩진 눈물은 보이지 않나 봅니다. 난 저 사진 찍던 날을 기억합니다. 여자와 아이는 모처럼 야외 나들이를 간다고 얼마나 들떠 있었는지 몰라요. 그들이 집을 나설 때, 나도 잘 다녀오기를 바란다는 뜻으로 째깍거리는 소리를 힘껏 냈지요. 그런데 몇 시간이 지나서 잠든 아이를 업고 돌아온 여자의 얼굴은 아침에 집을 나설 때와 완전 딴판이었어요. 아이를 눕히고 여자는 냉장고에서 캔맥주를 꺼내더라구요. 또 뭔 일이 있었는지, 하여튼 단단히 틀어져버린 것 같았어요. 여자는 맥주를 한 모금씩 마시면서 벽을 올려다보며 내게 하소연을 시작했습니다.

"회사에 급한 일이 생겼다나? 그 말을 누가 믿니? 그것도 약속한 시간에서 한 시간이나 지나서야 전화 했더라구. 너무 화가 나서 휴대폰을 던져버렸더니 란이가 온몸을 흔들며 자지러지게 울지 뭐야. 그런데 란이 어깨 너머로 보이는 눈부시게 노란 유채꽃이 왜 그렇게 내 눈길을 자꾸만 끄는지 … . 발버둥치는 거를 겨우 안고 유채밭으로 달려 들어갔어. 그 속에서 목놓아 우려고 했는데, 갑자기 난데없이 낄낄 웃음이 나지 않겠니? 란이 울음소리와 내 웃음소리가 뒤섞여 참으로 희한한 소리가 나더라. 그게 우스운지 란이가 울음을 그쳤어. 봄 햇살이 아른거리는 하늘과 노란 꽃이 너무너무 눈부셨어. 우리는 눈을 가느스름하게 뜨고 마주보며 웃었지. 그래, 이제 그 인간이 없어도 우린 행복할 수 있을 거야."

틀림없이 그럴 수 있을 거라고, 나도 고개를 끄덕여주었지요. 이젠 다 소용 없는 일이 돼 버렸지만.

"따님이신가요?"

남자는 왠지 호기심 어린 표정을 하고 있네요. 여자는 당황했는지 좀 전의 물음에 대답을 않고 다른 말들을 빠르게 합니다.

"아, 네에. 저런 케이크는 이삼십 분이면 만들 수 있어요. 어떤 사진이든 다 돼요. 요즘은 인사할 데가 있음 명함으로도 저렇게 하더라구요. 아무래도 인상에 더 남긴 하겠죠."

남자는 여자의 설명에는 별 관심이 없는 눈치를 보이더니 머뭇거리듯 말을 꺼냅니다.

"저, 혹시 기억 안 나세요? 진수 친굽니다. 원세훈이라고, 종종 놀러 오기도 했는데 …."

아하, 그러고 보니 나도 이제야 생각이 나네요. 어쩐지 눈에 익었다 싶더니 …. 진작 얘기할 것이지. 어쨌든 그때보다 살이 많이 찌고, 머리숱이 빠졌으니 얼른 못 알아볼 만하네요, 뭘. 여자도 뒤늦게 생각이 나는지 눈을 동그랗게 뜹니다. 한때 저 사람이 여자를 귀여워하고, 여자도 오빠라고 부르면서 꽤 따랐죠, 아마?

"빨리 못 알아봐서 죄송해요. 하도 오랜만이라 …. 잘 지내셨죠?"

여자는 어색함을 풀기 위해선지 생글생글 웃기까지 합니다. 여자의 저 웃음을 참으로 오랜만에 봐요. 마치 여자가 소녀시절로 돌아간 것 같아 나까지 상큼한 기분에 빠집니다.

"아, 네, 나야 뭐 …. 진수는 잘 지낸답니까? 캐나다로 간 뒤 연락이 없어요. 진수 소식도 궁금하고 해서, 여기 몇 번이나 지나가다가 들어오려고 맘먹었는데 … 어쩐지 자꾸 망설여져서 …. 진수도 없는데 혼자 어떡하나 걱정도 되고, 마침 집사람 생일이라 케이크도 하나 살 겸, 오늘은 큰맘 먹고 들렀습니다."

생글거리던 웃음이 여자의 얼굴에서 순간 싹 가십니다. 자신의 처지를 알고 있다는 걸 금방 눈치채고는 무척 자존심이 상한 모양입니다. 하지만 여자는 의외로 재빨리 평정을 되찾고 장사를 시작하네요.

"오빤 잘 지내겠죠. 무소식이 희소식이니까요. 제게도 아직 연락이 없어요. 포토케이크를 주문 하시려구요? 사진은 준비해 오셨어요?"

남자는 왠지 미흡한 표정을 지으며 수첩 속에서 사진 한 장을 꺼내 여자 앞에 내밉니다. 열서너 살쯤 되어 보이는 사내아이를 사이에 두고 양옆에 남자와 남자의 아내가 서 있습니다. 초등학교 졸업식 날 교정에서 찍은 모양이지요. 꽃다발을 든 아이는 물론 그 옆에 서 있는 사람들에게까지도 기쁨과 설렘이 느껴지네요. 그 사진을 들여다보는 여자는 분명 부럽다 못해 주눅까지 든 얼굴을 하고 있습니다. 여자로서는 그럴 만도 할 거예요. 정상적인 가족관계를 가진 사람들, 그들의 관계를 한 번에 당당하게 드러내는 가족사진을 보면 자신의 처지가 더욱 비관이 되겠지요. 아이 돌날에 애걸하다시피 해서 아이 아빠와 셋이서 찍은 사진을 사진틀에 넣고 자주 여자가 들여다보는 게 생각나네요.

"집사람만 나온 게 아닌데도 될까요? 적당한 사진이 없어서 …. 이왕이면 이번에는 좀 색다른 케이크로 해주고 싶어서요."

"이거면 충분해요. 사모님 얼굴만 편집해서 할 수 있어요. 참 다복하시게 보이네요. 이제 아드님은 중학생이 됐겠네요? 아드님 밑으론 더 없으시구요?"

여자는 자신의 기분을 들키지 않으려는 듯, 아무래도 좀 과장되게 목소리 톤을 높이고 있는 것 같습니다.

"딱 그거 하나만은 정말 뜻대로 안 됩디다. 딸이 있었으면 했는데 …. 예쁜 여자아이를 보면 정말 딸이 갖고 싶다는 생각이 들어요. 따님은 몇 살이지요?"

쯧쯧, 저 양반, 남 속도 모르고 …. 그 나이까지 살면서 뜻대로 안된 게 딸 하나 못 둔 정도라니, 그러니 남 아픈 사정을 어떻게 다 짐작이나 하겠어요? 여자는 여섯 살이라고만 짧게 대답하네요. 와락 눈물이 쏟아질 것 같은지 몇 번이고 침을 꿀꺽 삼킵니다.

"케이크 종류는 뭘로 할까요?"

"글쎄요, 여자들이 좋아하는 걸로…. 뭐가 좋겠습니까?"

"생크림, 모카, 버터, 딸기, 초콜릿… 종류야 많죠. 아무래도 생크림을 제일 많이 찾긴 해요. 빨리 상하는 게 흠이기 하지만, 냉장고에 넣어두면 며칠은 괜찮아요."

"그럼 그걸로 주십시오."

권하는 대로 남자는 선선히 따릅니다.

"크기는 몇 호로 할까요? 저 앞에 있는 저건 이 호, 중간 사이즈고 여기 이건 삼 호예요. 좀더 크죠."

"뭐, 큰 걸로 하나 주십시오. 그런데 정말 이삼십 분밖에 안 걸립니까?"

선심 쓰듯 삼 호를 주문하고는, 좀 전에 이삼십 분이라고 한 게 남자는 아무래도 믿어지지 않는다는 눈치를 보입니다.

"그럼요. 바쁘시면 이따가 찾으러 오셔도 되구요."

"굳이 왔다 갔다 할 거 없이 여기서 기다리겠습니다. 저기 끓이고 있는 커피 한 잔 주시면 더 좋겠습니다만, 아까부터 저 커피 냄새 때문에…."

좀 짜증스럽게 초침소리를 내면서 그만 가주기를 바랐는데 전혀 눈치채지 못한 모양입니다. 사실 저 남자가 여자의 마음을 혹시 다치게 할까봐 내 가슴은 계속 조마조마합니다. 한때 이성으로서 약간이나마 호감을 가졌던 사람이 아내의 생일 케이크를 주문하러 왔는데 뭐가 반갑겠습니까? 그것도 지금 저 여자의 처지가 되고 보면 말입니다. 보세요, 마지못해 지금 여자가 커피를 따르고 있는 게 느껴지죠? 하지만 눈치 없는 남자는 커피를 마시면서 아무렇게나 놓인 신문을 집어듭니다. 순간 남자의 얼굴 위로 하루치의 피로가 몰려오는 게 보이네요. 흐트러진 모습으로 던져진 채 점점 저녁 시간이 다가올수록 소용없어지는 조간신문과 남자가 왜 갑자기 닮아 보이는 걸까요? 그건 아마 삶에 대한 열정과 희망이 사라지고 쓸쓸함과 피곤함만이 남은, 어쩔 수 없는 중년이란 나이 때문이 아닐까요? 딸 하나 못 둔 것 빼고 모든 게 뜻대로 잘 되고 있다는, 저 남자라고 해도 예외가 아닌가 봐요.

여자가 나쁜 놈이라고 부르는, 아이 아빠도 저런 표정을 지으면서 여자에게 접근했겠지요. 아내와 너무나 맞지 않다, 매일 매일이 왜 이렇게 우울하고 쓸쓸한지 모르겠다, 자식도 하나 없이 이 나이 되도록 무얼 해놓았는지 모르겠다. 이런 것들이 여자의 모성을 처음에 자극하게 된 건 아닐까, 하는 생각이 들어요. 물론 이건 나 혼자만의 생각이지만…. 여자의 불러오는 배를 보면서 그는 계속 이렇게 말했답니다. 법적인 절차를 밟고 있는 중이다, 둘 사이에 자식까지 없으니 걸릴 게 아무 것도 없다, 이제 곧 끝난다, 곧. 그러니 세상 물정 모르는 저 순진한 여자가 속아 넘어갈 수밖에 더 있었겠어요?

그는 아이를 데리고 정말 어디로 숨어버렸을까요? 여자가 영원히 찾아내지 못하게 아예 세상 밖으로 사라져버린 건 아닐지…. 동사무소, 다니던 회사, 심지어는 경찰에까지 조회했지만 그 자취를 찾을 수 없었나 봐요. 더 기가 막히는 사실은 그가 여자에게 남이듯, 아이 또한 마찬가지라는 것이었습니다. 아이의 엄마라는 걸 증명해 보일 법적인 근거가 여자에게 전혀 없었답니다. 피도 살도 섞이지 않은, 그의 아내가 아이의 엄마라는 것이 부당하지만 현실이었지요. 아이 아빠가 지었던 표정을 이제 여자가 늘 짓게 됐습니다. 하지만 그걸 알고 여자를 위로해줄 사람은 아무도 없습니다.

포토케이크 시스템 본체에서 남자의 아내 얼굴만 크게 확대합니다.

그리고 그걸 분홍색과 노란색 잔 꽃무늬로 하트 모양을 이룬 배경 프레임에 넣습니다. 등 뒤에 보이던 겨울 풍경이 프레임 속에 들어오니 안온하게 느껴지네요. 오, 이제 여자의 편집 솜씨가 날로 좋아지고 있어요. 여자도 만족스러운 표정을 지으며 스캐닝을 합니다. 곧이어 본체에 달린 컨트롤러로 사이즈를 입력하고 프린트에 들어갑니다.

"이건 종이를 뒤에서 넣네요. 보통 프린터는 위나 앞에서 넣는데…. 이 종이나 잉크는 먹을 수 있는 걸로 되어 있단 말이죠?"

어느새 남자는 신문을 접어두고 신기한 표정으로 포토케이크 시스템 앞에 서 있습니다.

"그럼요. 식약청에서 다 공인 받은 거니까 안심하고 드셔도 돼요."

식약청과 공인에 힘주어 말하는 여자의 입을 바라보더니 남자는 고개를 끄덕입니다.

"그럼 확실하겠네요. 참 이상하죠? 뭐든 공인을 받아야 다 진짜로 여겨지거든요. 사실은 그렇지 않은 경우도 종종 있는데 말입니다. 형식이야 별거 아니고 내용이 중요하다고들 하지만, 어떻게 보면 우리 사회를 지배하는 건 결국 형식인 거 같아요. 그러니 기업에서도 공인 마크 하나 더 따려고 야단들이지요. 사실 그걸 많이 땄다고 해서 더 좋은 제품도 아닌데 말입니다. 소비자들이 찾으니 어쩔 수 없는 형편이지요. 요즘 우리 회사도…."

여자는 남자의 말을 더 이상 귀담아 듣지 않는 듯합니다. 프로스팅 백을 잡고 케이크의 장식에 몰두하려고 애쓰는 눈치입니다. 나는 지금 여자의 심정이 어떤지 환하게 알아요. 속눈썹이 파르르 떨리고, 입 끝을 약간 올려 꼭 다물고…. 저건 짜증이나 분노를 안간힘을 다해 누르고 있다는 표시지요. 공인이나 형식, 그딴 말이라면 이제 나까지도 분통이 터질 정돈데 저 여자는 오죽 하겠어요? 물론 공인 받

30

지 못할 관계를 처음부터 시작한 여자에게도 잘못이 있긴 하지만, 결국 그것 때문에 딸까지 뺏겼으니 …. 여자는 이제 케이크의 가장자리에 분홍색과 노란색 크림으로 곡선을 그립니다. 두 개의 가늘게 꼬인 테가 둘러지면서 남자의 아내는 그 안에서 더욱 화사하게 웃고 있네요. 그걸 만드는 여자의 심정과 상관없이 케이크의 부드러움과 달콤함이 그대로 웃음에 녹아날 듯합니다. 우와, 남자는 낮은 탄성을 지르며 마음에 든다는 표시를 합니다. 포장까지 다 마친 케이크를 받아들고서도 남자는 쉽게 갈 눈치가 아닙니다. 또 무슨 볼일이 남았는지, 나까지 신경이 바짝 쓰이네요.

"저, 이런 말을 해도 될지 모르겠습니다만, 친구 동생이니까 …. 이제 지난 시간들은 다 잊어버리세요. 그래야만 새롭게 시작할 수 있지요. 그리고 소문 따위도 신경 쓰지 마십시오. 워낙 좁은 바닥이라, 금방 소문이 나기도 하지만 또 빨리 없어지기도 하지요. 저도 처음에는 소문 듣고 얼마나 놀랐는지 모릅니다. 세컨드니, 미혼모니. 이런 따위 소리들을 함부로 입에 올리는 자들을 때려눕히고 싶은 심정이었어요. 다행히 이젠 많이 잠잠해진 것 같긴 하지만 …. 생각보다 꿋꿋하셔서 안심도 되고, 다행이다 싶네요. 진수도 옆에 없으니, 어려울 땐 제가 힘껏 도와드리겠습니다. 여기, 제 명함이 …."

원, 기가 막혀서 …. 하지만 분명 위로한답시고 하는 말이긴 하겠지요? 내 가슴은 터질 듯한데 놀랍게도 여자는 두 손으로 명함을 받아들고 웃음까지 지어 보이네요. 남자는 한 손에 케이크 상자를 들고 만족스러운 얼굴로 돌아섭니다. 순간 여자의 얼굴에서 웃음이 지워지면서 명함을 와락 쥔 손등의 힘줄이 푸르게 돋아납니다. 새는 뾰르롱 울면서 사라지는 남자의 등 뒤에 대고, 해브 어 굿 타임이라고 말합니다. 해브 어 굿 타임, 유난히 맑고 높게 들리는 목소리의 여운이 가게 안을 찰랑찰랑 흔들고 있습니다. 그 사이로 쓰레기통을 향해 명함이 툭 떨어지는 소리가 들려옵니다.

꼼짝도 하지 않고 있던 여자가 갑자기 미친 듯이 가게 문을 밀치고 밖으로 뛰어나갑니다. 도대체 이 시간에 어디로 가는 걸까요? 나는 걱정이 되어서 창에서 시선을 떼지 못합니다. 아, 그런데 여자는 가게 앞에 우두커니 서 있네요. 급하게 뛰어나가기에 어디 볼일이 있는 줄 알았지요. 도대체 저러고서 무얼 하는 걸까요? 하이고 참, 아이의 케이크를 들여다보고 있네요. 밖에서 들여다본다고 특별히 달리 보이지도 않을 텐데…. 아마 가슴속에서 치밀어 오르는 불을 끄기 위해선가 봐요. 11월의 싸늘한 밤바람이 분노와 수치심으로 붉게 달아오른 여자의 뺨과 가슴을 식혀주겠지요. 바람을 온몸에 맞으며 자신의 가게 앞에 서서 안을 들여다보고 있는 저 여자가 불쌍하고 한심해서 이제 나는 더 이상 참고 볼 수가 없을 지경이에요. 어쩌면 아까 그 남자가 한 말이 옳은지 모르겠습니다. 지나간 시간들은 잊어야지요. 새롭게 오는 시간 속에 또 다른 좋은 시간이 있다는 걸 여자는 왜 어리석게도 모를까요? 정말 안타깝기만 합니다. 바람에 헝클어진 머리를 하고 서 있는 여자의 등 뒤에서 취객들이 농지거리를 걸어옵니다. 그제야 놀란 듯이 여자는 다시 가게 안으로 들어오네요. 그리고 실내를 둘러보고는 그만 셔터를 내립니다.

아이의 케이크를 꺼내 탁자 위에 얹고 양초를 준비합니다. 조그만 초가 하나씩 꽂힐 때마다 여자의 손이 떨립니다. 아마 일 년을 단위로 하여 아이와 함께한 시간들이 파노라마처럼 여자의 눈앞에 펼쳐졌다가 사라지고 하는 모양입니다. 어떻게 그것까지 아느냐구요? 초를 하나씩 꽂는 여자의 손끝과 꿈꾸는 듯한 표정을 보면 그 정도야 알 수 있지요. 아, 잠깐만, 여자가 갑자기 소리 지르기 시작하네요.

"어딜 가니? 엄마 혼자 내버려두고⋯. 란아, 란아⋯."

여자는 목을 젖히고 허공을 우러러봅니다. 저러다가 완전히 정신을 잃는 건 아닐까요? 정신 차리게 해야 할 텐데, 급한 마음에 나는 양팔을 마구 흔들어 보입니다. 하지만 여자는 나를 보지 않고 힘없이 고개를 떨어뜨리며 마지막 남은 양초를 다 꽂습니다. 촛불은 꽃잎처럼 팔락거리며 흔들립니다. 하지만 곧 꽃잎이 지는 시각, 축하한다는 말도 입 밖에 내보지 못하고 거무스름하게 탄 양초를 뽑는군요. 누가 알기나 하겠어요? 달콤하고 부드러운 케이크를 내밀면서 좋은 시간 되라고 상냥하게 말하는, 저 여자가 케이크 앞에 혼자 앉아 눈물짓고 있는 줄을.

여자는 또다시 아이의 얼굴을 들여다보다가 빵칼을 잡습니다. 칼날은 지극히 조심스럽게 아이의 얼굴만 동그스름하게 파냅니다. 도대체 저렇게 해서 무얼 하려는 걸까요? 여자는 심호흡을 한 번 한 후, 오 저런⋯. 파낸 아이의 형체를 입 안에 넣습니다. 세상에, 그리고 목에 힘을 주어 그걸 꿀꺽 삼켜버리려고 합니다. 하지만 목에 걸리고 말았네요. 기침이 쏟아져 나옵니다. 한참 동안 괴롭게 기침을 해대더니 결국 삼켰나 봐요. 여자의 눈가에 눈물이 맺히네요. 여자는 목을 쓰다듬다가 두 손바닥으로 자신의 배를 감쌉니다. 아마 아이가 목을 타고 자신의 배 안으로 들어갔다고 생각하는 모양이네요. 이제 여자는 깔깔거리고 웃기까지 합니다.

"좀 살살 차. 간지러워, 까르르 까르르⋯."

여자의 웃음소리가 유리알처럼 맑은 소리를 내며 사방으로 튀어 오릅니다. 여자는 온몸을 흔들면서 한참 동안 웃다가 중얼거립니다.

"이 좋은 시간을 오래오래 붙잡아 둬야지."

시간을 붙잡다니? 여자의 웃음소리에 나도 정신을 팔고 잃다가 순간 아차, 하는 생각이 듭니다. 여자는 다급하게 약병을 찾아와 소주와 함께 알약을 삼키기 시작합니다. 잠이 안 온다면서 한두 알 먹곤 하던 약이지요. 아, 저렇게 많이 …. 저걸 어떡해요? 할 수만 있다면 이 유리 뚜껑을 깨고 달려나가 내 양팔로 여자를 꽉 붙잡고 싶습니다. 아아, 소리라도 크게 질러 보려고 하지만 째깍거리는 소리밖에 나지 않습니다. 안타까운 내 마음을 모르는 여자는 무릎걸음으로 침대로 다가갑니다. 여전히 손바닥을 자신의 배 위에 올려두고 있네요.

여자는 침대 위에 반듯하게 눕습니다. 잠시 후 여자는 두 눈을 감습니다. 어느 순간 여자의 배 위에 올려졌던 손이 툭 아래로 떨어지고 맙니다. 이 모든 광경을 어쩔 수 없이 지켜보고 있어야만 하는 지금의 내 심정을 뭐라고 해야 할까요? 이제 나도 숨을 멈추어야지요. 여자를 지켜야하는 내 역할이 없어졌으니까요. 게다가 잘 지켜주지 못해 정말 미안한 생각이 듭니다. 나를 태어나게 해준, 시계 수선공인 여자의 아버지에게 어떻게 사죄해야 할지 ….

혼미해지는 머릿속으로 세차게 부는 바람소리가 자꾸 들립니다. 그 바람이 기어코 가게의 출입문을 미는 모양입니다. 새 울음소리가 나고 곧이어 내 귓가에서 희미하게 들려오는 소리가 있습니다.

"해브 어 굿 타임."

투망(投網)

4월의 메마른 바람이 흙먼지를 일으키고 있었다. 거센 바람은 얼룩과 더러운 손자국들이 어지러이 찍힌 유리창을 흔들어, 산등성이의 봄꽃을 일시에 흐려놓곤 했다. 시야를 순간순간 차단시키며 진저리치듯 떨어대는 바람처럼 그는 몸을 한번 부르르 떨고는 창 앞에서 물러났다. 그러고는 입을 크게 벌려 하품한 뒤 습관처럼 바지 주머니 속으로 손을 집어넣었다. 언제나 그렇듯, 칼은 단번에 그의 손아귀로 들어왔다. 그는 만족스러워하며 엷은 웃음을 지었다.

　고무줄이 헐렁하게 늘어난 트레이닝 바지는 아랫배 근처에서 금방이라도 흘러내릴 듯 불안스럽게 걸려 있지만, 그는 주머니 속 더욱 깊숙이 손을 들이밀어 칼날을 더듬어보았다. 세상의 그 어떤 것이든 단번에 자를 만큼 예리한 날은 그의 손바닥만은 애무하듯 쓰다듬었다. 칼날의 애무에 그의 온몸은 짜릿해지면서 간지럼을 타기 시작했다. 그는 조금씩 더 빠른 속도로 칼날을 쓰다듬다가 몸을 비틀며 키

들키듯 웃었다. 결코 베이는 법 없이 칼날 위를 오가는 손바닥의 탁월한 묘기에 그는 스스로 감탄하면서 눈가가 축축이 젖어들도록 발작적인 웃음을 그치지 않았다. 그 웃음 위로 태엽 풀린 뻐꾸기 시계의 울음이 처량하게 울렸다.

뻐어억 뻐어억꾹

곧이어 침대 위에 누운 노인이 끙 끄응 소리를 내며 혓바닥을 내밀어 이리저리 굴리기 시작했다. 그는 점심을 보채는 혓바닥을 보며 방금 전의 쾌감이 순간적으로 싹 가시는 것을 느꼈다.

두 시를 알리는 뻐꾸기의 울음소리와 노인이 점심을 요구하는 시각은 언제나 일치했다. 식물인간과 다름없는 노인의 그 반응에 대해 처음엔 뻐꾸기 소리 때문이라고 생각했으나 아니라는 걸 곧 알았다. 뻐꾸기는 하루에도 수십 번씩 울었으나 노인이 반응할 때는 오로지 오후 두 시일 뿐이었다. 그에게는 그것이 신기하다기보다 섬뜩하도록 두렵고 징그러웠다. 아직도 세상에 대해 남아 있는 저주와 적의를 불그죽죽한 혀가 꿈틀거리며 뻐꾸기 소리에 맞추어 그에게로 고스란히 내밀고 있는 것 같아서였다. 그는 노인의 혀를 외면하듯 고개를 돌리면서 투덜거렸다. 노인장, 내가 하루 한 끼도 안 챙겨줄까 봐 그러는 거요, 뭐요? 내참, 드으러워서…. 주면 될 것 아니오. 그 벌건 혀나 집어넣으쇼. 미음을 데워 입 안으로 몇 순가락 흘려 넣는 일이 그나지 힘들거나 성가신 노릇이 아니라는 것을 알지만, 어쩌다가 깜빡 잊고 있는데 날름거리는 혀가 먼저 일깨우는 것에 그는 무엇보다도 짜증이 났다. 밥 대신 주로 소주로 끼니를 때우기 때문에 노인의 식사시간을 매번 놓치고 있는 건 사실이었다.

그는 느릿느릿 부엌으로 들어섰다. 수많은 바퀴벌레들이 부산히 숨을 곳을 찾아 기어들어갔다. 수십 마리가 되어 보이던 그것들은 순식간에 도피를 끝내버렸다. 채 숨어들지 못한 놈이 한 마리쯤 있을 거라는 기대로 여기저기 살펴보았지만 보이는 것은 켜켜이 쌓인 먼지와 덕지덕지 낀 기름때뿐이었다. 한순간에 바퀴벌레가 사라진 부엌 안은 바람이 지나가고 이내 잠잠해진 물웅덩이 같았다. 그는 그 조용함에 순간 외로움을 느끼면서 도둑이라도 들어왔으면, 하는 어처구니없는 생각을 해보았다. 하지만 도둑 대신 바람이 누런 흙먼지를 날리며 부엌 창을 덜컹거렸다. 그는 잠시 느꼈던 외로움을 털어내듯 중얼거렸다. 이놈의 바퀴벌레들을 이번에는 씨도 안 남기고 다 잡아버리겠어. 그는 자신이 듣기에도 실행의 의지가 전혀 담겨 있지 않은, 공허하고 맥 빠진 목소리에 피식 웃고 말았다. 그는 다시 주머니 속의 칼을 만지작거렸다.

"보세요, 이젠 얼마 안 남았죠? 당신 이번에 한 번만 더 나갔다 오면 우린 드디어 집을 갖게 된다구요. 그러고 나면 정말 안 나갈 거죠? 어머, 왜 대답이 없어요? 집 장만하면 배 안 타기로 했잖아요? 독수공방 면하게 해준다고 철석같이 약속하구선."

"이 철없는 여편네야, 지금 독수공방이 문제야? 집만 있으면 굶어도 돼? 당장 어떻게 먹고 살 건데?"

매섭게 노려보는 아내의 눈을 피해 그는 그녀의 손안에서 팔락이는 적금통장에 시선을 주었다. 세 칸만 희게 남긴 통장은 그 즈음 그가 부쩍 망망대해에서 느꼈던, 어쩌면 삼십대 중반의 나이가 더해 주는지도 모르는 막연한 생의 공포나 권태, 그리고 무엇보다 배 안 가득 풍기는 생선의 악취를 말끔히 잊게 해주었다.

통장의 칸이 다 채워지고도 약간 남았을 시기에 그는 바다에서 돌아와 아내가 있을 부엌으로 맨 먼저 들어섰다. 그러나 그는 아내 대신 덜컹거리는 부엌 창으로 흐드러지게 핀 개나리와 진달래를 보았다. 그는 노란색과 분홍색 사이로 풀잎처럼 흔들리며 재빨리 사라지는 것이 아내의 치맛자락임을 알아차렸다. 그는 성급하게 창을 열고 손을 뻗었으나 그것은 점점 더 멀리 사라지고 말았다. 창 밖을 향해 헛되게 뻗었던 그의 손은 치맛자락 대신 싱크대 위에 놓인 과도를 움켜잡았다.

"잡기만 해봐라. 화악 죽여버리고 말겠어."

치맛자락 속에 딸려간 적금통장을 빼고, 오 년이 넘는 결혼생활에서 아내가 애착을 가질 만한 게 아무것도 없다는 사실을 깨달으며 과도를 쥔 그의 손은 허망함과 서글픔으로 떨렸다. 사글세방, 양쪽 다 고아나 마찬가지인 가족관계, 집 마련 전에 생겼다는 이유로 세상 구경도 못 하고 죽어간 태아 둘…. 어느 하나도 집 나간 아내의 발길을 돌릴 만한 것은 없었다. 그는 아내의 가녀린 목과 통장을 들여다보던 애절한 눈빛을 떠올리며 온 힘을 다해 칼을 갈기 시작했다. 숫돌 위의 조그만 과도는 햇빛을 받아 반짝거렸다. 숫돌 면과 칼날이 될수록 일직선으로 맞닿게 하기 위해 그의 팔은 팽팽한 긴장을 유지했다. 마침내 수없이 숫돌 위를 오간 칼날은 파르스름하게 떨렸다. 그는 허공을 향해 칼을 몇 번 휘두르고는 주머니 속에 넣었다.

시간이 지나면서 조금씩 잊어가는 전의를 다지기 위해 그는 하루에도 수십 번씩 주머니 속의 칼을 확인했다. 잘 벼린 칼날은 그에게 늘 새로운 신장감과 탄력을 주었다. 부엌을 한바탕 뒤지기만 하면 찾아낼 수 있는 바퀴벌레처럼 아내를 쉽게 찾을 수 있으리라고 믿은 것이 잘못이었다. 더 이상 배도 타지 않고 발길이 가 닿을 만한 곳은 샅샅이 뒤졌지만 그는 아내를 찾는 대신 몇 푼 쥐고 있던 돈까지 다 잃었을 뿐이었다. 무일푼이 된 그는 마치 그물 속에 갇힌 고기마냥 꼼짝달싹할 수 없었다.

"끄으응, 끄응 ….."

노인이 재촉하듯 꽤 크게 신음소리를 냈다. 그는 사흘치의 미음을 한꺼번에 끓여둔 냄비의 바닥을 긁다가 숟가락을 거칠게 내팽개쳤다. 노인의 간병인이라는, 몇 달 전부터 새로 생긴 자신의 직업을 경멸하듯이 ….

두꺼운 커튼 자락을 열어젖히니 햇빛이 노인의 얼굴께 머물렀다. 노인은 순간 얼굴을 찡그렸다. 하지만 얼굴 전체가 주름살투성이인 노인이 찡그렸다고 느낀 것은 아마 눈 때문이었으리라. 아이 같은 조그만 체구에 자글자글한 주름살로 이루어진 노인의 나이가 그는 때론 견딜 수 없이 궁금해졌다. 백 살, 백열 살, 백스무 살, 노인의 나이를 한참 어림짐작해 보다가 그건 마치 무생물이 처음 이루어진 때를 따져보는 것처럼 아무런 의미가 없다는 데 생각이 미쳐서야 그만두곤 했다.

직업소개소의 소장이라는 작자도, 전임자인 늙수그레한 사내도, 그에게 간병해야 할 노인의 건강상태에 대해서는 거의 몇 마디 이야기하지 않았다. 처음 소개할 때 소장은 니코틴이 노랗게 밴 손가락으로 서류철을 빠르게 뒤적이며 말했다.

"경험 따윈 없어도 좋아요. 저쪽에서 요구하는 조건은 가족 없는 남자면 되니까요. 말이 간병인이지, 사실 간병할 일은 거의 없어요. 대소변 받아내고, 한두 끼니 챙기는 정도지요, 뭐. 그냥 식물인간이라고 생각하면 된답디다. 어쩌면 아주 자유롭고 편할 수도 있지요. 집안에 간섭할 사람이 없으니 …. 마누라는 일찍 죽고 자식들이 있어도 다 그런가 봅디다. 딸 하나는 미국 살고, 아들들이 있다고 해도 같이 안 사니까. 그렇다고 자주 들여다보기나 하겠어요? 노인네 혼자 있다 일 당한 줄도 모르고 한참 동안 방치되는 수가 있잖아요? 그렇게 되면 체면이 말이 아니니까 간병인이라도 붙여서 …. 아, 물론 식사 준비나 집안일은 간병인이 직접 해야지요. 하지만 그 정도야 뭐, 일이랄 게 있겠습니까?"

소장은 서류철을 넘기다 말고 송수화기를 들었다.

"그럼 제 월급은 누가 줍니까?"

일단 돈을 쥐어야만 아내를 찾을 수 있다는 절박함이 실린 그의 목소리는 자신이 듣기에도 터무니없이 크고 심각하게 들렸다.

"하핫, 그게 걱정이 되겠지요. 그러믄요, 다양연하지요."

소장은 전화가 연결이 안 되는지 송수화기를 도로 놓으며, 입가에 조롱기가 담긴 웃음을 뱅글거렸다.

"염려 마십시오. 돈은 당신의 온라인 구좌에 정확하게 입금될 겁니다. 결코 날짜도 틀리는 법이 없다니까요. 아시다시피 보수도 많은 편이죠. 이 정도면 파격적인 조건입니다."

손을 내저으며 염려 말라던 소장의 말대로 돈은 매달 말일이면 정확하게 입금되어 있었다. 그는 돈을 보내는 이의 얼굴을 단 한 번도 보지 못한 채, 잠시 틈을 내어 돈을 찾고 일용할 소주를 사들였다.

미음이 묻은 노인의 입가에는 허연 자국이 나 있었다. 그는 수건으로 입가를 닦아준 후, 비닐이 저만치 벗겨져나가서 이미 축축이 젖은 요 위에 변기를 갖다댔다. 잠시 몸을 뒤척이더니 힘을 주는지, 노인의 얼굴이 벌겋게 되었다. 그러자 순간 역한 냄새가 코를 확 찔렀다. 옆으로 고개를 돌리고 있던 그는 관목처럼 앙상한 노인의 두 다리를 손아귀에 모아 쥐었다. 한때 젊음과 싱싱함으로 거리를 활보하고, 또 남을 제치고 달려야만 살 수 있다는 믿음으로 열심히 달렸을 다리가 이젠 뼈마디를 아른아른 드러내며 메마른 살가죽에 검은 꽃을 피운 채 그의 손아귀에 잡혀 있었다. 그는 다리를 쥘 때마다 조금씩 삭아져서 어느 순간 재처럼 사그라질지도 모른다는 생각을 했다. 하지만 그는 노인의 뒤를 닦고 엉덩이를 손바닥으로 한 번 후려치는 것으로 좀 전의 생각을 지우고 가장 싫은 일을 하게 한 보복을 잊지 않고 했다. 용변 문제와 그로 인해 나오는 빨랫감만 아니라면 할 일이 거의 없다는 걸 그는 뻔히 알면서도 손바닥이 얼얼해질 만큼 노인의 엉덩이를 세게 후려쳤다.

"요새 이만한 직장 구하기가 쉽지 않다카이. 시간 맞차 약 줄 일이 있나, 밤잠 못 자고 돌볼 일이 있나, 누구 눈치 볼 일이 있나…. 하이튼 억씨기 편하기는 한데, 이런 구석에서 썩고 있으라카이 싸나이로서 좀 뭐시기 해서…. 아매 다들 그래서 얼매 못 있고 그만두는 길꺼로. 나도 서너 달쯤은 그럭저럭 견디기는 했꾸마는…. 새로 올 사람이 퍼뜩 안 구해지몬 우짜노 했는데 다행이네. 자, 그라몬 수고하소이."

싸나이, 라고 발음하는 순간 왼쪽 눈 아래에 있는 칼자국 흉터가 선명하게 드러나면서 쉰이 넘어 보이는 사내의 나이가 그에게는 더욱 딱하고 비극적으로 느껴졌다. 호기 있게 한 손을 번쩍 들어 보이면서 나섰시민 사네의 어쩔 수 없이 구부정한 등에서 그는 십수 년 후의 자신의 뒷모습이 느껴져 얼른 집안으로 들어와 버렸다. 방으로 들어서니 침상 위에 누운 노인보다 코를 찌르는 역한 냄새가 그를 먼저 맞이하고 있었다. 그는 이불을 들추어 아랫도리를 벗겨내는 일부터 시작했다.

질퍽한 오물에 뒤범벅이 되어 꼼짝 않고 누운 노인을 보면서 그는 엉뚱하게도 푸른 그물 속에 갇힌 연어를 떠올렸다. 노인과 비교도 안 될 만큼 기품 있고 아름다운 연어를. 연어를 향해 던져진 그물보다 인간인 노인에게 드리워진 그물이 훨씬 더 질기고 촘촘한 것일까? 잔혹한 그물에 갇힌 노인의 피폐한 몰골을 바라보면서 그는 문득 자신에게도 흡사한 그물이 둘러쳐져 있을 것이라는 생각을 했다. 그는 칼을 만지작거리면서 맨 처음 자신에게 그물을 뒤집어씌운 자가 누구인지 따져보기 시작했다. 아내, 일찍 세상을 떠난 아버지, 재가한 어머니, 자기 자신, 어쩌면 세상 전체일지도⋯. 그러나 그는 고개를 흔들면서 중얼거렸다. 그게 누가 되었든 필요한 일은 그물을 헤치고 밖으로 나가서 세상을 향해 나 스스로가 그물을 던져야 하는 거라구. 주머니 속의 칼은 싸늘한 느낌으로 그의 손바닥에 와 닿았다.

생선장수 할머니가 세상을 뜨자, 그가 제일 먼저 한 것은 책가방을 던져버리고 시장으로 나가 할머니 자리에 대신 앉아 생선을 파는 일이었다. 혼자 남겨진 그에게 두려움이나 외로움보다 더 다급하고 생생하게 느껴지는 건 배고픔이기 때문이었다. 고등학교에 입학한 지 얼마 되지 않았지만, 그는 공부에 대한 미련 따위는 전혀 없었다.

생선장수 노릇도 생각만큼 쉽지 않았다. 무엇보다도 생선을 싱싱하게 보이기 위한 노력에 그는 넌더리가 났다. 어느 먼 바다에서 잡혀온 그것들은 곧 쉽게 부패의 징조를 드러냈다. 뜨거운 햇볕 아래서 맥없이 풀리는 눈, 벌어지기 시작하는 아가미, 빛을 잃어가는 비늘⋯. 그는 조금이라도 그것들을 감추기 위해 이리저리 뒤적이다가 차라리 자신이 좌판 위에 드러눕고 싶은 심정이 되었다. 살아서 펄떡거리는 것들을 삶아 올리고 싶은 욕구로 그는 좌판 앞에 가만히 앉아 있을 수가 없었다. 이놈의 땅덩어리는 내게 그물을 던질 기회는 주지 않고 오히려 가두려 들기만 하다니, 그는 분연히 일어나 바다로 나갔다. 그리고 그는 스스로 자부하는 꽤 유능한 선원이 되었다.

그물 속에 가득 찬 고기의 무게와 팔딱이는 생명을 그대로 느끼던 그의 양팔은 오물로 더럽혀진 빨랫감을 가득 안고 있었다. 그는 새삼

구역질이 느껴져 수돗가로 나가 빨랫감을 내팽개치고 들어와 버렸다. 그는 싱크대 맨 아래에 놓인 소주병을 집어들었다. 오늘 아침에 두 번째 뚜껑을 땄는데 벌써 소주는 병의 중간쯤 붙은 상표 밑에서 찰랑거렸다. 그가 정한 하루치의 양은 딱 한 병이었다. 역시 지키지 못한 데 대한 뉘우침으로 병을 높이 쳐들고 목구멍으로 소주를 방울방울 떨어뜨렸다. 그는 한 방울씩 소주를 목구멍으로 넘기다가 싱크대 앞에 매달린 수도꼭지에서 물방울이 똑똑 떨어지는 소리를 들었다. 하지만 고무패킹을 새것으로 갈아야 한다는 생각도 미처 못 하고, 물방울 떨어지는 속도에 맞추어 소주를 떨어뜨리기에만 그는 열중해 있었다.

"김씨, 너무 상심 마소. 뭐라 뭐라 해도 부부 사이에는 자식이 있어야 하는 건데……. 서른이 넘었다 해도 그 얄상한 얼굴하며 몸매 좀 보소. 처녀라 하믄 누가 안 믿겠소? 게다가 김씨는 허구한 날 밖에 있어야 되는 사람이고, 그러니 일이 날 수밖에."

수돗물을 콸콸 틀어대며 안방 여자는 마치 싸움이라도 하듯 목소리를 높여 말했다.

"아주머니는 그동안 전혀 눈치를 못 채셨단 말이에요?"

그는 누구에게든 원망하고 싶은 심정이었다.

"그러니까 그게 불과 두어 달도 안 됐지. 밤늦게 다니다가 메칠씩 안 들어오기도 하고……. 그래서 내가 다짜고짜 물었지. 갈 친정이 있는 것도 아니고 어데를 다니느냐고, 그랬더니 배시시 웃으며 친구가 아프다고 하대요. 아, 그래서 그런 줄로만 알았지. 이런 일이 생길 줄이야 어떻게 속짐작이라도 했겠소. 인제 한번 간 사람이 제 발로 돌아올 리도 없고, 김씨도 얼릉 잊어뿌고 새 출발하소. 암, 계집이란 또 새로 얻으믄 되는 거지, 무얼."

안방 여자는 방금 낀 고무장갑이 새는지 얼른 부엌으로 들어가 새

고무장갑을 가지고 나왔다. 새 계집을 얻은 듯 만족스런 얼굴로 새것을 끼고 낡은 것을 좀 멀리 떨어진 쓰레기통으로 홀쩍 던졌다. 새 고무장갑은 부글부글 비누거품을 일으키며 빨래를 주무르기 시작했다. 아내와 적금통장, 오 년이 넘는 시간들이 비누거품처럼 부풀었다가 이내 꺼지며 씻겨 내려가고 있었다.

방울방울 목구멍으로 떨어지는 소주가 아무래도 성에 차지 않아 그는 결국 주르르 부었다. 뜨거운 기운이 그의 위를 훑으며 온몸으로 짜릿하게 번져났다. 그는 만족한 기분으로 입가를 쓰윽 문지르고는 말일까지 남은 날짜와 소주병을 계산해 보다가 정신이 혼미해져가는 것을 느꼈다. 그는 부엌 바닥에 털썩 주저앉았다. 말일까지 버티려면 아무래도 소주를 좀더 아껴야 한다고 생각하면서 고개를 흔들었다. 그게 맘먹은 대로 안 돼, 안 된단 말이야. 팔까지 내저으려다 그는 옆으로 휙 고꾸라져 버렸다.

선술집의 따뜻한 난로 앞에서 몸이 노곤하게 풀리고 있었다. 배에서부터 감기 기운이 있었던 터라 그는 소주 몇 잔과 뜨거운 콩나물국 한 그릇을 깨끗이 비웠다. 이번엔 두 달 이상 있어야 하는데⋯. 천장 위로 쥐가 맘껏 달리던 저번의 여인숙을 떠올리며 다른 데로 옮겨야겠다고 생각했다. 어디가 괜찮을까? 미리 거처부터 정해둘 걸, 눈발이 이리저리 날리는 선창가를 뒤져 마땅한 여인숙을 찾으러 다닐 엄두가 나지 않아서 그는 마냥 앉아 있었다. 눈꺼풀이 조금씩 무거워졌다. 세상에서 제일 힘센 장사는 제 눈꺼풀을 드는 사람이란다. 책상 앞에서 꾸벅꾸벅 조는 그의 등을 몇 번 두드리고 할머니는 얼른 자리를 폈다. 이불솜이 그를 부드럽게 감쌌다. 잠의 유혹에 빠져 들어가는 순간, 할머니의 나직한 노랫소리가 시작되었다. 두우만강 푸른 물에 노오 젓는 배앳사공⋯. 그 소리와 함께 그는 꿈속을 헤맸다.

끝내지 못한 숙제장이 제멋대로 넘겨지고, 곧이어 숙제장 위로 선생님의 회초리가 흔들리며 앙칼진 목소리가 들렸다.

"아니, 넌 손님들보다 니가 먼저 취해 자빠지냐, 자빠지긴. 뭐, 두만강 푸른 물에? 그딴 노래나 부르고 있으니 어떤 놈이 앉아 있겠냐. 이 미친 것아, 걸핏하면 사랑타령이냐? 정신 차려. 이번엔 또 어떤 작자가 차버렸다고 그렇게 해롱거리냐? 이 장사 한두 번 해봤어? 그놈의 사랑이 여기선 쥐약이라는 걸 몰라? 쯧쯧. 저러니 ….”

주인 여자는 순간 눈뜬 그를 보자 계면쩍은 듯 말끝을 잇지 못했다. 그때 주방 쪽에서 젊은 여자가 곱슬곱슬한 머리를 어깨까지 늘어뜨리고 초점을 잃은 듯한 큰 눈을 끔뻑거리며 비틀비틀 걸어 나오고 있었다. 그러다 여자는 그만 바닥에 퍼더버리고 앉았다. 그으래요, 나는 헤픈 년이걸랑요. 자꾸만 싸랑이 죽자살자 따라와 나를 꼼짝 못 하게 하는데 어떡하란 말야? 이젠 발버둥칠 힘도 없어. 그만 콱 죽어버리고 싶어. 그러고는 목 놓아 울었다. 그 소리는 이상하게도 조금씩 그의 가슴을 두드리며 파고들었다. 그는 자신도 모르게 그녀의 어깨를 두드리며 달래기 시작했다.

두 달간의 거처 대신 그는 신혼방을 구했다. 장모처럼 구는 선술집 주인 여자를 빼고 그의 신혼은 그런대로 만족할 만했다.

"이 사람, 애 아니었음 평생 바다와 여인숙만 오갈 뻔했네그려. 서른이 넘도록 장가도 못 가고 모아둔 돈도 없고 …. 그동안 대체 뭘 했나? 우리 정임이는 얼굴이 반반해서 돈푼깨나 있는 사람한테 시집갈 줄 알았네. 얘가 얼마나 인기가 있는 줄 아는가? 처음 며칠 동안은 우리 가게 문 닫는 줄 알았네."

두툼한 입술을 씰룩이며 말하는 여자 옆에서 아내는 민망해 하면서도 습관처럼 헤실헤실 웃었다. 그렇게 웃어야만 살 수 있었던 아내의 슬픈 입매를 보며 그는 다짐했다.

"인제부터 억지로 안 웃어도 살 수 있게 해주지. 까짓 돈, 벌면 되지, 뭐. 항상 같이 못 있는 게 좀 아쉽긴 하지만…. 그 대신 이젠 멀리 안 나가겠어. 근해로 나가면 서너 달에 한 번쯤은 올 수 있다구. 작은 배를 타면 어때. 괜찮아."

그는 십 년이 넘는 선원 생활에서 돈을 벌어야겠다는 생각을 처음으로 간절히 하며 바다에 나섰다. 고기들이 펄펄 살아서 팔딱거리는 소리가 빳빳한 새 지폐 다발이 일으키는 바람소리처럼 느껴졌다. 그러나 웬일인지 그 소리에 그의 가슴은 바삭바삭 마르면서 이유 모를 두려움에 떨리곤 했다. 사방을 둘러보아도 출렁이는 푸른 물밖에 보이지 않는 배 위에서 막연한 공포에 사로잡히는 것은 영원히 깰 수 없는 악몽에 시달리는 것과 같았다. 그는 악몽에서 깨어나기 위해 비키니장 속에서 아내가 꺼내던 적금통장을 떠올리려고 애썼다. 통장은 그의 두려움이 얼마나 쓸데없는 것이고 비현실적인가를 깨우쳐주기 때문이었다. 그는 육지에 머물렀다가 바다로 향할 때 통장이 주는 깨우침을 잊지 않으려고 조바심쳤지만, 파도는 흰 이빨을 드러내며 달려와 그 모든 걸 삼켜버리곤 했다. 때때로 저만치 사라지는 파도 위로 아내의 얼굴마저 씻겨 내려가는 것을 바라보며 어쩔 수 없는 심정으로 다만 배 위를 왔다갔다하곤 했다. 아내의 예쁜 얼굴이 같이 살아가는 데 아무런 도움이 되지 못한다는 것을 깨닫고 그는 한숨을 쉬었다. 그리고 몇 달 만에 만나는 아내에게 다짜고짜 일러두었다.

"나 없는 동안 가만히 집에 붙어 있어. 남편도 옆에 없는 여자가 밖으로 싸돌아다니는 것, 곱게 봐 줄 사람 아무도 없다구."

"꼼짝없이 방구석에 혼자 갇혀 있으라구? 흥, 아예 올가미를 씌워 놓으시지. 얼마나 답답하고 외로운지 …미칠 것 같애. 하기야 당신

같은 사람이 어떻게 알겠어?"

"뭐, 답답하고 외롭다고? 기가 막혀서 …. 제발 그딴 배부른 소린 집어치워. 누군 좋아서 나가는 줄 알아? 다 먹고살자고 하는 짓이야. 하여튼 나다니기만 해봐라. 그냥 안 둘 테니까."

바람에 나부끼는 아내의 치맛자락과 사내들의 끈끈한 눈초리를 그려보며 그는 버럭 소리를 지르고 말았다.

"실례합니다. 누구 안 계세요? 여보세요."

좀 전부터 잠결에 어렴풋이 느껴지던 소리가 고함소리처럼 크게 들려왔다. 몇 달 동안 사람은커녕 개 한 마리도 얼씬 안 하더니 웬일이람. 그는 호기심과 단잠에서 깬 아쉬움으로 끙 소리를 내며 자리에서 일어났다.

곱슬곱슬한 머리를 어깨까지 풀어헤친 채였다. 그는 자신도 모르게 주머니 속의 칼부터 꽉 움켜잡았다. 흐흥, 이년이 드디어 제 발로 예까지 걸어왔군.

"누구시죠?"

던지듯 한마디 내뱉고는 트렁크를 마루에 털썩 놓았다. 아니, 이 여편네가 나보고 누구냐니? 여기까지 찾아와서 …. 무슨 영문인지 몰라 그는 잠에서 덜 깨어난 눈을 몇 번 씀벅이다가 뜻밖에도 전혀 모르는 여자임을 알아차렸다. 순간 그는 맥이 탁 풀리는 심정으로 여자를 노려보면서 중얼거렸다. 기가 막히게 닮았군, 머리꼴이며 눈매에다 목소리까지. 흠, 그러고 보니 나이가 훨씬 더 들어 뵈긴 하구먼.

여자는 불안하고 다급한 시선으로 주위를 두리번거리다가 가만히 서 있는 그와 눈이 마주치자 피식 웃었다. 그러고는 서슴없이 신발을 벗고 마루로 올라왔다. 당황한 그는 위아래로 여자를 훑어보며 퉁명스럽게 내뱉었다.

"도대체 누구요? 대문 밖에 벨이 달려 있잖소?"

"뭣 하러 벨은, 열린 대문 두고? 내 얼굴 보면 단번에 모르겠어요? 우리 아버지 사진이라고들 하는데 ···."

마흔이 훨씬 넘어 보이는 여자는 눈까지 흘기면서 입가엔 헤실헤실 웃음을 짓고 있었다. 영감태기 얼굴이 어떤가 살펴봐 줄 형편이나 되는 줄 알아? 완전 쭈그렁인데, 게다가 다 늙은 여자가 웬 교태까지 ···. 뭘 해먹고 사는 여잔지 의심스럽군. 그런 그의 속마음 따위는 알 바 아니라는 듯, 여자는 붙잡을 틈도 없이 성큼성큼 걸어 노인의 침대 앞으로 다가갔다. 커튼의 열려진 틈으로 쏟아져 들어오는 노을의 붉은빛이 두 사람을 마치 화염 속에 가두고 있는 듯했다. 초점 없이 멍한 눈을 하고 있는 노인의 붉은 얼굴을 여자의 붉은 손은 가늘게 떨면서 쓰다듬었다. 여자의 눈에서 붉은 눈물이 흘러내렸다. 마치 영화 속의 붉은 화면에 담긴 인물들을 마주한 듯 그들을 멍하게 바라보다가 그는 자신에게 생소한 가족이란 말을 떠올렸다. 노인에게 가족이 있다는 사실을 그제야 떠올린 것은 그의 탓만이 아니었다.

얼굴 한번 드러내지 않고 온라인으로 보내오는 돈과 위급시에만 연락을 해야 한다는 단서를 붙이고 건네온 명함, 그것들이면 어느 누구도 노인에게 가족이 있다는 것을 깜빡 잊을 법하지 않은가? 기껏해야 낯 푼 남은 돈과 먼 친척 정도밖에 없는 외로운 노인 정도로, 그래서 좀더 함부로 또 때론 더 불쌍한 심정으로 돌보게 되는 것이 아닐까.

"아버지, 이렇게까지 되신 줄은 ···."

여자는 손바닥으로 눈물을 훔치며 코맹맹이 소리를 냈다.

"나는 간병인이오."

그는 여자를 향해 가볍게 고개까지 숙여 보였다.

"오빠들은 아무도 여기 살고 있지 않은 모양이죠? 대개 며칠에 한 번쯤 찾아오나요?"

"오오빠들? 내가 여기 몇 달 있는 동안 강아지 새끼 한 마리 얼씬 안 했수다. 물론 나도 소개소를 통해서 왔지요. 그래도 생활비는 꼬박꼬박 통장에 잘 들어옵디다."

여자의 큰 눈이 더 크게 떠지면서 입까지 벌어졌다. 그는 침대 밑으로 축 처진 노인의 손을 잡아 이불 속에 넣었다. 여자는 무너지듯 땅바닥에 주저앉아서 다리를 쭉 뻗었다. 분노의 빛이 사라진, 무표정한 얼굴은 마치 탈을 쓰고 있는 듯했다.

"시장해요. 요기할 게 있으면…. 워낙 먼길을 찾아와서요."

"미음밖에 없수다. 쐬주가 조금 있긴 합니다만…."

그는 미음조차도 거의 없다는 사실에 약간 난감해하면서 손가락 마디를 뚝뚝 꺾었다.

"좋아요. 그럼, 소주를 줄래요?"

그는 소주잔이 없는 줄 알면서도 싱크대를 여기저기 뒤적이다가 보시기를 하나 꺼냈다.

"소주잔이니 안주 같은 것은 없소. 영감님이 미음만 들지, 게다가 요즈음 나까지 입맛이 토옹 나지 않아서…."

불성실한 간병인이라고 탄로가 나도 별상관이 없다고 생각하면서도 그는 변명을 늘어놓고 있었다. 여자는 두 손으로 보시기를 감싼 채 소주를 마시기 시작했다. 제법 많이 마셔본 솜씬걸. 정말 뭘 해먹고 사는 여잔지, 원. 그러면서 그도 결국 남은 소주를 병째로 마시기 시작했다.

"이런다고 내가 맨날 술만 마신다고 생각하지 마슈. 아주 어쩌다가, 특별한 날만 마시오. 오늘처럼 사람이 왔다거나, 영감님의 안색이 조금 나아 보이거나, 아니면 괜히 따분하고 속상할 때, 왜 그런 지랄 같은 때가 누구나 있잖소?"

그는 자신의 거짓말에 스스로 만족하면서 아무래도 술이 너무 지나치다는 생각이 들어 의식적으로 말끝마다 힘을 주었다. 그러나 여자는 별로 귀담아듣는 눈치가 아니었다. 벌써 취기가 오르는지 여자의 눈동자가 몽롱하게 풀리는 것 같았다.

"스무 시간 가까이 하늘에 떠 있었어요. 아직도 하늘에 떠 있는 기분이에요."

그는 여자의 화장기 없이 부석부석한 얼굴이며 구겨진 바지를 찬찬히 눈여겨보았다. 오랜 여행에서 돌아온 자의 지친 모습이 그러할 것이라고, 고개를 끄덕거리며 물었다.

"어디서 왔소?"

"미국요, 워싱턴. 이십 년 만의 귀국이지요."

그는 움푹 팬 볼과 가파른 턱 선을 보면서 이십 년의 객지 생활이 결코 만만찮게 훑고 지나갔으리라는 추측을 하게 했다.

"이십 년이라, 강산이 두 번이나 바뀔 만한 시간이 지나간 셈이군. 왜 그동안 한 번도 나오지 않았소? 그런데 이번에는 무슨 특별한 일이라도 있소?"

그는 별반 그렇지도 않으면서 아주 궁금하다는 투로 물었다.

"특별한 일? 그렇죠. 특별한 일인 셈이죠. 특별한 일 만들어 두고 나는 여기 왔답니다."

여자는 풀썩 웃더니 엉덩이를 뒤로 밀어 벽에 몸을 갖다 대었다. 분명 말 못할 사정이 있군. 혹시 이 여자도 전 재산 빼돌려 남편 몰래 도망온 것이 아닐까? 그는 방 한구석에 던져진 트렁크에 시선을 주다가 여자를 지그시 노려보았다. 그러고는 주머니 속의 칼을 다시 한

번 잡아보았다. 여자는 남은 소주를 천천히 들이켜고는 보시기를 방바닥에 소리나게 내렸다.

아내는 눈웃음을 치며 사내에게 술을 따르다가 품속에서 통장을 꺼내 보인다. 사내는 만족스런 웃음을 흘리며 아내의 볼에 입을 맞춘다. 개애새끼들⋯. 그는 술잔을 던진다. 쨍그랑. 세상에 별 미친놈 다 보겠네. 주모의 새된 목소리에 그는 정신이 번쩍 든다. 몇 번째이던가, 아내가 있을지도 모른다는 생각에 찾아든 술집에서 내던진 술잔이. 그는 순간 무참해진 자신의 손을 내려다본다. 손등 위에 푸른 색으로 새겨진 용은 비상을 꿈꾸는 듯 꿈틀거린다.

방 안에는 붉은빛이 완전히 가시고 어둠이 내리고 있었다. 그는 벽을 더듬어 스위치를 찾았다.

"내가 여기를 떠날 때만 해도 이 집을 짓느라고 땅을 파고 있었지요. 뒤에는 나지막한 산이 둘러져 있었고 앞에는 담록색 호수가 보였죠. 우리 아버지 소원대로 서 있을 아름다운 별장을 찾느라 애를 먹었어요. 한나절 내내 이 동네 저 동네 다니며 문패만 보고 다녔지요. 하마터면 못 찾을 뻔했어요. 아버지가 여기 계신다는 소문만 듣고⋯."

억지기 말하는 사도 호수도 아름다운 별장의 모습도 사라지고, 개발의 손길이 머물다 만 옹색한 동네의 한쪽 구석에 초라한 모습으로 서 있는 집을 찾기란 결코 쉬운 일이 아니었으리라. 그는 다 비운 소주병을 들고 일어났다. 후들거리며 떨리는 다리로 조심스럽게 부엌으로 걸어가면서 주머니 속의 칼을 더듬어봤다. 칼날은 더 이상 짜릿함이나 간지럼 따위의 쾌감을 주지 않았다. 압지처럼 흠뻑 알코올을 빨아들인 그의 몸은 모든 감각을 잃고 있었다. 그는 안타까이 칼날 위로 손바닥을 문질러보다 마지막 남은 단 한 병의 소주를 꺼내들었다. 낼부터 금주를 한번 시작⋯ 딸꾹 딸꾹⋯. 모처럼 금주를 결심하는 그를 야유하듯 딸꾹질은 계속되었다. 때맞추어 뻐꾸기시계가 울어댔다. 여자는 벽에 기댄 자세를 조금씩 허물면서도 소주를 계속 홀짝거렸다.

"여기서 오래 머물 거요?"

그는 흐릿해지는 정신을 가다듬으며 자신의 생계에 바로 닥칠지도 모를 위험을 타진해보려 했다. 그러나 여자는 맥 빠진 웃음만 흘렸다. 오래 머물러서 나를 해고시키고 당신이 대신하겠소라는 질문이 입 안에 뱅뱅 돌면서 침을 마르게 했지만, 그는 엉뚱한 말을 했다.

"그 미국 이야기나 들려주쇼. 나도 배 타고 이곳저곳 돌아다녔다오."

"뭐, 그곳이라고 특별한 이야깃거리가 있나요? 특히 나처럼 집안에서나 있는 사람은 새로운 걸 볼 수도 들을 수도 없지요."

여자는 뻗었던 다리를 오므려 가슴 쪽으로 끌어당겼다. 흥, 설마하니 이십 년 동안 집안에서만 붙어 있었을라구? 그러면서 그는 쓸데없는 말들을 자꾸만 시켰다.

"워싱턴요?"

"아름다운 곳이에요. 사시사철 푸르지요. 겨울에도 잔디는 파랗답니다. 시내는 온통 꽃에 파묻혀 있죠."

푸르고 아름다운 곳에서 왔다면서 당신은 얼굴이 왜 그 모양이오? 그렇게 말하는 대신 그는 여자 앞에 놓인 보시기에 술을 따랐다. 여자는 앞에 놓인 술을 더 이상 마시지 않고 멍하니 창만 바라보았다. 깜깜한 어둠이 괴어 있는 창처럼 여자의 얼굴은 어둠으로 젖어들고 있었다. 무엇이 저 여자를 절망으로 몰아넣고 있는 걸까? 혹시 한때의 잘못된 생각으로 돌이킬 수 없는 엄청난 과오를 저지른 것은 아닐는지…. 아, 저건 분명 후회의 눈빛이리라.

아내는 텅 빈 통장을 들여다보면서 한숨을 쉰다. 몰래 돈을 빼앗아들고 자신에게서 도망친 사내의 얼굴과 두고 온 남편의 얼굴이 클로즈업되는 순간 그녀는 후회의 눈물을 흘린다. 그 눈물은 놀랍게도 그의 가슴속으로 조금씩 떨어지기 시작한다.

여자는 문득 정신을 차린 듯 말했다.

"참, 우리 아버지 저녁은? 아버지는 식사시간을 아주 정확하게 지키세요. 아침은 아홉 시, 점심은 두 시, 저녁은 여덟 시. 다른 사람들보다 한 시간쯤 늦게 잡아서…. 특히 점심은 집에 들러서, 나랑 함께 드시는 걸 좋아하셨어요. 그래서 나는 두 시에 맞추느라 외출도 맘대로 못 했지요. 내가 챙길 수도 있지만 지금은 너무 피곤해서 꼼짝할 수가 없네요."

여자는 팔베개를 하고 아예 드러누웠다. 그는 어쩔 수 없이 양 손바닥으로 바닥을 짚고 무거운 몸을 일으켰다. 귀찮게 구는군. 그는 혀를 차면서 비틀비틀 부엌으로 들어갔다. 냄비 바닥에 붙은 미음을 달달 긁으니 겨우 반 보시기쯤 찼다. 노인은 눈을 감고 있었다. 이 영감탱이, 딸이 오니 안 먹던 저녁까지 다 챙기게 됐구먼. 그는 노인의 몸을 반쯤 일으켜 베개로 등을 받친 다음 미음을 떠 넣기 시작했다. 하지만 감각이 무뎌진 그의 손은 정확하게 노인의 입을 겨냥할 수가 없었다. 결국 그는 입가를 허옇게 풀칠해 놓고 숟가락을 거두었다. 노인은 마치 흰 수염을 달고 있는 듯했다. 여자는 아무것도 모르는지 가늘게 코까지 골기 시작했다. 그는 노인의 오줌을 받아 변기에 버리고 세면대에 물을 틀었다. 찬물로 몇 번 얼굴을 씻고 칼을 다시 한 번 만지작거렸다. 아내가 제 발로 여기를 찾아온다면…. 단칼에 그냥, 아니, 아니, 그렇게라도 해준다면….

목이 쉰 뻐꾸기는 열 번의 울음을 토해냈다. 저 여자는 언제까지 여기 머물 것인가? 당장 다음 날부터 뭔가 복잡해지려는 사태의 심각성

이 그의 취기를 빼앗았다. 그는 잠든 여자를 흔들어 깨워서라도 물어
볼 작정으로 방에 들어갔다. 여자는 여전히 누워 있었다. 그는 담배에
불을 붙여 한 모금 빨았다. 나도 한 대 주세요. 코까지 골던 여자는
부스스 일어났다. 여자의 가느다란 손가락에 꽂힌 담배에서 연보랏빛
연기가 피어올랐다. 여자는 시름없이 그 연기를 바라보다 깊숙이 빨
아들였다. 그러자 양 볼은 더욱 움푹 패어 콧날이 선명한 코만 우뚝
솟아 세상과의 화해를 거부하고 있는 듯했다. 쿨럭, 쿠울럭⋯. 노인
이 갑작스럽게 기침을 했다. 여자는 황급히 담배를 끄고 그를 쳐다보
았다. 그도 하는 수 없이 담배 끝을 눌렀다. 노인의 기침은 쉽게 멈추
지 않았다. 여자는 무릎걸음으로 침대에 다가가서 노인의 등을 쓰다
듬었다.

"아버지가 옳았어요. 양놈하고 결혼하는 게 아니었는데⋯. 사랑
따위를 믿은 내가 미친년이죠. 진즉에, 진즉에 돌아오고 싶었지만 꼼
짝달싹할 수가 없었어요. 난 늘 갇혀 있는 거나 마찬가지였어요. 이
렇게 되신 줄도 모르고⋯."

늘 갇혀 있는 거나 마찬가지라니? 그가 미처 무슨 뜻인가 헤아려보
기도 전에 여자는 목놓아 울기 시작했다. 하지만 기침을 그친 노인은
눈을 감은 채 미동도 하지 않았다. 노인에게 아무런 자극도 주지 못
하는 여자의 통곡소리가 그의 가슴을 두드리기 시작했다. 저 울음소
리⋯. 잊었던 기억의 파편들이 그의 온몸에 꽂혀 왔다. 어깨까지 풀
어헤친 곱슬머리, 눈물로 번들거리는 큰 눈⋯. 그는 꿀꺽 침을 한 번
삼키고 재빨리 주머니 속의 날이 선 칼을 움켜잡았다. 잠시 울음을
그친 여자는 충혈된 눈으로 그를 쏘아보다가 입술을 달싹거렸다.

"⋯사람을, 사람을 죽여⋯ 봤어요?"

"사람 대신 살아서 펄떡거리는 물고기들은⋯."

그러나 그는 심상찮은 여자의 태도에 그만 입을 다물었다. 여자는 눈동자를 재빨리 움직이기 시작했다. 눈자위에서 번뜩이는 광기를 보고 그는 섬뜩해졌다. 여자는 가쁘게 숨을 몰아쉬면서 옆에 있는 물건들을 집어던지기 시작했다. 두루마리 휴지가 긴 꼬리를 달고 저만치 달아나고 슬리퍼가 창문을 향해 날아갔다. 그는 광포해진 여자가 두려워 가만히 보고만 있었다. 다행히 물건들은 노인의 침상을 피해 떨어졌다. 노인은 딸의 발광에 아랑곳하지 않고 잠들어 있었다. 마침내 더 이상 던질 것이 없어지자 여자는 자신의 머리카락을 쥐어뜯기 시작했다. 어깨까지 내려온 머리가 형편없이 헝클어져서 마구 엉킨 실타래처럼 보였다. 한 차례의 광란을 끝낸 후 여자는 제풀에 지쳐, 벽에 머리를 처박고 끄윽끄윽 울기 시작하다가 방바닥에 드러누웠다.

"씨팔. 잠이나 자."

"그놈은 늘 의심하고 … 날 혼자 … 가두어 놓고 … 아무리 벗어나려고 애를 … 미칠 듯이 답답하고 … 외로워서 … 옭아매고 있는 … 내 손으로 처치하고 … 그런데 … 왜 이렇게 … 더 답답 … ."

"주둥아리 다물고 잠이나 자란 말이야, 잠이나. 얼마나 행패를 부려됐는지 내 정신이 다 홀랑 뒤집힐 뻔했네, 쌍."

그의 퉁명스러운 말투에도 불구하고 여자는 힘이 다 빠진 목소리로 끈질기게 이야기했다.

"외롭고 답답해서 죽을 것 같은 … 한 발자국도 내 맘대로 … 집 밖으로 … 맨날 갇혀 … 이십 년 전 … 유학의 꿈에 부풀어 … 이렇게 될 줄 … 우리 아버진 … 멋진 노신사 … 갑자기 홀아비가 된 아버지를 두고 … 못 잊어 … 돌아올 준비를 항상 … 이십 년이 걸린 … ."

"그 밑도 끝도 없는 소리 그만하고 자라니까 지랄이네."

그는 버럭 소리를 지르고 마당으로 나갔다. 밤기운이 그의 얼굴에 차갑게 와 닿았다. 이미 폐원이 된 지 오래인, 정원 한가운데 아무렇게나 놓인 플라스틱 쓰레기통을 발끝으로 툭툭 찼다. 그러자 주머니 속의 칼이 그의 허벅지를 슬쩍슬쩍 건드렸다. 잠시 잊고 있던 꿈을 움켜잡듯 그는 부르르 칼을 잡았다. 그 순간 불가항력적인 힘이 전류처럼 손목에서 팔로 흘렀다. 무엇이든 찌르고 싶은 욕망에 칼날은 신음하며 떨고 있었다.

그는 방 안으로 들어서서 무릎을 꿇고 잠들어 있는 여자를 찬찬히 들여다보았다. 막다른 골목에서 추적자를 바로 앞에 두고 맥없이 주저앉으며 스르르 감아버린 듯한 두 눈. 눈 끝에 매달린 눈물방울이 형광등 불빛에 반짝였다. 순간 시간들이 역류하고 있었다. 아무도 몰래 가방을 챙기는 아내의 손끝이 떨린다. 떨리는 손으로 자신의 소지품을 넣다가 다시 들여다보는 적금통장. 회심의 미소가 아내의 입가에 잠시 떠오른다. 그의 온몸이 분노로 뜨겁게 달아오르기 시작했다. 뜨겁게 더욱 뜨겁게 팽창하던 육신은 어느 순간 아무런 흔적도 남기지 않고 폭렬하고 말았다.

그는 칼자루를 몇 번씩 새로 다잡다가 창문을 열어젖혔다. 찬 기운이 방 안으로 쏟아져 들어왔다. 여자의 머리카락들이 날리고 셔츠 위의 스카프는 금방이라도 날아갈 듯 흔들거렸다. 아내의 짧은 치마는 둥그렇게 바람을 품고 어디든 날아갈 듯하다. 다급하게 그는 치맛자락을 붙잡으려 해보지만 바람은 날쌔게 그것을 움켜쥐고 달아나버린다. 치맛자락 대신 칼을 잡은 그의 손은 다시 번득이는 살의로 몸서리쳤다. 살아 있는 물고기의 배를 가를 때 감득하는 뭉클한 느낌과 꿈틀거림. 손은 살생의 기억을 더듬어가며 더욱 맹렬히 과녁을 향해 나아가려 했다. 손에서 끈적거리는 땀은 오랫동안 준비된 살의를 실행하도록 재촉했다. 무얼 망설이는가? 자, 어서, 어서 ….

"아취, 아아취, 아취!"

여자의 재치기에 그의 의식은 아찔한 선회를 거쳐 조금씩 돌아왔다. 잠시 허공을 향해 두리번거리던 여자의 큰 눈이 그와 마주치자 안심한 듯 도로 감기며 입가에는 엷은 웃음을 떠올렸다. 그런 다음 여자는 잠꼬대처럼 중얼거렸다.

"너무… 답답하고… 외로워… 외로… 제발… 잘못했… ."

답답하고 외롭다고 말하던 아내의 약간 쉬고 낮은 음성이 그의 귓가에서 울리고 있었다. 여자는 몸을 몇 번 뒤척이다가 다리를 가슴께로 끌어당기면서 한껏 웅크렸다. 그는 마치 여자가 몸을 둥글게 말고 나뭇잎 뒤에 숨어서 떨고 있는 공벌레처럼 느껴졌다. 급하게 창문을 닫다가 그도 목 안의 것을 다 토해낼 듯 재치기를 했다. 칼자루를 쥐고 있던 손바닥을 그는 자신의 목젖 위에 가만히 얹었다. 팔딱거리며 뛰고 있는 목숨이 그대로 손에 잡혀졌다. 고른 숨을 내쉬고 있는 여자의 목도 가볍게 떨리고 있었다. 그는 담요를 꺼내 여자의 몸 위에 훌쩍 던지듯 펼쳤다.

해야 할 과제를 무사히 마치고 휴식을 취하는 사람처럼 그는 벽에 기대어 두 다리를 쭉 뻗었다. 그리고 병 밑바닥에 약간 남은 소주를 흔들어 입 안으로 쏟아 부었다. 그의 몸은 미지근한 바닷물에 조금씩 조금씩 잠겨들면서 의식은 먼 시간의 기억을 따라 거슬러 올라갔다. 어디선가 뻐꾸기는 곧 숨이 끊어질 듯 절박한 울음소리를 냈다.

구름 한 점 없는 하늘 아래 바다는 연둣빛을 띠고 있었다. 넓게 펼쳐진 그물 위로 온갖 고기들이 햇빛을 받아 현란한 빛깔로 반짝이며 튀어 올랐다. 윈치를 감아올리는 그의 손아귀에 고기들의 몸부림이 생생하게 감지되었다. 살려달라고 아우성치는 소리가 그의 귓가를 때렸다. 옛 이야기 속에서 살려준 대가로 세 가지 소원을 들어주었다는, 잉어가 떠오르자 그의 손에서 스르르 힘이 빠져나갔다. 고기들은 그물을 벗어나 갖가지 색의 아름다운 비늘을 반짝이며 날렵하게 헤엄쳐 나갔다. 그는 문득 아내가 보고 싶다는 생각을 간절히 하며 끊임없이 이어지는 고기떼의 행렬을 따라 바다 속으로 들어갔다. 천천히 천천히 …. 부드러운 물살이 그를 감쌌다. 점점 더 깊이 끌어당기는 물살의 어쩔 수 없는 힘에 이끌려 그는 자신을 편안하게 내맡겼다. 그의 몸체는 유선형으로 조금씩 변해가며 푸른색의 비늘을 달고 있었다. 그는 믿기지 않아 자신의 몸을 더듬어보다 잠에서 깨어났다.

푸르스름한 빛이 방 안을 감돌았다. 그는 순간 바다 속이 아닌가, 하는 착각이 들어 주위를 두리번거렸다. 방 안의 물건들이, 침상 위의 노인까지 여전히 제자리를 지키고 있었다. 여자는 이미 방 안에 없었다. 간밤에 일으킨 광란의 흔적까지 챙겨들고 여자는 사라졌는가? 자신의 몸 위에 덮인 담요가 아니라면 여자의 존재조차 그는 사실 의심스러웠을 것이다. 여자가 흘리고 갔을 자취를 찾아내기 위해 그는 집안을 둘러보며 다녔다.

항상 잠그기를 잊은, 잠글 필요조차 없는 대문은 여전히 비스듬히 열려 있었다. 꿈이었던가? 그 모든 게 다 한바탕의 꿈이었던가? 그는 세상을 다 살아버린 늙은이처럼 중얼거리며 칼을 만지작거렸다. 늘 답답하고 외로웠어요. 어디선가 낮게 웅얼거리는 말소리가 들렸다. 누구의 음성인지 생각해내려는 순간 이해할 수 없는 힘이 그의 팔을 잡아당겨 담 밖으로 칼을 훌쩍 던져버리게 했다. 어느 돌 모서리에 맞았는지 칼은 새벽 공기 속에서 쨍그렁 소리를 냈다. 곧이어 탄성을 지르며 수많은 그물코들이 한꺼번에 터지는 소리가 났다. 그의 의식 한 가닥이 맑은 소리를 내며 흔들렸다. 그는 아침이 되면 당장 직업소개소에 전화부터 할 결심을 했다. 아주 급하니까 후임자를 빨리 구해 달라고…. 그도 자신의 전임자와 비슷한 말을 할 것이다.

"이만한 직장 구하기가 쉽지 않소. 다만 이런 구석에서 썩고 있기에는 싸나이로서 좀 뭣하잖소? 어쨌든 후임자가 빨리 구해졌으니 다행이오."

푸른 바다를 향해 그물을 던지고 싶은 욕구로 꿈틀거리는 팔을 번쩍 들어 보이고 그는 대문을 나설 것이다.

장진주사 (將進酒辭)

한잔 먹세그려 또한잔 먹세그려 꽃꺾어 산놓고 무진무진 먹세그려 이몸 죽은후면 지게위에 거적덮어 …. 투명한 액체가 목젖을 간질인다. 몸 속의 세포들은 흡반이 되어 강한 힘으로 알코올을 빨아들인다. 온몸 구석구석까지 퍼져나가는 술기운으로 몸뚱어리는 점차 부풀어올라 공룡처럼 커져 간다. 누른해 가는비 굵은눈 소소리 바람불제 뉘한잔 먹자할꼬 하물며 무덤위에 잔나비 휘파람불제 어떠리. 아직 애젊은 포장마차 주인은 한껏 구성진 목소리를 내며 내 잔에 자꾸만 술을 따랐다. 손님 맞을 준비를 하기에는 이른 시간인 모양이다.

　"해고를 위하여, 새로 시작하시는 생활에 부디 행운이 따르기를 …."

　술잔을 놓고 나는 급하게 손을 내저으며 그의 말을 정정하려 했다.

　"그 참, 아직 확실한 게 아닌데 그러네."

　"아니라고 우기심 뭐 달라질 것 같아요? 물론 그 심정 이해 못할 바는 아니지만 …. 너무 걱정 마세요. 저 봐요, 취직 안 된 게 얼마나 다행인가. 이래봬도 웬만한 월급쟁이보담 훨얼씬 나아요. 게다가 윗사람들 눈치 볼 것 없으니 좀 좋아요? 대학 졸업하고 이력서 내미는 데마다 거절할 땐 기가 막히더니, 참. 인생지사 새옹지마라는 말이 괘앤히 있겠어요?"

그래, 머리꼭지에 피도 안 마른 니가 나를 가르쳐라, 가르쳐. 나는 중얼거리며 석쇠에서 지글지글 굽히는 곰장어를 입으로 가져갔다. 양념된 고추장의 매운맛에 혀끝이 알짝지근했다. 출근해서, 마치 커피 첫 모금을 삼킬 때 느껴지는 목구멍처럼 …. 목이 달아나는 날이 바로 그날일지도 모른다는 생각에서 매일 그랬을까? 하지만 정작 오늘 아침에는 달아날 목에 대해 깜빡 잊고 있었다. 왜냐하면 아내의 낯선 표정과 말투 때문이었다.

운전대를 잡고서 나는 몇 번이나 힐끔거리며 옆에 앉은 아내의 얼굴을 살펴보았지만 분명 연민과 애정이 담긴 눈빛이었다. 그리고 목소리까지 전혀 다른 톤을 냈다. 아내가 언제 그런 눈빛과 목소리를 한 적이 있었던가.

"아래층에 사는 우리 반 나리 말이에요. 왜, 얼마 전에 급성폐렴으로 입원했었잖아요? 근데 간호할 사람이 없대요, 글쎄. 그래서 나리 아빠가 강의 비는 시간마다 틈틈이 달려가나 봐요. 게다가 나리가 병원 음식을 통 먹어내질 못해서 …."

"걔 엄만 미국서 언제 나와?"

환이까지 끼어들었다.

"글쎄다. 아무래도 논문이 끝나야 되겠지. 나리 아빠 얼굴이 딱 반쪽이더라니깐요. 정말 얼마나 안돼 보이는지 …. 나리 엄마도 너무했어. 박사학위 두 번 받다간 남편 애 모두 잡겠더라구. 오늘쯤 한 번 더 문병 가봐야겠어요. 담임으로서 나도 너무 무심했나봐. 어제 엘리

베이터 안에서 나리 아빠랑 딱 마주쳤는데 민망하더라구요. 하여튼 나리 아빠 고생이 말이 아녜요."

아니, 이 여자가 지금 누구 걱정이야? 나리야, 나리 아빠야? 나는 거칠게 핸들을 꺾으면서 결국 빈정거리고 말았다.

"얼굴이 반쪽 돼도 여전히 미남인가, 아닌가, 나는 그게 더 궁금해지네. 설마 그 대학에서는 얼굴 좀 야위었다고 자르진 않겠지. 그런데 뭐가 걱정이야?"

매일매일 해고불안증에 시달리는 내게 아내는 뭐라고 했던가. 열심히 공부해서 당신도 나리 아빠처럼 명문 대학의 실력 있는 교수가 되었더라면 지금쯤 시시하게 그딴 걱정은 안 해도 됐을 거라고, 열심히 공부하지 않은 학생에게 형편없는 성적표를 내밀면서나 할 법한 말투로 그렇게 나를 깔아뭉갰었다. 요즈음 교수 사회가 얼마나 살벌한가를 들어보지도 못한 모양이었다.

"아니, 당신은 무슨 말을 그렇게 해요?"

아내는 자신이 한 말들은 다 잊었는지 내 말에만 기분 상해하며 샐쭉했다.

"차 여기서 세워요. 불안해서 앉아 있을 수가 없네. 얼마나 거칠게 모는지…. 환아, 어서 내려."

차에서 내리는 환이의 어깨를 얼른 감싸 안고 사라지는 아내의 뒷모습은, 매에게 쫓기는 병아리를 냉큼 날갯죽지에 품고 달아나는 암탉의 모습과 영락없이 닮아 보였다. 빠른 걸음으로 내게서 도망치듯 달아나고 있는 그들을, 어려운 때일수록 함께해야 한다는 내 가족의 낯설게 느껴지는 뒷모습을 나는 어쩔 수 없는 심정으로 바라보았다. 어느 순간 그들은 사라져버리고, 아침 햇살 아래서 은빛으로 빛나고 있는 교문만이 내 눈에 들어왔다. 한동안 나는 멍하니 교문을 마주보고 있다가 차를 돌렸다.

포장마차 주인은 간장과 소금을 번갈아 넣으면서 국물의 간을 맞추다가 문득 걱정스러운 낯빛으로 나를 건너다보았다.

"사무실엔 정말 안 가보실 거예요? 잘릴 때 잘리더라도 보고는 해두셔야지요. 아저씨 잘못도 아니잖아요, 무얼."

나는 대답 대신 소주 한 잔을 단숨에 입안으로 털어 넣었다. 술잔을 탁자 위에 소리 나게 내려놓는 순간, 요즘 한창 뜨고 있는 탤런트 은석규가 양팔을 벌려 침대를 들어올리고 있는 카탈로그가 눈앞에 아른거렸다. 그 상단에 있는, '쾌적한 잠자리가 아름다운 꿈의 세계로 안내합니다. 좋은 하루의 시작과 끝은 서림 침대가 확실하게 책임집니다'라는 문구와 함께 은석규는 의기양양한 표정을 짓고 있었다. 자신의 팔에 들린 침대가 틀림없이 좋은 하루를 만들어주는 침대라고 그 스스로도 믿고 있는 듯했다. 아, 나는 은석규와 비슷한 표정을 지으려고 얼마나 애쓰면서 백화점의 가구팀장에게 카탈로그를 내밀었던가. 그러나 그는 연방 걸려오는 전화를 몇 통이나 받고 난 후에야 냉담한 표정을 지으면서 마주 앉았다.

"저어기 내 책상 위 좀 보쇼. 카탈로그가 쌓여요, 쌓여. 아, 우리야 당연히 고객이 많이 찾는 거를 고를 수밖에. 근데 이 서림은 아무래도 인지도가 좀 떨어지더라구."

그는 내게 담배를 권하지도 않고 입에 물었다.

"팀장님, 그야 광고 몇 번 꽝꽝 때려주면 금방 올라가지요. 결국 문제는 품질이죠. 이보세요, 큐마크와 케이티아이는 물론 기본이고…."

"요즘 같은 시대에 살아남으려면 아주 고가든가, 아주 저가든가, 둘 중 하나요. 어중간한 건 다 자빠져요. 보쇼, 곧 이 가구업체들도 싹 정리가 될 거니깐. 우리도 어디가 생명이 길 건가 꼼꼼히 따져보고 어제야 겨우 결정했소. 오늘쯤 계약들 해야지요. 아무래도 큰 회사 쪽이 좀 안심이 되더라구, 그렇잖아요? 사정사정한다고 지명도 떨어지는 업체 물건 받았다가 매상도 못 올리고 자리만 떡 차지하고 있으면⋯."

큰 회사 좋아하네. 결정했음 했다고 진작 말할 것이지, 실컷 사람 기다리게 해놓고 딴소린 왜 늘어놓냐? 짜샤, 싫음 관둬라, 관둬. 벌여놓은 난전을 치우듯, 탁자 위에 늘어놓은 카탈로그와 선전용 책자들을 가방에 집어넣었다. 로비를 잘 해두었다던 천 이사의 말을 그대로 믿은 자신의 어리석음에 화가 치밀어 올랐다. 천 이사, 이걸 그냥⋯. 한 방 먹일 기세로 주먹을 불끈 쥐어보다가 그만 나는 매장 밖으로 나와버렸다.

아직도 따가운 초가을의 햇볕이 어깨와 등 뒤에서 내리쬐고 있었다. 쨍쨍한 햇볕에 괜한 분노와 짜증을 느끼며 요즈음 나를 사로잡고 있는 불길한 예감을 입 밖으로 불쑥 소리 내고 말았다.

"아, 나는 결국 해고당하는구나."

순간 내 눈앞에는 거대한 공룡이 2억 년 전의 저 아득한 시간대를 가로질러 간다. 어느 것도 온전히 살아남을 수 없는 불모의 땅을 지나 풀과 나무가 무성하고 기후가 따뜻한 곳으로 찾아가고 있다. 모든 땅덩어리가 한몸이듯, 모든 생물들이 하나되어 평화롭게 풀을 뜯으며 먹이를 나누는 곳. 그곳으로 간 공룡은 더 이상 엄청난 몸통을 흔들며 먹이를 구할 필요가 없어진다. 먹이를 구할 필요가 없는 그곳이 바로 낙원임을 그제야 공룡은 알게 된다.

"이몸 죽은후면 지게위에 거적덮어 주리어 매어가나 유소보장에 만인이 울어예나 어욱새 속새 떡갈나무 백양숲에 가기곳가면⋯. 어서 옵쇼. 네에, 쐬주 한 병에 오뎅 둘, 떡볶이 하나."

바빠지기 시작하는 포장마차 주인에게 나는 인사도 하지 않고 슬그머니 자리에서 일어났다. 급하게 마신 탓인지 취기가 한꺼번에 몰려왔다. 후들거리는 다리를 끌며 포장마차를 나서려는데, 언제 알아차렸는지 그는 내 등 뒤에 대고 큰 소리로 말했다.

　"조심하세요. 사무실부텀 빠알리 가보세요. 더 늦기 전에요."

　해고불안증에 시달리기 시작하면서부터 육 개월가량, 거의 매일 찾아주었기 때문일까? 단골에 대한 그의 애정 어린 염려가 성냥 한 개비의 불꽃이 되어 내 가슴을 잠시 환하게 밝혀주었다. 하지만 나는 그의 말대로 사무실로 돌아갈 마음이 없었다. 화가 나서 씩씩거릴 천 이사의 붉고 네모난 얼굴과 쥐어짜는 듯한 목소리를 견디어낼 자신이 도저히 없었다. 아니, 좀더 솔직하게 말하자면 내 면전에다 바로 대고 해고라고 내뱉을까 두려워서다. 며칠 전부터 그는 나와 얼굴이 마주칠 때면 녹음 테이프 돌리듯 똑같은 말을 반복하곤 했다.

　"양 부장, 이번에 세명백화점 입점 실패하면 어떻게 되는지 알지? 자네는 물론 우리 영업부가 그대로 끝나는 거야. 자네 어깨에 몇 명의 목숨이 올라앉아 있다구. 내가 자네를 어렵사리 구해줬을 때는 다아 그만한 뜻이 있었다는 걸 잊지 말게."

　지난 인사개혁 때, 천 이사는 나를 구해주었다면서 걸핏하면 생색을 내려 했다. 영업의 필수 조건인 술과 노래를 제대로 할 줄 알아서라나. 영업 능력이 괜찮아서라는 말을 쏙 빼는 그가 얄밉긴 했지만 나는 겉으로라도 그를 은인 대접할 수밖에 없었다. 한 잔, 또 한 잔…. 몸 안으로 알코올이 흘러들어갈 때야 비로소 내 몸은 공룡처럼 커지면서 어깨 위에 버티고 있는 목숨들로부터 자유로워질 수 있었다.

　"그동안 내가 워낙 로비를 잘 해뒀으니깐, 양 부장은 오늘 한잔 멋지게 대접하고 계약서에 사인만 받아오면 되는 거야. 그럴 리야 없겠지만 만약 실패하게 되면 자네나 나나 더 이상 이 회삿밥 먹긴 어려울 걸. 이거, 내가 술을 못 하는 탓에 자네한테 내 목을 맡기고 있는 셈이네그려."

　회사 법인카드를 무기처럼 쥐어주면서 그는 나를 전쟁터로 내몰았다, 이기지 못하면 영원히 돌아오지 말라는 협박과 함께. 그런데 무기를 한번 휘두르지도 못하고 패전이라니. 이미 승전자가 정해진, 다 끝난 전쟁인 줄 뻔히 알면서 나를 내보낸 그의 본심은 어디에 있는 걸까? 어쨌든 나는 돌아가지 못하는 패잔병이 되었다. 시시비비를 따져봤자 결국 나는 해고될 게 뻔했다. 회사가 살아남기 위해서는 분명 누군가 몇 명은 해고해야 할 것이고, 나는 이미 해고 대상자로 정해져 있으므로….

　차창으로 들어오는, 따가운 초가을 햇살에 눈살을 찌푸리며 핸들을 휘익 꺾어보지만 별 뾰족한 수가 없었다. 바지 주머니 속에서 휴대폰이 자지러질 듯 울어댔다. 땀으로 끈적거리는 손끝으로 다급하게 전원을 꺼버리고 나자, 이제 더 이상 내가 할 일은 없어졌다.

　짙은 노을빛 사이로 스멀스멀 어둠이 피어오르고 있었다. 방금 내가 나온 포장마차에서 비치는 불빛이 저승처럼 멀고 아득해 보였다. 휘청거리는 발걸음으로 낯선 길목을 찾아 헤매듯, 내가 살고 있는 아파트 단지의 입구를 찾아가고 있다. 낮의 뜨거운 열기가 사라지고 서늘한 바람이 불어와 얼굴에 닿자 취기가 조금씩 가셔졌다. 사라지는 취기 대신 온몸을 엄습해오는 불안감. 조금씩 진해오는 어둠 속에서 세상을 떠도는 모든 공포들이 한꺼번에 거센 파도처럼 몰려와 나를 밀치기 시작했다. 저만치 보이는 아파트 정문은 검은 아가리를 활짝 벌린 채 숨죽이고 있는 짐승처럼 보였다. 저 무시무시한 짐승을 이길 수 있는 길은 내가 엄청나게 큰 공룡이 되는 수밖에 없으리라. 그러기 위해 필요한 것은 술이었다. 사라지고 있는 취기를 재빨리 붙잡기 위해 내 몸에 또다시 술을 부어주어야 한다.

한잔 먹세그려 또한잔 먹세그려…. 살아 있는 동안 실컷 먹어보자구. 24시 편의점 앞의 간이의자에 앉아 흰 거품이 조용히 끓어오르는 맥주를 마시기 시작했다. 하지만 맥주의 거품은 두려움 대신 내 속에서 누르고 있던 분노를 다시 불러일으키게 했다. 불경기가 내 탓이야? 내가 뭘 잘못했단 말야? 십여 년을 한 회사에 매달려 젊음과 열정을 다 바쳐왔다. 그런데 이제 와서 수명이 다 된 건전지를 빼버리듯, 나를 빼겠다구? 마누라가 같이 밥벌이한다는, 다른 동료들보다 좀 덜 딱하다는 이유로? 나는 다 마신 맥주깡통을 손안에서 와락 힘주어 구겼다. 아내의 찌그러진 얼굴이 떠올랐다.

"그 회사, 당신은 못 자를걸. 허구한 날 영업한답시고 몸 버려가며 열심히 술 마셔준 당신을 어떻게 잘라요? 당신 대신 그만큼 술 많이 마셔줄 사람이 어디 또 있다고…. 설마 날 믿고 자진해서 사표 따위를 먼저 쓰는 어리석은 일은 안 하겠죠? 당신이 하루종일 집에서 우두커니 날 기다린다는 상상을 하면 온몸에 소름부터 돋아요. 아, 끔찍해."

구겨진 은박지처럼 찌그러진 아내의 얼굴이야말로 정말 끔찍했다.

"회사에서 잘리면, 집에서도 잘리겠군. 날 내보내고 새로운 남편을 고용할 모양이지? 그래, 좋아. 잘 해보라구."

나는 비틀린 입술 끝에 웃음까지 지으면서 말했다.

"뭐라구요? 이이가…. 정말 이젠 제정신이 아닌가봐."

경멸과 연민이 뒤섞인 표정을 짓고 있는, 아내의 얼굴을 보는 순간 내 팔목에는 굵은 소금을 뿌려놓은 듯 소름이 돋아났다.

캔맥주 하나를 더 사들고 나와서 마시기 시작했다. 맥주의 찬 기운은 불안과 분노, 비탄으로 가득 찬 내 가슴을 후볐다. 손바닥으로 가슴을 누르며 나는 눈을 감았다.

중생대의 아름다운 낙원. 따스한 햇볕과 바람 속에서 공룡들은 넓은 초원과 늪을 유유히 걸어다니며 풀을 뜯는다. 인간이 없는 세상, 공룡들이 주인인 그곳에 그들을 괴롭히거나 방해하는 것은 없다. 그들은 언제까지나 낙원과 함께 평화가 계속되리라 믿는다. 하지만 거기에 죽음의 겨울이 찾아와 늪이 마르고 초원이 없어질 줄이야⋯. 아무리 둘러보아도 낙원은 보이지 않는다. 그렇다면 정말 낙원은 영원히 사라지고 만 것일까?

몇 번이나 벨을 눌렀지만 아무런 기척이 없었다. 응답 없이 굳게 닫힌 문은 완강하게 나를 거부하고 있는 듯했다. 그 짧은 순간 스쳐가는 불안과 절망. 급기야 아들의 이름을 부르며 나는 주먹을 쥐고 문을 두드렸다. 쫘앙 환아, 쫘아앙 화아안아⋯. 다급하고 간절한 부름에도 불구하고 아무런 대답이 없자 나는 떨리는 손끝으로 겨우 열쇠구멍을 찾았다. 찰카닥, 하는 금속음과 함께 문이 열렸다. 갑자기 환하게 쏟아지는 빛 때문에 부신 눈을 가느스름하게 뜨다가 나는 소파 위에서 잠든 환이를 발견했다. 탁자에는, 먹다 남은 피자조각이 뻣뻣하게 굳어 접시 위에서 뒹굴고 그 옆에는 미처 끝내지 못한 숙제장이 활짝 펼쳐져 있었다. 원망과 짜증이 섞인 손길로 여기저기 도어 손잡이를 당겨보았지만 그 어디에도 아내는 없었다. 8시 40분을 가리키는 벽시계 아래에서, 텔레비전 화면은 중년의 남녀 한 쌍을 보여주었다. 한눈에 불륜의 관계로 보이는 그들은 저녁놀이 지고 있는 강 언덕에 나란히 앉아 있었다. 강의 붉은빛이 여자의 얼굴에 어렸다. 불그스름한 여자의 얼굴 위로 눈물이 흘러내렸다. 여자를 바라보던 남자의 눈에도 조금씩 눈물이 어렸다. 애조 띤 배경음악과 함께 남자의 젖은 음성이 울려났다.

"이대로 끝낼 수는 없어."

"끝내지 않으면 …. 아니에요, 우리에게 다른 길은 있을 수 없어요."

여자의 표정은 잠시 밝아지는 듯하다가 더욱 적막하고 쓸쓸하게 가라앉았다. 기가 막히게 유치하네. 저딴 걸 안방 연속극이라 방영하다니, 한심해서, 원. 그런데 이 여자는 어디서 무얼 하느라 여태 돌아오지 않는단 말인가. 어쩌면 영영 돌아오지 않으려고 하는 건 아닐까, 오늘 일을 알고서는? 천 이사가 나하고 연락이 안 되니까 아내 학교로 전화 걸었을지도 모른다. 천 이사, 이 쌔끼를, 이늠의 여편네를 …. 나는 그들을 때려눕히는 대신 손안에 있는 리모컨의 붉은 버튼을 눌렀다. 순간 모든 빛이 사라지고 나니 텔레비전 화면은 어둠에 잠긴 깊은 샘처럼 적막했다.

양복을 벗어 던지자 취기와 함께 졸음이 몰려왔다. 나는 쓰러지듯 침대에 드러누웠다. 그러자 은석규가 양팔을 벌려 내가 누운 침대를 번쩍 들어올리려고 했다. 아름다운 꿈의 세계로 안내하고, 좋은 하루의 시작과 끝을 책임지겠다는 듯이 …. 그래, 좋아. 니가 한번 잘 해봐. 졸린 음성으로 중얼거리며 눈을 감았다. 하지만 내가 견뎌야 할 하루는 아직 끝나지 않았는지 전화벨이 울려댔다. 모른 체하기로 마음먹고 돌아누웠지만 전화벨은 새소리를 흉내내며 지긋지긋하게두 울어댔다. 제기랄, 새의 목을 비트는 심정으로 송수화기를 집어들었다.

"벌써 자냐? 아님, 또 한잔한 거냐?"

"으응, 그런데 형이 웬일이우?"

순간 정신이 명료해지면서 나는 발음을 될수록 또렷하게 하려고 했다. 왜 나는 굳이 형 앞에서 흐트러진 모습을 보이지 않으려고 애쓰는 걸까.

"웬일이긴 …. 형제간에 안부 전화쯤은 하고 살아야 되는 거 아냐? 휴대폰이 꺼져 있어서 집으로 전화했더니 …. 환이가 안 전했나보구나. 그건 그렇고, 요즘 회사 사정은 어떠냐? 구조조정이니, 퇴출이니 해쌓는 회사가 요즘 많다던데, 너네는 어떤가 걱정이 돼서 …."

그제야 전화기 옆에 환이가 해놓은 메모가 눈에 들어왔다. 천 이사, 큰아빠, 엄마, 천 이사 …. 연락이 없는 나를 두고, 천 이사는 벌건 얼굴이 시퍼렇게 되도록 독을 품어가며 다른 직원들 앞에서 내 흉을 보았을 게다.

"으응 …. 뭐, 그냥 … 그래요."

"그냥 그렇다니? 해고당할 위험이 있단 말이냐, 아니냐? 확실하게 얘길 해봐."

형은 옛날이나 지금이나 항상 확실한 걸 좋아하지. 형 말대로 확실하게 얘기하자면, 잘린 거라고 봐야지. 어디, 새로운 일자리라도 구해줄려고? 하지만 피의자 심문하듯 따져 묻는 형에게 내가 무슨 말을 제대로 하겠어.

"그건 나도 아직 확실하게 몰라요. 형은 어때, 별일 없지요?"

인사조로 꺼내본 말이지만 검사라는, 무엇보다도 확고하게 안정된 직업을 가진 데 대한 부러움으로 나도 모르게 목소리가 잔뜩 주눅이 들어 있었다.

"그럼 나야, 뭐 …. 하여튼 무슨 일이 있음 전화해. 그리고 다음 주말쯤 시간 내서 아버지 어머니 산소 다녀오자구, 추석 전에 미리 벌초를 해두게."

"알았어요."

술기운이 조금씩 가시자 방 안의 물건들이 하나씩 뚜렷한 윤곽을 드러내며 눈에 들어왔다. 빛바랜 감사장과 거무스름하게 변한 트로

피, 감사패 ···. 받았던 기억조차 희미해진 지금은 그것들이 나와는 전혀 상관없는, 누군가가 남긴 유품처럼 쓸쓸하게 보였다. 나는 그것들을 영원히 유폐시키는 심정으로 방문을 닫고 거실로 나왔다.

소파에서 여전히 자고 있는 환이를 안아 제 방 침대 위에 눕혔다. 열두 살이 된 환이의 몸은 내 팔을 뻐근하게 할 만큼 묵직했다. 뻐근해진 팔과 함께 뿌듯해지는 가슴. 갑자기 나는 환이와 씨름을 하고 싶어진다, 우리 아버지처럼.

술에 취하면 아버지는 마당 한복판에 멍석을 깔고 내게 씨름을 하자고 하곤 했다. 이기면 호박엿이나 강정이 생기고, 지면 동구 밖까지 가서 막걸리 한 주전자를 사와야 하는 내기씨름. 하지만 승부는 아버지의 전작이 어느 정도냐에 따라 달려 있었다. 적당하게 마셨을 때는 허리만 잡아도 아버지는 너털웃음과 함께 벌렁 넘어지지만, 덜 마셨을 때는 나를 허깨비처럼 툭 쳐서 넘어뜨리고는 이런저런 요령까지 덧붙이곤 했다.

"에헤이, 그 참. 상대방 힘이 앞으로 몰려 있으믄 손을 써야제, 손을. 그리고 상대방한테 뒤를 보이믄 지는 법이라."

"피이, 다시는 아버지하곤 씨름 안 해요. 형하고나 해요. 괜히 나한테 힘자랑하지 마시고 ···."

씩씩거리며 부엌에서 찌그러진 알루미늄주전자를 들고 나오는데 어머니는 내게 나지막하지만 단호하게 말했다.

"니 형이 시시허게 씨름판이나 벌이겠냐? 얌전허게 공부허는 형 괜히 건드리지 말어."

짜아식아, 씨름은 미련하게 힘으로 하는 게 아냐. 다아 기술이야, 기술. 어머니의 눈치를 슬금슬금 본 후, 아버지는 점차 말소리를 낮추더니 끝말은 아예 입안에서 웅얼거렸다.

빨갛게 타오르는 노을을 뒤로하고 황소 한 마리를 몰고 집으로 돌아오던 아버지의 모습을 나는 기억한다. 씨름대회에서 장사로 뽑히던, 그 빛나는 순간 위에 언제나 머물기를 원하던 아버지. 그러나 그를 영원히 장사로 남아 있게 해주는 건 오로지 술이었다. 시큼털털하고 뿌연 막걸리가 한 사발 두 사발 들어가면, 그의 검게 탄 팔뚝에는 저절로 힘줄이 불거지고 두 다리의 근육은 새로운 탄력을 얻었다. 그 힘으로 아버지가 세상을 살았다는 걸 나는 요즘에야 알게 되었다.

　　"환아, 어서 일어나 봐, 어서."

　　다급한 일이 생긴 것처럼 환이를 흔들어 깨웠다. 그러자 아이는 눈을 번쩍 떴다.

　　"우리 씨름 한 판 하자, 응?"

　　갑자기 졸음이 싹 달아나는 눈빛으로 나를 빤히 쳐다보다가 아이는 말했다.

　　"아빠, 그렇게 많이 취했어? 씨름이라니? 아휴, 술내. 엄마한테 또 얼마나 혼이 나려구. 난 몰라."

　　돌아눕는 등을 보자 아이를 흔들어 깨우던 내 손끝이 무안해서 벌겋게 달아오르는 기분이었다. 그 손끝으로 나는 방 안의 스위치를 눌렀다. 깜깜한 어둠이 강물처럼 출렁거렸다. 어둠의 강물은 가까이 다가와 부드럽고 따스하게 나를 감싸 안으며 충동질했다. 그만 콱 죽어버리자구. 은연한 취기 속에서 갑자기 찾아드는 죽음의 유혹을 받아들이고 싶어 나는 온몸을 떨었다. 왜 죽는다는 생각을 미처 못 해봤던가? 나는 두 눈을 감았다. 편안하고 나른한 기운이 물결처럼 흔들리면서 손가락 발가락에서부터 팔다리를 향해 조금씩 몰려왔다. 아, 이러면 될걸…. 하지만 곧 낮고 희미하게 새어나오는 내 숨소리를 누르는 소리가 느껴졌다. 쌔액쌔액, 내가 세상에 던져둔 단 하나의 목숨이 살기 위해 숨쉬는 소리. 나는 자신도 모르게 아이의 침대 앞으로 다가가고 있었다.

짜증스럽게 울어대는 전화벨에 이어 천 이사의 목소리는 금방이라도 송수화기를 뚫고 튀어나올 것 같았다.

"아니, 양 부장, 자네 도대체 정신이 있는 거야, 없는 거야? 무슨 사람이 그 모양이야? 무슨 연락이 있어야 될 거 아냐?"

연락 좋아하네. 한바탕 욕이라도 퍼붓고 싶은 심정을 억누르면서 나는 말했다.

"연락이라뇨? 뻔하게 다 아실 건데 제가 뭘 하러 새삼스럽게 연락을 합니까? 로비를 잘 해뒀다더니⋯. 이미 결정난 것도 모르고 로비하셨어요? 절더러 도대체 무슨 접대를 하라고 내보셨어요?"

"이 사람, 이거 참. 계약까지 다 끝난 건 아니었잖아. 그러니까 내가 뭐랬어? 술 한잔 사면서 마음 바꾸게 하란 말이었지. 그럼 첨부터 우리 회사랑 덜렁 할 줄 알았어? 괜히 비싼 술 먹으라고 내가 거기 자넬 내보냈겠느냐구. 답답한 사람 같으니라구, 사장님께서도 오늘 얼마나 화를 내셨는지 몰라. 기본이 안 된 사람이라고, 하시면서⋯. 그러나저러나 이번 건은 자네가 전적으로 책임져야겠어."

찰칵, 하는 순간 귓속이 먹먹해지면서 아무런 소리도 들리지 않았다. 그러자 갑자기 숨통이 죄어오기 시작했다. 나는 발버둥치듯 소리를 질러댔다. 개쌔끼, 이렇게 써먹으려고 잠깐 그 자리에 더 붙여놨었군. 뭐, 기본이 안 돼 있다구? 십수 년을 맘껏 부려먹다가 함부로 내쫓으려는 지놈은 기본이 되어 있는 줄 알아? 나는 천 이사와 사장의 얼굴 위로 주먹을 날리듯, 송수화기를 벽에 내던졌다.

왜 공룡은 이 지구 위에서 완전히 사라지게 되었는가? 그것은 엄청나게 큰 몸통과 느린 행동 때문이었을 것이다. 살아남기 위해 필요한 건 날렵함과 비겁함인 줄 미처 몰랐으니 ….

분노와 증오심으로 맹렬하게 타오르는 불꽃을 눈앞에 보는 순간, 나는 자신도 모르게 형을 찾고 있었다.

"형, 나 좀 만나줘야겠어요. 국세청에 손닿을 수 있지?"

"갑자기 그게 무슨 소리야? 좀 전에 아무 일 없다더니 …."

무슨 일 있으면 연락하라고 한 말을 벌써 잊은 걸까. 약간 뜨악한 목소리에 나는 한풀 죽었지만 어쩔 수 없었다.

"우리 회사, 세무조사 의뢰했으면 하구요. 확 뒤집어 놓을까봐. 날 자르려고 들어, 이것들이. 십수 년 동안 죽자살자 일해 줬더니 말야."

"으음, 해고당할 것 같아? 하지만 그렇게 함부로 세무조사를 의뢰할 순 없지. 직권 남용이야. 이번 주는 내가 바쁘니까 다음 주에 만나서 의논하자."

자신의 일이 아니라고 이렇게 담담하게 이야기할 수 있을까? 그래도 형이라면서 …. 일러바치기만 하면 모든 걸 해결해주리라 믿었던, 형에 대한 믿음이 일순간 사라져 버렸다. 이 세상에 혼자라는 느낌이 뜨거운 기운으로 목구멍을 꽉 틀어막았다. 다 소용없어. 그래, 이젠 모든 게 다 끝난 거야. 더 이상 지긋지긋하게 해고불안증에 시달릴 필요도 없게 됐어. 어쩌면 잘된 일인지도 몰라. 십삼 년간을 한 회사에 목매달고 다녔으니 퇴직금이 꽤 될걸. 김밥집을 차리든지, 만화 대여점을 시작하든지 …. 좋아, 두 팔 걷어붙이고 뭐든 새로 시작해보는 거야. 하지만 곧 걷어올린 팔 위로 어두움과 함께 허허벌판에서부터 스산한 바람이 불어오고 있다. 나는 시려지는 팔이 부끄러워 뒤로 감추며 방금 내가 허세를 부려본 것임을 어쩔 수없이 인정한다. 부끄러운 팔을 감추고 싶듯, 나를 어디든 깊이 감추고 싶다. 독한 양주 몇 잔이면 하룻밤 정도는 나를 감출 수 있을까? 유리잔 속의 짙은 호박빛 액체가 불빛을 받아 더욱 매혹적인 색으로 찰랑거리며 입 속으로 흘러 들어간다. 한잔 먹세그려 또한잔 먹세그려 꽃꺾어 산놓고 무진무진 먹세그려. 그래, 좋다구. 죽으면 못 먹을 술, 살아 있을 때 실컷 먹자구. 무진무진 먹고 취해서 세상 뒤에 꼭꼭 숨어버리자구. 그러면 어느 누구도 나를 영원히 찾아내지 못할걸. 사라진 공룡을 아무도 찾아내지 못하듯이⋯.

"당신, 미쳤어요?"

술병을 움켜쥐고 나를 노려보고 서 있는 아내의 얼굴을 보는 순간, 정말 내가 미친 게 아닐까라는 두려움이 들기 시작했다.

"언제 들어왔어? 당신 보기에 내가 정말 미친 것처럼 보여?"

"안 미쳤음⋯. 허구한 날 밖에서 마시는 술도 모자라 이젠 집에서까지 술병을 끼고 있겠어요? 당신, 아무래도 알코올 중독이 의심돼요. 병원에 한번 가보세요."

10시가 넘어서 집에 들어온 아내에게 밖에서 무얼 하느라 늦었냐고 캐묻는다면 이젠 의처증이 의심된다고 할까봐 나는 입을 다물기로 했다. 그리고 엷은 꽃향기를 풍기면서 블라우스와 스커트를 벗는 아내의 뒷모습을 보면서 나는 이 시간까지 아내와 함께 있었을 사람의 얼굴을 떠올려보았다. 노총각 동료, 학부형, 대학 동창⋯. 얼굴이 달아오르고 숨이 막히기 시작했다. 그러나 내 마음속을 짐작도 못하는 아내는 잠옷을 갈아입고서는 나를 향해 계면쩍은 듯한 웃음을 지었다.

"왜 그러세요?"

"아냐. 좋은 냄새가 나는군."

아무렇지도 않은 듯, 그렇게 말하고 나서 나는 창문 쪽으로 고개를 돌렸다. 창 밖에는 풀벌레의 맑은 울음소리와 함께 초가을의 밤이 꿈처럼 흐르고 있었다.

"향수를 바꿔봤어요. 이게 더 나아요?"

왜 향수를 바꿀 마음이 생긴 거냐고 묻고 싶었지만 아내의 반응이 두려워 나는 엉뚱한 말을 했다.

"나한테는 항상 술 냄새가 나겠군. 마시고 나면 향수처럼 좋은 냄새가 나게 하는 술은 만들 수 없을까?"

"그런 엉뚱한 생각하지 말고 아예 술을 끊어요. 아버님도 결국 술 때문에 돌아가셨다면서요? 기억나세요? 어머님이 돌아가실 때 제 손을 꼬옥 잡고 환이 애비 술 끊게 하라고 부탁하셨던 거 …. 근데 어쩜 당신은 …."

아버지를 괴롭힌 것은 점점 굳어지면서 오그라드는 간이 아니라 더이상 장사를 꿈꿀 수 없게 된 현실이었다. 열여섯의 나는 아버지에게 생명수를 부어주듯 아무도 몰래 살짝 술을 주고 싶어서 끊임없이 기회를 엿보았지만 안타깝게도 결국 뜻을 이루지 못하고 말았다.

"우리 어머니야 내가 하는 걸 몽땅 맘에 안 들어하셨던 양반이니까 …. 자식이 아비 닮는 게 당연한데 그걸 그렇게 못마땅해하실 게 뭐람."

"그건 나라도 그러겠네요. 우리 환이가 당신 닮아 술을 좋아할까봐 벌써부터 걱정이 된다니깐요. 게다가 아주버님과 비교해보면 하나도 나은 구석이 없으니 …. 어쨌든 술부터 끊어요."

욕실 문을 쾅 닫고 들어가는 아내의 등 뒤에 대고, 뭐야, 말 다했어, 라고 소리쳤지만 콸콸 쏟아지는 물소리에 지워졌다. 그러다가 나는 고개를 끄덕이면서 중얼거렸다. 당신 말이 맞아. 지금 가장 눈에 띄게 비교되는 것만 봐도 그래. 나는 곧 해고당하겠지만 형은 절대로 아냐. 이보다 더 확실한 비교가 어딨겠어.

모든 불운과 실패는 항상 형을 모른 척하고 지나갔지만 내게는 저 멀리서부터 이빨을 드러내며 금방이라도 덮칠 기세로 달려들었다. 끊임없이 걸리는 피부병, 급우들로부터의 괜한 따돌림, 교통사고, 고교 입시의 실패……. 그럴 때마다 아버지는 힘센 팔을 휘휘 내저어 그것들을 쫓은 다음 내게 말하곤 했다.

"아무래도 니가 큰 인물이 될려나부다. 본시 큰 인물은 하늘이 먼저 알아보는 법이제. 그래서 크게 키우려고 이런저런 일을 자주 내리는 거라."

옆에서 이렇게 말해줄 아버지가 없어진 다음부터 나는 하늘을 올려다보고 말했다, 큰 인물이 안 돼도 좋으니 제발 더 이상 내게 성가신 일을 내리지 말라고. 하지만 불운과 실패는 여전히 내 곁에서 숨죽이며 서성이고 있다.

아내는 스탠드 불을 끄고, 삐거덕거리는 소리를 내며 돌아눕다가 중얼거렸다.

"매트리스를 바꿔야겠어요. 별루 오래된 것 같지도 않은데……. 역시 물건은 이름 있는 데 게 나은가봐."

"낫긴 뭐가 나아. 너나없이 부품은 다 조그만 하청업체에서 만드는데……. 다 만들어놓은 데다 이름만 갖다 붙이는 거라구. 비싼 것들은 다 이름값이야. 그만큼 광고를 많이 때렸거든."

괜히 열까지 올려가며 대꾸하다가 돌아누운 아내의 등을 보고는 나도 돌아누웠다. 돌아누운 등과 등 사이에 괴어 있는 서늘한 기운이 문득 코끝을 스쳤다. 나는 코끝을 문지르면서 주문을 외듯 중얼거렸다. 쾌적한 잠자리가 아름다운 꿈의 세계로 안내합니다. 하지만 쾌적한, 아름다운, 꿈 등의 단어는 마법의 세계에서나 있으리라는 생각이 들자 이번에는 사정없이 온몸에 찬 기운이 와 닿았다.

형과 나는 먼길을 떠날 채비를 차렸다. 모자를 깊숙이 눌러쓰고 신발의 끈을 다시 단단히 묶었다. 금주 기간이라던 아내가 난데없이 술병을 내밀었다. 허리춤에 술병을 차고 형과 나는 길을 떠났다. 험한 산길과 물을 건너 우리는 끊임없이 걷고 또 걸었다. 형은 전혀 알아들을 수 없는, 낯선 언어로 내게 간간이 말을 걸어왔다. 항상 형이 하는 말들은 알아들을 수 없다는 생각을 하며 나는 굳게 입을 다물고만 있었다. 형은 나를 딱하다는 듯이 보다가 내 허리춤에 있는 술병을 빼어 들었다. 그러고는 꿀꺽꿀꺽 술을 마시기 시작했다. 그 순간 갈증이 나서 나는 형이 마시던 술병을 급하게 빼앗아들고는 마시려 했지만 술은 한 방울도 나오지 않았다. 병 아구리에서 뿌연 기체만 피어오르고 있었다. 하지만 형이 다시 입을 갖다대자 술은 흘러나오기 시작했다. 멍한 표정으로 술병과 형을 번갈아 보는데 어디선가 깔깔거리는 웃음소리가 들렸다. 뒤를 돌아보니 거기에 아내가 서 있었다. 호호, 그 술은 아무나 마실 수 있는 술이 아녜요. 능력 있는 자만이, 선택된 자만이 마실 수 있죠. 그렇다면 왜 내게 준 거야? 먼 길을 걸어오면서 그게 얼마나 거추장스러운지 알아? 하지만 그 말들은 입안에서 맴돌 뿐, 소리가 되어 나오지 않았다. 나는 있는 힘을 다해 소리치려고 악을 썼다.

"어머나, 가위에 눌렸나봐. 어서 일어나요. 요즘 같은 때 회사 지각하면 당장 해곳감이잖아요. 어서요."

등을 떼밀리다시피 해서 출근 준비를 서두르다가, 문득 간밤의 꿈 생각이 나서 중얼거렸다. 능력 있는 자, 선택된 자. 넥타이를 매던 손목에서 힘이 빠져나갔다.

차창 틈으로 들어오는 아침의 청명한 기운이 내게 좀더 또렷하게 현실감을 불러일으켰다. 아내와 환이와 함께 가는 이 길 위에서 시간이 그대로 멈추어 준다면…. 브레이크를 밟은 발이 자꾸만 떨려왔다.

"엄마, 나린 언제 퇴원한대?"

"응, 곧 하게 될 거래. 여보, 나리 아빠도 물어보대요. 환이 아빠 회사 괜찮느냐구. 그래서, 뭐 괜찮다구 그랬어요."

쯧, 또 나리 아빠 이야기군. 나는 속으로 혀를 차면서도 묻지 않을 수 없었다. 아내에 대한 의심을 누를 수 있는 내 한계는 너무나 뻔했다.

"언제 물어봤어? 당신이 나리 아빠를 언제 만났는데?"

"아이참, 당신은…. 어제 그런다고 늦었잖아요. 나리 문병 간다고 얘기했던 거, 생각 안 나세요? 하여튼 요즈음 당신도 정신이 없나봐, 회사 땜에."

그렇다면 정말 더 이상하군. 문병을 왜 그렇게 오랜 시간 동안 해야 했느냐 말이야. 하지만 나는 입을 다물고 있었다. 지금 내게 당장 시급한 문제는 아내의 귀가 시각이 아니라, 바로 눈앞에 보이는 학교 앞에서 어느 쪽으로 핸들을 돌려야 하느냐이다.

초가을 햇살에 반짝거리는 까만 머리통을 흔들며 학교를 향해 달려가고 있는 저 아이들처럼, 일터를 향해 마음껏 달려갈 수 있다면 그것만으로도 이 시대에서는 큰 행운이 될 수 있으리라. 해고당한 자와 해고당하지 않은 자, 해고당한 자의 가족과 해고낭하지 않은 자의 가족으로 사람을 분류할 수 있는 이 이상한 시대는 언제까지 계속될 것인가?

"아빠, 안녕."

"잘 다녀오세요. 술 드시지 말구 일찍 들어와요."

해고당한 자의 가족이 될, 내 아내와 아들이 저만치 가고 있다. 아내의 여윈 어깨 위에 내 목숨을 올려놓겠다고 한다면, 폭삭 내려앉을까 두려워 아예 멀리 달아나 버릴지도 모른다. 저렇게 환이의 손을 잡고 사라져 버리듯이 …. 땀난 손바닥을 나는 바지 위에 문지르며 앞을 향해 달려갔다. 그러다가 회사의 회색 건물이 눈에 들어오자 나는 얼른 핸들을 꺾었다. 십삼 년 전 감색 양복에 흰 와이셔츠를 입고 기대와 설렘에 들떠 첫 출근하던 날을 이 순간에 떠올린다는 것은 얼마나 어리석은 일인가. 이미 내 책상까지 치워버렸을지도 모른다. 나는 지그시 아랫입술을 깨물었다. 푸른 내 목숨이 겨우 몇 푼의 돈으로 환산되던 곳, 푸른 기를 잃고 거뭇거뭇해진 내 목숨이 가차없이 내동댕이쳐진 저곳을 나는 영원히 저주하고 싶다. 아, 하지만 저주스런 저곳으로 들어갈 수 없는 나는 갈 곳이 없다.

아름다운 낙원이었던, 지구에서 해고당한 공룡은 어디로 사라져버렸을까? 오랜 세월 동안 공룡이 숨어 있는 곳은 그 어디일까?

이 지상에서 내가 있을 만한 공간이 오로지 차 안뿐이라는 생각을 하며 나는 끊임없이 차를 몰아갔다. 줄곧 앞만 보며 나는 달리고 또 달렸다, 십삼 년 동안 들여온 습관처럼. 경쟁업체에서 좋은 조건으로 스카우트하겠다는 제의를 몇 번씩이나 마다하며, 나는 오직 서림 침대 위에서 내 꿈을 이루고자 했다. 하지만 성공한 직장인이 되겠다는 꿈에 빠진 나를 서림 침대는 마구 흔들어 깨워서 쫓아내 버렸다. 마흔을 코앞에 둔 나는, 하필이면 경제 불황에 빠진 이 시대를 살아가는 나는 이제 더 이상 성공한 직장인이 되는 꿈 따위를 꿀 수 없으리라.

차는 어느덧 시내를 벗어나 한적한 외곽도로를 끼고 한참이나 달렸다. 멀리 보이는 벌판과 마을과 소로들. 낯익은 풍경이 주는 편안함에 잠시 빠져들었다가 나는 국도를 버리고 억센 풀들이 키 넘게 자란 좁은 샛길로 접어들었다. 바람에 풀들은 우수수 소리를 내며 온몸을 흔들었고, 그 사이의 비포장도로를 달리는 낡은 차는 꺽꺽거리며 차체를 흔들었다. 그 흔들림에 한동안 몸을 맡긴 채 몇 개의 골짜기와 등성이를 넘고 나자 술 한 모금 마시지 않았지만 몽롱하게 취한 기분이 들었다.

산 속에 엷게 낀 안개는 한낮의 햇빛 속에서 지워지고 있었다. 평평하고 넓은 풀밭 위에 자리잡은 두 개의 봉분 위로 사라지고 있는 안개의 흔적. 비석 위의 푸릇푸릇한 이끼가 햇빛 속에서 선명하게 눈에 띄었다. 나는 차 트렁크 속에 있던 소주를 꺼내 병마개부터 땄다. 그리고 손수건에 조금 부어서 이끼를 닦아내기 시작했다. 휘이휘이, 산 속의 정적을 깨뜨리고 돌연 새의 울음소리가 들려왔다. 나는 고개를 들어 푸른 얼굴을 드러내고 있는 하늘 저편을 올려다보았지만 새는 보이지 않았다. 그렇다면 아버지가 무덤 속에서 휘파람을 불며 나를 반기는 것일까?

새의 울음소리와 흡사하던 아버지의 휘파람 소리. 아버지는 하루의 일과를 끝내고, 휘파람을 불면서 들판을 가로질러 집으로 돌아오곤 했었다.

"나는 아버지가 새를 잡아온 줄 알았어요. 왜 맨날맨날 휘파람을 부세요? 엄마는 채신머리없어 보인다고 싫어하시는데……."

"내가 가꾼 곡식들이 무럭무럭 자라나는 걸 보믄 저절로 휘파람이 나는 걸 어떡허냐? 몹쓸 여편네, 별걸 가지고 다 잔소리라니깐."

아버지는 밀짚모자와 목에 둘렀던, 땀으로 흠뻑 젖은 수건을 마루에 내던졌다. 나는 괜히 미안한 생각이 들어 그의 한쪽 팔을 잡으며 응석을 부렸다.

"아버지는 저 들판에 있는 곡식이 좋아요, 내가 좋아요?"

"나한테는 똑같이 좋고 소중허지. 애쓴 만큼 거두게 되는 것도 땅이나 새끼들이나 어쩌믄 그렇게도 똑같은지……."

아버지가 내게 애쓴 시기가 너무 짧았던 탓일까, 나에 대한 농사가 이렇게 흉작이 되어버린 것은. 그렇다면 나는 환이에게 아비 노릇을 제대로 하려고 얼마나 애쓰고 있는 걸까? 자책감이 갑자기 주삿바늘처럼 따끔하게 살갗을 파고들었다.

무작정 달려오느라 미처 종이컵 하나도 준비하지 못한 탓에 나는 병째로 소주를 두 개의 봉분 위에 골고루 뿌렸다. 살아생전 의견차로 자주 다투기만 했던 그들은 이제 나란히 누워서 나에 대한 걱정과 안타까운 심정을 서로 나누며 위로하고 있는 걸까.

"아버지, 어머니, 죄송합니다."

무릎을 꿇고 머리를 조아리고 있다가 나는 문득 씨름 한 판을 벌이고 싶었다. 햇볕이 뜨겁게 내리쬐는 푸른 풀밭 위에서 나는 상대도 없는 씨름을 하기 시작했다. 뒤로 나자빠졌다가, 앞으로 고꾸라졌다가, 몇 바퀴씩 뒹굴었다가…. 그럴 때마다 전신의 힘이 조금씩 소멸하고 있음을 느꼈다. 나는 완전한 소멸을 꿈꾸며 끊임없이 풀밭 위를 뒹굴었다.

어느 순간 환한 빛과 함께 내 앞에 공룡이 서성이고 있다. 공룡의 몸에서는 엷은 술내가, 마치 잊을 수 없는 영원한 향수처럼 아련하게 풍겨온다. 나는 공룡의 머리통을 가슴 깊숙이 안고, 잃어버린 낙원에 대한 기억으로 그리움과 쓸쓸함에 젖어, 저 멀리 보이는 초원을 향해 포효하듯 큰 소리로 울부짖는다.

"아아, 난 어떻게 살아야 하는 겁니까?"

어디선가 아버지의 휘파람 소리가 또 들려왔다. 점점 더 가깝고 크게 들려오는 그 소리에 섞여 장진주사 가락이 나직하게 울려나기 시작했다.

한잔 먹세그려 또한잔 먹세그려 꽃꺾어 산놓고 무진무진 먹세그려
이몸 죽은후면 지게위에 거적덮어 주리어 매어가나 유소보장에
만인이 울어예나 어욱새 속새 떡갈나무 백양숲에 가기곳가면
누른해 흰달 가는비 굵은눈 소소리 바람불제 뉘한잔 먹자할꼬
하물며 무덤위에 잔나비 휘파람 불제 뉘우친들 어떠리

　내가 세상을 살아가는 유일한 방법은 오로지 술에 취하는 것밖에 없다고 아버지는 믿는 걸까? 제정신으로 살아갈 수 없을 만큼 이 세상은 나한테 정녕 힘든 곳일까? 술을 권하는 아버지의 장진주사는 언제까지나 계속될 듯 끊이지 않고 내 귓가에서 맴돌고 있었다.

은사시나무는
햇빛을 받아
반짝인다

교무실 창 밖으로 햇빛이 쏟아지고 있다. 운동장 둘레에 서 있는 은사시나무들은 바람이 불 때마다 반짝이는 가지를 흔들며 햇빛을 털어낸다. 늘씬한 나무의 가지 끝이 눈부시게 떨리면서 금방이라도 파란 하늘과 맞닿을 듯하다. 하지만 나는 안다, 그 어떤 간절한 몸짓으로도 나뭇가지는 결코 하늘에 맞닿을 수 없음을. 움켜쥐고 있던 주먹을 나는 맥없이 폈다. 그러자 형편없이 구겨진 그의 편지가 바닥으로 툭 떨어졌다. 가지 끝에 위태롭게 매달려 떨고 있던 내 나이 스물넷도 그만 땅으로 떨어지고 말았다. 몇 줄의 짧은 글귀로 4년의 시간을 간결하게 처리할 수 있는 그는, 그의 어머니 말대로 역시 대단한 사람이다. 어디 빠지는 데가 있어야 말이지. 학벌이며 외모며 성격이며…. 쟤를 보면 정말 대단하다는 생각이 들어. 꼭 내 아들이래서가 아냐. 근데 왜 하필이면 양쪽 부모 다 잃은 여잘 결혼상대로 고르겠느냐구? 그렇잖아? 이쪽 입장, 이해할 수 있겠지? 그쪽 입장을 이해해서가 아니었다. 자신도 모르게 고개를 끄덕인 것은 그의 어머니가 내뱉는 대단하다는 말의 어감이 주는 위력에 눌렸기 때문이었다. 그게 불과 얼마 전이 아니었던가. 하기야 헤어지기 위해 많은 시간이 필요했던 건 아니리라, 누구보다도 대단한 사람인 그에게는. 그가 내젓는 거절의 손길이 자꾸만 내 눈앞을 흔드는 것 같아 나는 자리에서 일어났다. 순간 비틀거리며 일어나는 내 모습을 들킨 것 같아 주위를 둘러보았다. 아무도 없다. 그제야 주말의 오후임을 떠올리고 나는 쓴웃음을 지었다.

환하게 쏟아지는 5월의 햇살을 온몸에 받으며 나는 텅 비어 있는 운동장을 가로질러 걸었다. 바로 조금 전까지 운동장을 가득 채우고 있던 소음들은 완전히 사라지고 내 바지 주머니 속에서 아파트 현관문 열쇠만이 철렁거리며 요란한 소리를 냈다. 이제 나와 열쇠만이 이 지상에 영원히 남아 있게 되는 건 아닐까? 나는 열쇠를 꼭 쥐어보았다. 차가운 금속성의 느낌이 금방 손바닥에 와 닿았다. 재빨리 열쇠에서 손을 떼어 핸드백 끈을 꽉 잡았다. 그리고 나는 앞만 바라보며 빠르게 걷기 시작했다. 버스 정류장에 미처 닿기도 전에 버스는 뒤꽁무니에 시커먼 매연을 달고 저만치 사라졌다. 삼십 분 후에야 다시 올 버스를 기다리지 않고 나는 그냥 걸어가기로 했다.

콜타르를 검게 입힌 판자울타리의 성긴 틈으로 나무 냄새가 코끝을 싸아하게 스쳐왔다. 나는 가쁜 숨을 내쉬며 잠시 걸음을 멈추었다. 성림제재소라고 옆으로 삐뚤삐뚤 쓰인 글씨가 끝나는 곳의 위쪽에 매달린 팻말을 보았다. 애린보육원. 제재소와 나란히 있는 이 집 앞을 몇 번 지나쳤지만 보육원이라는 팻말을 눈여겨본 적은 한 번도 없었다. 아마 외관 탓이리라. 낡은 이층집 담 밖으로 얼굴을 내밀고 있는 몇 그루의 나무들을 보며 나는 으레 일반 주택으로 생각했었다. 칠이 군데군데 벗겨진 흰 철문 사이로 보이는 마당에서 아이들이 놀고 있었다. 나는 그들을 망연히 바라보다가 스물넷이라는 내 나이를 헤아리며 발걸음을 옮겼다. 스물넷이나 먹은 사람을 고아로 여겨 받아줄 보육원은 아무 데도 없을 게다, 고아 출신을 선뜻 결혼 상대자로 받아들일 가정이 없듯.

푸르고 울창한 숲을 배경으로 하고 있어서인지 아파트의 흰 건물이 유난히 눈에 잘 띄었다. 입구에서 맨 끝에 있는 동의 출입문을 밀고 들어섰다. 그리고 내키지 않는 걸음으로 층계를 하나씩 밟고 올라갔다. 열세 평의 공간 안에서 곧 마주치게 될 정적이 두려워 내 발걸음은 한없이 느리고 무거웠다. 선생님, 높고 맑은 목소리가 둔탁한 내 발소리를 순간 밀어냈다. 곧이어 흰빛이 흔들리면서 내 앞으로 다가왔다.

"너, 너…. 어쩐 일로?"

"놀러 오라면서요? 이제 막 돌아가려는 참이었어요. 하두 안 오시길래…."

유리는 배시시 웃고 있었다. 그제야 나는 며칠 전 퇴근길에 집 근처에서 유리를 만났던 일을 떠올렸다. 집이 이 근처냐는 질문에 대답은 않고 그때도 배시시 웃기만 했었다. 지나가는 말로, 놀러 오라고 말하고 걸어가다 문득 뒤돌아보니 유리는 여전히 그 자리에 서 있었다. 손을 한번 흔들어 주긴 했었지만 유리가 정말 이렇게 날 찾아올 줄은 몰랐다.

"학교에서 바로 온 모양이구나. 아직 점심도 안 먹었겠네. 라면밖에 없는데…. 어쩌지?"

"제가 끓일게요. 우와, 짱이에요. 이렇게 예쁜 집은 첨 봐요, 이 시골구석에서…."

실내 여기저기를 둘러보느라 유리는 라면 끓이기로 한 걸 잊은 모양이었다. 냄비를 불 위에 얹어 두고 옷을 갈아입고 나오자 유리는 시디꽂이 앞에 서 있었다.

"좋아하는 가수 것, 있어? 빌려줘? 테이프들도 많은데⋯."

"담에, 이 담에 빌려갈게요."

느닷없는 방문객인 유리에게 나는 분명 고마워하고 있었다. 만신 창이가 되어 있는 나를 혼자 내버려두지 않게 해준 데 대한 고마움에 뭐든 해주고 싶었다.

"이걸루 켜주세요."

아주 먼 옛날부터 그대 존재를 믿었죠. 전설 속에서 불러내 오던 오래 된 신비. 가만히, 놀라지 말아요. 당신만 알고 있어요. 맑고 투명한 그대 영혼이 나를 깨웠죠. 어릴 적 할머니께서 들려준 그 놀라운 얘기. 정말 당신은 가여운 우리 구해주나요. 믿을 수 없지만 가끔 난 기도했었죠, 착한 사람 울리지 않는 세상 되기를. 아주 먼 옛날부터⋯.

잔잔하고 맑은 목소리가 조금씩 조금씩 가슴을 적셔주는, 묘한 매력을 지녔다. 유리는 젓가락을 든 채 가만히 있었다. 노래에 심취되어 있는 유리의 얼굴이 냄비에서 피어오르는 김으로 발그스름하게 되어 갔다. 한유리, 은명중학교, 1학년 3반. 이 아이에 대해 내가 알고 있는 사실 전부다. 굳이 한 가지 덧붙인다면, 영어 발음이 기가 막히게 좋나는 정도였다. 그런데 이 순간에 내게 가장 가까운 사람으로 여겨지는 이유는 뭘까? 그만큼 나는 지독한 외로움에 빠져 있는 걸까? 아주 먼 옛날부터 그대들 기도 들었죠. 허나 모두 자기만 알죠⋯. 유리는 조그맣게 소리내어 따라 불렀다.

오후의 햇살이 칠판에 하얗게 반사되고 있었다. 그 앞에서 빨간 밑줄을 그으며 설명하고 있는 내 목소리는 스스로 듣기에도 느리고 단

조롭게 울렸다. 아이들의 눈은 꿈꾸듯 몽롱해져 있었다. 지금 아이들에게 다급하게 필요한 건 영어 문법이 아니라 저 눈들을 잠시 감고 있게 해주는 것이리라. 하지만 나는 그런 융통성을 발휘해 볼 자신이 없었다. 교감이 언제 복도를 돌아다니며 순시할지 몰랐다. 결국 아이들을 재우지는 못하고 나는 한 아이를 지명해 교과서 본문을 읽혔다.

"인 코리아 위 해브 포 시즌즈. 더 웨덜 이즈 뷰티풀. 스프링…."

마치 카세트의 교재 테이프에서 흘러나오는 듯 정확하고 매끄러웠다. 교실 안은 금세 잠에서 푸드득 깨어났다. 아이들은 책을 보지 않고 책 읽는 아이만 보고 있었다. 찬탄과 부러움의 시선을 한 몸에 받으며 아이는 마침내 본문 읽기를 마쳤다.

"이름이 뭐지?"

"한유리."

아이의 두 뺨은 발그스름해지면서 싱싱하게 빛났다. 한 시간도 쉬지 않고, 5교시까지 계속 이어진 수업을 하고 난 후의 피곤함이 순간 가시는 느낌이었다.

"오늘 장사 끝."

내 책상 맞은편으로 조 선생이 수학책을 던지면서 소리쳤다. 그러고는 털썩 의자에 주저앉았다. 뚱뚱한 몸집의 무게를 감당하기 힘들다는 듯 의자는 삐걱 하면서 잠시 기우뚱했다. 교감이 매운 눈초리로 이쪽을 쏘아보고 있음을 조 선생은 알아차린 모양이었다. 민망한 표정을 짓는 대신 내게 불쑥 말을 걸었다.

"정 선생, 한 달쯤 해 보니 어떻습니까? 젊은 아가씨 혼자서 이런 산골에 갇혀 있기란 여간 힘들지 않을 텐데…."

나는 웃기만 하다가 한유리가 조 선생 반 아이라는 게 생각났다.

"선생님 반에 한유리, 걔는 발음이 아주 좋던데요. 어디 외국서 살다 온 모양이죠? 워낙 시골이라 저는 그런 애들이 있을 줄 몰랐어요."

교감의 시선에 이미 놓여난 탓인지 조 선생은 내 말에 아무런 반응도 없었다. 그는 어느새 무협지를 펼쳐 들고 있었다. 나는 사탕처럼 생긴 알약을 입 안으로 밀어 넣었다. 따끔거리며 쓰려오는 목을 달래기 위해 ….

유리는 한사코 설거지를 하겠다고 했다. 여전히 노래를 흥얼거리며 세제를 수세미에 묻혔다. 거품이 유리의 손에서 동글동글 피어났다.

"그래, 뭘 하며 기다렸니? 미리 얘기했더라면 빨리 왔을 텐데 말야."

"저도 오게 될 줄 몰랐는데요, 뭘. 이 앞을 지나가다가 갑자기 생각났어요. 지금까지 집에 놀러 오라고 한 선생님은 없었거든요. 선생님 오실 때까지 노래를 마흔일곱 곡 불렀어요. 쉰까지만 채우고 가려 했어요."

아무도 없는 문 앞에서 노래 불렀을 유리를 떠올려보다가 나는 갑자기 걱정이 되어서 물었다.

"참, 집엔 연락했니? 걱정들 하시겠구나."

"어차피 빨리 가봤자예요. 아무도 없어요. 오늘은 엄마 아빠 결혼기념일이래요. 일찌감치 병원 문 닫고 서울 가신댔어요."

"아빠가 의사시니? 형제가 없는 모양이구나?"

고개를 끄덕이는 유리의 표정이 순간 침울해졌다. 하지만 곧 빠르고 높은 목소리로 이야기하면서 얼굴이 밝아져 갔다.

"아빠 산부인과 의사세요. 병원이랑 집이 같이 있거든요. 우리 집엔 매일매일 새로 태어나는 아기들 울음소리가 들려요. 그래서 형제가 없어도 별로 적적한 줄 몰라요. 근데 말이에요, 아기를 살짝 버리고 가는 엄마들도 있어요. 참 나쁘죠? 어떻게 자기 자식을 버릴 수가 있을까요?"

유리는 이마를 찌푸리며 목소리까지 가늘게 떨었다.

"그러게 말이다. 하지만 그런 사람인들 버리고 싶어서 버렸겠니? 어쩔 수 없어서 버렸겠지."

"말두 안 돼. 그러려면 첨부터 낳질 말아야죠."

단호하게 말하는 유리를 나는 물끄러미 바라보며 속으로 중얼거렸다. 애야, 세상 모든 일이 그렇게 정확하고 명료하게 처리될 수 있다면 무슨 문제가 있겠니? 그가 다가와 내 귓가에서 속삭였다. 어쩔 수 없는, 내 입장을 이해해 주었음 해. 널 위해선 처음부터 만나지 말았어야 했는데…. 그냥, 그냥 좀 아는 여자일 뿐이야. 우리 엄마 등쌀에 못 이겨 결정 내린…. 나는 눈을 감고 머리를 흔들고 만다. 서울을 떠나올 즈음부터 그에게서 느껴졌던 석연치 않은 감정들, 그것들은 이물처럼 내 목구멍에 걸려 뱉을 수도 삼킬 수도 없었다. 그 답답함이라니, 이제 모든 것이 다 끝났다. 하지만 내 몸은 가뿐하기는커녕 무거운 추를 단 듯 점점 가라앉고 있었다.

"선생님, 졸리세요? 그럼 주무세요. 저 시디 끝나면 알아서 갈게요."

미안해, 소파 깊숙이 파고들면서 나는 꿈결인 양 중얼거렸다.

엄마와 아버지는 노란 잠바를 똑같이 차려 입었다. 아버지는 세차를 하느라 바쁘고, 엄마는 배낭을 꾸리느라 바쁘다. 등산까지 하실 거예요? 그럼, 차는 설악산 입구에 세워두고…. 아, 지금쯤 얼마나 좋을까? 단풍도 좋지만 신록도 기가 막히지. 엄마는 빠르게 말하면서 끊임없이 배낭 속에 옷을 집어넣는다. 며칠 계시다 올 텐데 무슨 옷을 이렇게 많이 가져가세요? 애는, 며칠이라니? 거기서 영원히 살 건데…. 네에? 그래서 말인데, 유경아, 네 졸업식이나 결혼식에 못 가더라도 너무 서운하게 생각하지 마. 네 오라비한테 다 부탁해 놨다. 뭐, 뭐라구요? 여보, 뭣 해? 빨리 나오잖구…. 벌써부터 시동 걸고 있었단 말야. 아버지는 급하게 손짓을 한다. 엄마가 차에 올라타는 순간 검은 차는 부르릉 소리를 내면서 하늘로 날아오른다. 발을 구르며 나는 목이 터져라 쉬지 않고 소리 지른다. 아버지, 엄마아…. 하지만 내 목소리는 일정한 간격으로 그르릉 그르릉 소리를 낼 뿐이다. 할 수 없이 차를 향해 무얼 집어던지려고 팔을 뻗는다. 송수화기에서 귀에 익은 목소리가 들려왔다.

"왜 한 번도 다녀가지 않으세요? 오빠랑 걱정하는데…. 아가씨, 다음주 토요일엔 올 수 있어요?"

별일이네, 여태껏 전화 한 번 한 적 없으면서 걱정이라니? 그만두고 돌아올까 걱정이겠지. 행여나 얹혀살까 전전긍긍하는 걸 누가 모를 줄 아나 봐.

"선보라구요. 민우 씨를 빨리 포기하래요. 반대하는 집에 굳이 보내고 싶은 생각이 없겠죠. 아가씨, 꼭 와야 돼요. 오빠가 어렵게 마련한 자리예요. 양쪽 부모 다 안 계신다니까 얼마나들 꺼리는지…. 부모 없이 자란 것도 아니고, 불과 일 년 전에 한꺼번에 갑자기 잃은…."

"언니, 됐어요. 오빠더러 앞으로는 그렇게 힘든 자리 마련할 것 없다고 그러세요."

뭐라고 이야기하는 저쪽 소리를 모른 체하고 송수화기를 내리고 말았다. 그제야 나는 어둠 속에 갇혀 있음을 깨닫고 황급히 불을 켰다. 환한 불빛 속에서 유리가 남긴 메모가 눈에 들어왔다.

선생님, 저 이 책 빌려갈게요. 키다리 아저씨! 무지무지 어렵게 보이는 책들 속에서 겨우 찾아냈걸랑요. 미리 말 안 하고 빌려가서 죄송해요. 너무 곤하게 주무셔서…. 담에 또 놀러 와도 괜찮죠? 그땐 맛있는 것도 많이많이 만들어 주세요. 히히, 너무 염치가 없는 건가요?

마치 종달새처럼 지저귀는 유리의 목소리가 금방이라도 들려오는 것 같다. 나는 메모를 다시 한 번 보고는 고개를 끄덕이며 중얼거렸다. 그럼, 괜찮고말고. 자주 놀러 오렴.

토요일이면 나는 퇴근 준비를 서두르곤 했다. 어디, 데이트 약속이라도 있는 모양이지요? 하기야 한창 그럴 때지. 부러운 듯이 바라보는 조 선생의 눈빛을 뒤로하고 교무실을 나오다가 나는 자신도 모르게 운동장의 은사시나무들 밑을 하나씩 살펴보았다. 언젠가 그랬던 것처럼 그가 호주머니 깊숙이 손을 찌르고 나무에 기댄 채 하늘을 올려다보며 꼭 나를 기다리고 있을 것 같아서였다. 그러나 역시 그는 있을 리 없었다. 그를 기대했던 잠시 동안의 짧은 시간은 내 가슴 안에서 부푼 풍선이 되었다가, 한순간 바람이 빠져나갔다. 볼품없는 풍선을 재빨리 내팽개치려는 듯 내 발걸음은 점점 빨라지고 있었다. 산등성이에 있는 아파트를 향해 힘겹게 오르다 문득 노랫소리가 들려오지 않을까 귀를 기울였다. 그러다 층계를 오를 즈음 나는 거의 발소리를 죽였다. 하지만 아무도 없는 현관문 앞을 발견하고서 그 자리에 주저앉는 대신 나는 잠시 멍하니 서 있었다. 우리 아버지 어머니는 딸자식이 낯선 곳에서 이렇게 지독한 외로움에 떨고 있으리라는 걸 미리 알았더라면 설악산의 신록이 아무리 유혹해도 나서지 않았을 텐데……. 아니, 그보다도 짧은 운전 경력으로 아버지는 섣불리 운전대를 잡지 않았으리라.

복도 저편에서 유리가 걸어왔다. 가볍게 목례만 하고 사라지려 하는 유리를 나는 불러 세웠다. 왜 이 아이는 모른 체하는 걸까? 우리 집에 와서 음악 듣고, 라면 먹고, 책까지 빌려간 걸 정말 까맣게 잊어버린 얼굴이다. 유리의 무심한 얼굴 앞에서 나의 간절한 기다림이 너무나 보잘것없이 여겨졌다. 순간 부른 것을 후회하면서 나는 지나가는 투로 예사롭게 물었다.

"왜 오지 않니? 종종 온다고 하구선?"

새로 입은 하복의 소매 밑으로 하얗게 드러난 팔목을 문지르며 유리는 계면쩍은 표정을 잠시 지었다.

"가도 괜찮아요? 그날 제가 너무 쓸데없이 많이 떠든 게 맘에 걸리기도 하고 ….."

"아냐. 별소릴 다 하는구나. 괜찮으니 언제든지 와."

"정말요? 그럼 맘 놓고 갈게요."

유리는 생글생글 웃으면서 뛰어갔다. 하지만 정말 맘 놓고 언제든지 올 줄은 미처 몰랐다.

여기저기서 꽃을 꺾어 들고 오거나 예쁜 돌을 주워 와서 유리는 말하곤 했다. 여기에다 두니까 딱 어울리죠? 이럴 것 같아 막 달려왔다니까요. 때로는 좋아하는 가수의 브로마이드를 구해 와서 거실의 벽에 붙여두고 한참을 이리저리 살피며 감상하곤 했다. 그러다 또 어느 날에는 새로운 브로마이드를 걸면서 좋아하는 가수를 바꾸기로 했다고 종알거리기도 했다. 유리의 취향대로 우리 집은 나날이 변모되어 갔다. 하지만 나는 즐거운 심정으로 지켜보고만 있었다. 때로는 재미있는 비디오나 간식거리까지 제공하면서 ….

테이프와 시디를 유리는 자기가 좋아하는 순서대로 꽂으면서, 이것이 요즘 뜨고 있는 순서라고 주장했다. 나는 그냥 고개를 끄덕여주면서 샌드위치를 만들었다. 결국은 은박지에 싸여 있던 샌드위치와 비슷한 맛이 날 게 뻔했다. 내가 가장 많이 먹어본 것이기에 …. 지난해 내내 그는 점심시간이면 강의실로 찾아와서 내게 샌드위치를 내밀곤 했다. 식당 가자면 또 싫다 할 거지? 보나마나 아침도 안 먹었을 건데, 어서 먹어. 내 실력이 나날이 늘어가는 것 같지 않냐? 처음엔 우리 엄마한테 갖은 구박을 받으면서 배웠는데 말야. 나중에 정 안 되면 샌드위치 전문점이라도 내지, 뭐. 아이참, 들고만 있지 말고 어서 먹으라니깐. 그렇다고 이미 한번 가신 분들이 돌아오겠어? 그분들을 위해 먹는 게 바로 효도야. 샌드위치를 한 입 베어 물다 결국 내 목은 또 막히고 만다. 유리는 샌드위치를 집어들면서 말했다.

"센트럴 파크는 얼마나 아름다운지 몰라요. 우리 집과 가까운 곳에 있어서 종종 샌드위치를 싸서 피크닉 가곤 했어요. 그럴 때마다 아빠는 엄마의 샌드위치 솜씨가 최고라고 칭찬하셨어요. 근데 사실은요, 아빤 맥주 안주로 샌드위치를 젤 좋아하세요. 결국은 맥주를 맘껏 마시고 싶어서 그러셨던 걸요. 후후, 엄만 다 알면서도 듣기 좋아하셨어요. 어른들도 애들과 똑같다니까요."

유리는 마치 꿈꾸는 듯한 표정을 짓고 있었다. 넓은 풀밭 위에 흰 식탁보를 깔고, 그 위에 먹음직스럽게 차려진 음식들과 둘러앉은 가족…. 단란함과 평화로움이 그대로 손에 잡힐 듯하다.

"정말 좋았겠구나. 거기서 몇 살까지 살았니?"

"아홉 살이요. 아빠 공부가 끝나서 우리는 곧바로 나와야…."

유리는 샌드위치가 목에 걸렸는지 얼른 물을 마셨다.

"그때 기억이 많이 나는 모양이구나. 나는 처음 네 발음이 하도 좋아 깜짝 놀랐었지. 살다가 왔구나, 하는 짐작은 물론 했지만…."

"선생님, 전 제 영어 발음이 좋다는 게 싫어요. 그래서 영어 시간에 애들 앞에서 책 읽는 것도 싫구요."

나는 들고 있던 커피잔을 하마터면 놓칠 뻔했다. 세상에, 그런 줄도 모르고 나는 애들 눈치 봐가며 얼마나 많이 읽히려고 애썼던가. 그런데 도대체 왜 싫다는 건가? 의아한 표정을 지어 보이자 유리는 단호하게 이야기했다.

"다른 애들과 다르다는 건 견딜 수 없어요. 아무리 남보다 뛰어나더라도 싫어요."

"얘는, 다들 못 뛰어서 안달인데 …. 신세대, 맞니? 정말 이상하네."

이해할 수 없다는 얼굴로 바라보았지만 샌드위치를 먹느라 바쁜 유리는 이미 내 표정 따위에는 관심이 없어 보였다. 먼 곳까지 날아올라 볼 수 있나요. 말없이도 우리 마음 볼 수 있나요. 마법처럼 눈 깜짝할 사이 우릴 바꿔 놓나요. 아무도 모르게 모두들 제자리 찾아가다 …. 설거지를 하고 있는 내 등 뒤에서 유리의 노랫소리가 들렸다. 높은 나뭇가지 위에서 지저귀고 있는 새처럼 느껴진다. 맑고 고운 목소리로 가지 위에 앉아 노래하다 언제라도 하늘로 포르르 날아가 버릴 듯한 한 마리의 새.

"선생니임, 저 가요. 너무 늦었어요."

현관까지 따라나갈 사이도 없었다. 이미 문소리가 나고 급하게 계단을 뛰어내려가는 발소리가 잠시 들렸다 사라졌다. 새가 날아가 버린 하늘을 올려보는 대신 나는 비어 있는 계단을 내려다보았다. 어둠이 밤안개처럼 자욱이 깔려 있었다. 현관문 손잡이를 잡고 있는 내 손목에서 경련이 났다. 나는 카디건을 걸치고 어두운 계단을 하나씩 밟고 내려갔다.

읍내 거리를 여기저기 돌아다닌다. 술집과 노래방, 음식점 …. 어디를 가든 뻔하게 볼 수 있는 것들이지만 여기서는 이상하게도 낯설게 느껴졌다. 아무리 오래 살아도 결코 친숙한 느낌이 들지 않을 것 같은 이곳. 이곳의 학교를 추천하는 지도교수도 그냥 한번 넌져보듯 말했다. 젊은 여자 혼자 가 있기엔 좀 마땅찮지만 이런저런 경험해 본다고 생각하면 …. 사실 이런 데 아니고야 요즘 어디 자리가 나겠어? 혹시 해 볼 마음 생기면 얘기해. 신혼 재미에 빠져 부모의 죽음과는 무관하게 지내고 있는 오빠 부부의 얼굴이 어른거렸다. 그들 틈에 끼여 아무렇지도 않은 얼굴을 해야 하는 것보다 고개를 끄덕이는 편이 훨씬 쉬웠다. 교수는 약간 의외라는 듯한 표정으로 나는 잠시 보더니 덧붙여 말했다. 가족들이랑 함께 상의도 해 보고…. 좀더 신중하게 생각해 본 다음 결정하지, 급한 건 아니니까. 그럴 필요가 전혀 없다는 말까지는 차마 할 수 없었다.

휴가를 나온 듯한 군인 몇 명이 힐끔거리며 내 옆으로 바싹 다가왔다. 멀지 않은 곳에 군부대가 있다는 사실을 비로소 떠올리며 나는 거의 뛰다시피 걸음을 빨리 했다. 뒤에서 들려오는 휘파람 소리까지 음향 효과가 되어 나를 더욱 공포에 떨게 했다. 별 수 없이 나는 집을 향해 미친 듯이 달려가기 시작했다. 한참을 달리다 내가 멈춘 곳은 제재소 근처였다. 밤공기 속에 섞여나는 나무 냄새를 맡으며 나는 결국 울음을 터뜨리고 말았다. 아른거리는 눈물 사이로 애린보육원의 외등이 환하게 빛났다. 나는 손바닥으로 눈물을 훔쳐내고는 다시 걸어가기 시작했다. 하지만 얼마쯤 더 가다 나는 또 걸음을 멈추었다. 진아, 진아야…. 높고 가느다란 목소리로 누군가를 애타게 부르는 소리였다. 어둠 속이라 얼굴이 잘 보이지 않지만 아직 어린 소녀라는 느낌이 들었다. 계속 가까이 다가오며 이름을 불러댔다. 어느 순간 얼굴의 윤곽이 잡혀왔다. 유리라는 느낌이 드는 동시에 바로 나는 크게 소리쳐 불렀다. 허둥거리는 몸짓이 그대로 앞으로 넘어질 듯했다.

"어쩐, 어쩐 일이냐? 이 시간에, 여기에?"

내 쪽도 당황하긴 마찬가지인가보다, 목소리가 떨리는 걸 보면.

"옆집 꼬마가 없어져서…."

"그런데 왜 여기까지 찾으러 온 거야? 집이 여기서 꽤 떨어져 있다면서?"

"걔는 어디든지 잘 가는 애거든요. 혹시나 해서요. 가볼게요. 우리 엄마 아빠가 이젠 날 찾을지 몰라요."

뛰어가는 유리의 뒷모습이 금방 어둠 속에 묻혀버렸다. 애도 참, 엉뚱하긴 …. 나는 중얼거리다가 지친 다리로 아파트가 있는 산등성이를 올랐다.

장마가 시작되고 있었다. 일직선으로 하얗게 내리는 빗줄기 속에 앞산이, 은사시나무들이 부옇게 흐려졌다. 무엇이든 손에 닿기만 하면 금방이라도 뚝뚝 물을 떨어뜨릴 것 같았다. 습기로 눅눅한 교무실 안에서는 모두들 바쁜 일손을 움직이느라 열기까지 품어댔다. 학급 담임을 맡은 사람들은 1학기말 성적 처리 때문에 바쁘지만 오히려 나는 한가하기까지 했다. 성적전표는 벌써 넘기고 한 학기 교과 진도는 거의 끝나가고 있었다. 혼자서 가만히 있으려니 미안한 생각이 들어 나는 맞은편을 보며 별로 내키지도 않는 일을 도와주겠다고 자청했다.

"조 선생님, 뭐든 부탁하세요. 해드릴게요."

"됐습니다. 시간 남거들랑 일찍 퇴근해서 데이트나 해요."

"데이튼 무슨 …. 이 비 오는 날에 …. 귀찮아서 싫어요."

하지만 나는 우산꽂이에 꽂힌 연둣빛 우산에 시선을 주었다. 그는 생일 선물로 우산을 내밀면서 말했다. 비 오는 날은 무조건 만나는 날이야. 어기는 사람이 다음날 저녁 사야 돼. 어때? 괜찮은 아이디어지? 배보다 배꼽이 크겠네. 우산 하나 받고 저녁을 몇 번이나 사야 되게? 싫어. 나는 고개를 흔들었다. 아, 나는 어쩌자고 아직도 이러는 걸까? 무슨 일이든 그와 연관시키는 이 습관은 언제쯤이면 완전하게 버리게 될까? 나는 나직이 한숨을 내쉬었다.

"하이고, 정말 뭘 모르네. 이러니 한 학기가 다 돼도 아직 여기서 이러고 …. 와아, 유리가 일등이네. 이놈, 참 놀랍네. 어려운 환경에서 …."

성적 일람표를 들여다보는 조 선생의 얼굴 위로 기쁨과 놀라운 빛이 스쳐갔다.

"한유리 말씀인가요? 그런데 걔가 무슨 어려운 환경이에요? 여기선 드물게 좋은 환경이죠."

"네에? 보육원에 맡겨진 고아가 무슨?"

무슨 얼토당토않은 소리냐는 듯, 나를 보았다. 하지만 나야말로 도대체 무슨 소린지 알아들을 수 없었다.

"고아라뇨? 형제가 없긴 해도 부모야 계시잖아요. 아빠가 의사라면서요?"

"에이 참, 정 선생도…. 난 무슨 소린가 했네. 다른 아이랑 헷갈린 모양이구먼. 여기서 얼마 안 떨어진 곳에 애린보육원이라고 있어요. 미국인 선교사 부부가 아홉 살까지 키우다 본국으로 가면서 거기 맡겼대요. 어쨌든 참 기특한 놈…."

조 선생의 말이 더 이상 들리지 않았다. 미련스럽게도 나는 어디서부터 잘못 알고 있는가를 되짚어보다 아찔해지는 머리를 양손으로 떠받쳤다. 하지만 곧 손마저 떨려 나는 어찌할 바를 몰랐다. 결국 말까지 더듬으며 또다시 묻고 말았다.

"확, 확실한 건가요? 선생님이야말로 다른 애랑…."

"허허, 보기보다 정 선생 고집도 참 엔간하구먼. 다른 문제도 아니고 그런 걸…. 학년 초에 상담할 때 다 제 입으로 한 말이라니까요. 산부인과 가서 애 낳고 산모 혼자 살짝 내빼는, 왜 그런 경우가 종종 있잖아요? 그런 케이슨가 보더라구, 눈치가. 그러니 애한테는 얼마나 상처가 될까?

나는 건성으로 고개를 끄덕이면서 유리를 떠올려보았다. 그러자 맑고 고운 목소리가 금방 내 귓가에서 울려났다. 아주 먼 옛날부터 그대들 기도 들었죠. 허나 모두 자기만 알죠. 늘 같은 욕심, 하지만 그대는 달랐죠. 졸리운 나를 깨웠죠. 고운 그대여, 나의 응답을 듣고 있나요.

비에 젖은 채 유리는 문 앞에서 노래를 부르고 있었다. 왜 내게 거짓말했니? 날 속인 이유가 뭐야? 고아든 아니든 그런 게 내겐 중요하지 않다는 걸 정말 모르니? 어깨라도 흔들면서 물어보고 싶은 충동을 참느라 열쇠를 꽂는 내 손이 떨렸다. 내 옆에서 젖은 옷을 입은 유리도 떨고 있었다. 그러자 순간 안쓰러운 생각에 코끝이 찡해졌다.

"아, 배고파. 선생님, 우리 만두 해먹어요."

유리는 옷을 갈아입자 배고프다는 소리부터 먼저 했다. 나는 냉동실에서 만두를 꺼냈다.

"피이, 냉동 만두네요. 만들면 더 좋을 텐데…. 담엔 우리, 만들어요."

"그걸 언제 만들고 있니? 만들 줄은 알고?"

고개를 끄덕이면서 유리의 눈은 꿈꾸기 시작했다. 무슨 말들을 또 꾸미려고 할까? 나는 이제 자신도 모르게 긴장하면서 자세를 고쳐 앉았다.

"그럼요. 엄마가 가르쳐주셨어요. 만두를 예쁘게 빚으면 예쁜 딸을 낳는다나요? 그래서 우리 엄미는 질 사셨을 때 만두를 뭐 수백 개도 더 빚었대요. 아빠까지 옆에서 거드시고…. 만약 딸이 아니었음 어쩔 뻔했나 몰라, 참."

"그래서 바리는 대로 예쁜 딸을 나으셨구나?"

이렇게 응수하면서도 나는 걷잡을 수 없는 충동을 느꼈다. 애, 다 털어놓으렴. 거짓말하는 너나 사실을 다 알면서 듣고 있는 나나, 이건 할 짓이 아니잖아? 나도 부모가 없어. 그게 무슨 우리 잘못이니?

하지만 나는 유리의 새까만 눈동자 속에서 반짝이는 영롱한 빛을 보고 그만 다른 이야기를 하고 말았다.

"너, 맨날 우리 집에 와서 이러고 노는데 어떻게 일등을 다 했니?"

"앗싸, 제가 일등이에요? 우리 선생님이 그러셨어요? 근데 뭘 사달라고 하면 좋을까? 우리 엄마 아빠도 엄청 좋아하실 텐데…. 이럴 때 말하면 틀림없이 다 들어주시겠죠?"

다시 내 머릿속은 혼란스러워졌다. 혹시 조 선생이 잘못 알고 있는 게 아닐까? 아예 직접 물어보는 편이 이 문제를 가장 속 시원하게 해결해주는 방법일 게다. 하지만 나 속 시원하자고 함부로 말을 뱉을 수 없는 노릇이었다. 내 심정을 알 리 없는 유리는 입을 오물거리며 열심히 만두를 먹어댔다. 이런 유리를 보며 나는 복잡한 기분을 떨쳐버리기 위해 아예 웃어보았다. 영문을 모르면서 유리도 한 입 가득 만두가 든 입으로 따라 웃었다. 그러다 옆집 꼬마와 놀아줄 약속을 깜빡 잊었다고 유리는 급하게 일어섰다.

"또 제멋대로 없어지면 큰일이에요. 그날도 겨우 찾았걸랑요."

걔 엄만 뭘 하고 네가 돌봐줘야 하느냐고 물을 수 없었다. 대신 연둣빛 우산을 쥐어주면서 빨리 가보라고 했다.

"안 돌려줘도 돼. 그냥 너 가져."

"색깔이 너무너무 예뻐요. 고마워요."

어쨌든 이 문제는 시간이 필요하리라, 세상 대부분의 일들이 그러하듯.

앞산에서 매미가 목이 터져라 울어댔다. 긴 장마가 끝나자 하늘은 새파란 얼굴을 드러내며 끊임없이 햇볕을 쏟아 부었다. 이글이글 태우는 듯한 햇볕을 그대로 온몸에 받으며 은사시나무들은 여전히 하늘을 향해 가지를 뻗고 있다. 갈증과 더위를 묵묵히 견뎌내고 있는 나무들, 언제쯤 고난의 시간이 끝나는가를 굳이 알려고 하지 않는다. 나도 낯선 이곳에서 견뎌야 할 시간이 얼마나 남았는가를 알려고 하지 말아야 하리라. 그게 살아남는 한 방법이므로 …….

조 선생은 아예 남방셔츠의 단추를 거의 풀다시피 하고 있었다. 끊임없이 흘러내리는 땀방울들이 옆에서 보기에도 괴로울 정도였다.

"이번 방학 동안은 무슨 일이 있어도 다이어트에 꼭 성공하고 말거라구."

"저 소리를 또 듣는 거 보니 여름방학이 얼마 안 남긴 한 모양이네. 차라리 해외여행이나 다녀오는 계획을 세우시지. 그편이 훨씬 실현 가능성이 있죠."

누군가 저쪽 구석에서 거들었다. 모두들 맞다고 맞장구치면서 깔깔거렸다.

"에이, 해외여행은 무슨 ……. 경제적인 것도 생각해야지. 해외 연수나 보내주면 몰라. 참, 정 선생, 한유리 미국 가는 거 모르죠? 어제 보육원 원장이 연락했더라구요. 날짜까지 잡혔대요. 그러고 보니 며칠 남지도 않았네. 무슨 재주로 그렇게 일사천리로 진행시켰나 몰라. 선교사 부부가 데려간대요. 그런 걸 보면 양부모라도 ……."

나는 잠시 할말을 잃었다. 망망대해에 혼자 내던져진 느낌. 그래도 지금까지는 완전하게 혼자가 아니었다는 걸 이제야 깨달았다. 유리가 내게 전혀 그런 기색도 비치지 않은 데 대한 배신감과 서운함은, 그나마 감정이 조금 수습되고 나니 들기 시작했다.

"넌 어쩌면 지금까지 한 번도 그런 말을 하지 않았니? 보기보다 꽤 입이 무겁네."

내가 모든 걸 알고 있을 거라는 생각을 안 한 것도 아닐 테구, 어쩌면 끝까지 너 이럴 수 있는 거니? 이런 말들까지는 차마 내뱉지 못하고 나는 화끈거리며 달아오르는 뺨을 양손으로 감쌌다. 이런 나를 빤히 보는 유리의 얼굴도 빨갛게 달아올랐다.

"정말 저도 몰랐어요. 일부러 제겐 이야기하지 않았대요. 괜히 들뜨게 될까봐…. 저도 그편이 훨씬 나은걸요."

유리는 고개를 약간 숙이고 풀죽은 목소리로 대꾸했다. 나는 마른침을 한번 삼키고 다시 말했다.

"어쨌든 잘 됐구나. 얼마쯤 남았니?"

"닷새요. 마침 방학식 하는 날이에요."

유리와의 남은 시간이 불과 닷새라니, 이제 여기 또다시 혼자 남겨질 거라는 생각을 하며 나는 새삼스러운 눈빛으로 실내를 둘러보았다. 여기저기 유리의 손끝이 스쳐간 흔적들이 눈에 들어왔다.

"선생님, 송별회 해주실 거죠?"

나는 고개를 끄덕였다 유리의 눈에서 아주 잠깐 맺혔다 사라지는 이슬을 보았다. 나는 일부러 고개를 다른 데로 돌렸다.

내가 마지막으로 유리에게 해 줄 수 있는 것은 허심탄회하게 사실을 털어놓을 수 있도록 도와주는 일이 아닐까? 그리하여 유리가 편안한 마음으로 여기를, 나를 떠나서 앞으로 자신의 입장을 누구에게나 당당하게 밝힐 수 있게끔 만들어줘야 하리라.

음식 냄새, 우리들의 이야기, 유리의 노래, 웃음…. 곧 영원히 사라지고 말 것들이 아쉬움 속에서 조금이라도 더 오랫동안 남아 있으려 하지만 이제 나는 떠나보내야 한다. 책과 시디를 포장한 꾸러미를 유리 앞에 내놓았다.

"역시 선생님은… 제가 좋아하는 것만…. 우와, 이건, 무지 사고 싶었던 거예요. 고맙습니다. 근데 선생님 선물은 아직도 준비 중이에요. 아마 낼 아침까진 다 될 거예요."

"아주 대단한 건가봐. 기대되는걸."

유리는 배시시 웃고는 말했다.

"방학하면 서울 가시겠네요. 다음 학기에도 오실 거예요? 대부분 젊은 여선생님들은 방학 끝나면 안 오신다던데요."

"그럼, 와야지. 선생님 집은 여기야. 부모님이 안 계셔. 작년에 한꺼번에 사고를 당하셔서 ⋯."

유리야, 지금 기회가 좋잖아? 말해 버려. 그럼 얼마나 개운하겠니? 긴장하면서 나는 유리의 얼굴을 유심히 살폈다. 하지만 약간 놀라는 표정을 짓다가 곧 어른스럽게 말했다.

"그래도 다행이네요. 선생님은 어른이시니까요. 식사 거르시지 마세요. 병이라도 나시면 큰일이잖아요?"

자신의 상처는 끝까지 드러내지 않고 내 상처만 흘끗 보며 대단치 않다는 듯 말해 버리는 유리. 배신감은 예리한 날이 되어 내 가슴을 아프게 그어댔다. 하지만 나는 아무런 내색 않고 고개만 끄덕였다.

방학식 하는 날답게 교무실 안은 술렁거렸다. 아침부터 찌는 듯한 더위 속에서도 모두들 기대와 즐거움으로 생기 있게 움직였다. 유독 나만 그들 속에서 이방인이 되었다. 이 더위 속에서도 그는 예정대로 결혼식 준비를 진행할까? 정말 이젠 나를 완전히 잊은 걸까? 그의 생각에 빠져들지 않게 나는 무엇인가 다른 일에 집중하려 애썼다. 책상 서랍 속에서 발견한 포장꾸러미. 나는 유리가 둔 것임을 직감적으로 알아차리고 포장지를 뜯었다. 카세트테이프 하나가 얼굴을 쏙 내밀었다. 유리의 음성이 귓가에서 나직이 속삭였다.

선생님, 그동안 고마웠고 죄송했어요. 다 아시면서 끝까지 모른 체해 주신 그 마음. 언제까지 잊지 않겠어요. 하지만 전 그렇게 이야기할 때 정말 행복했어요. 그 순간만은 제가 그런 아이가 되거든요. 선생님은 늘 제게 꿈을 꿀 수 있도록 해주셨어요. 다른 사람들 앞에서는 함부로 꿈꾸는 일이 없을 거니까 너무 걱정하지 마세요. 선생님, 늘 건강하세요. 혼자인 사람들은 특히 건강을 제일 챙겨야 한대요. 저도 건강 잃지 않게 조심할게요. 외로울 때 제가 여기 녹음한 노래들을 들으세요. 그럴 땐 저도 선생님이랑 함께 있는 거예요.

아주 먼 옛날부터 그대 존재를 믿었죠. 전설 속에서 불러내 오던 오래 된 신비. 가만히, 놀라지 말아요. 당신만 알고 있어요. 맑고 투명한 그대 영혼이 나를 깨웠죠. 어릴 적 할머니께서 들려준 그 놀라운 얘기. 정말 당신은 가여운 우리 구해주나요. 믿을 수….

하늘로 쭉 뻗은 은사시나무들이 햇빛을 받아 반짝인다. 반짝이는 나무들 사이로 열려 있는 환한 길을 따라 아이가 걸어간다. 아이의 머리에는 햇빛으로 된 왕관이 씌어져 있다. 눈부시게 빛나는 아이, 나는 아이가 완전히 시야에서 사라질 때까지 두 눈을 가느스름하게 뜨고 보았다. 가슴속에서 피어오르던 따스한 기운이 온몸으로 번져났다. 비로소 나는 환히 웃었다. 이제, 그의 등을 떠올리면서도 나는 이렇게 웃을 수 있으리라 예감한다.

*여기 나오는 노랫말은 이소은의 〈기도〉임을 밝혀둡니다.

왈츠를 추실까요

햇빛들이 소리치며 달려와 창 위에 음표를 찍는다. 밝고 투명한 음들이 빠른 왈츠의 선율로 울려난다. 아름다운 음악과 오월의 햇빛이 한자리에 머무는 창. 나는 그 위에 뺨을 갖다 대고 중얼거려본다. 은채는 잘 있다고 전해 줘. 하지만 쪼끔 외롭기는 해. 전할 데 없는 안부를 햇빛 위에 실어 보낸다. 이내 돌아온 햇빛은 답신 대신 내 뺨을 간질이기 시작한다.

"여기서 이러구 있음 어떡하니? 시험이 얼마나 남았다고⋯. 가게는 될수록 내려오지 말라고 몇 번이나 일렀잖아?"

나직한 목소리로 말했지만 커피포트를 내려놓는 엄마의 손끝은 더 이상 짜증을 감추지 못했다. 간지럽던 내 뺨은 일순 빨갛게 달아올랐다.

"일요일은 괜찮잖아요? 가게에 손님도 없는데, 그리고 지금까지 시험공부 했단 말이에요. 괜히 야단이셔."

구석자리에서 신문을 활짝 펼치고 있는 전 교수를 발견하자 내 말투는 더욱 뾰족하게 튀어나왔다.

"그으럼. 잠시 머리 식히러 내려온 거겠지. 그렇지, 은채야?"

전 교수의 비음 섞인 목소리는 커피향과 함께 더욱 부드럽고 감미롭게 들려왔다. 그 목소리를 떨쳐버리듯, 나는 휙 돌아서서 이층 계단을 오르며 쫑알댔다. 불문과 교수는 어느 나라 말이든 무조건 콧소리를 섞어서 내야 한대?

"버릇이 없어서 큰일이야. 열넷이면 철들 나이도 됐잖아?"

한숨과 함께 나직하게 내뱉는 엄마의 말이 계단을 오르는 내 등 뒤에서 스멀거렸다. 이마를 살짝 찌푸리고 눈에는 서글픈 표정을 슬몃슬몃 담으며, 엄마는 전 교수에게 하소연하려 들겠지? 잔잔한 꽃무늬가 금방이라도 한 무더기의 꽃으로 피어날 듯 선명하게 그려진 노란색 잔에 향기로운 커피를 가득 채워가며…. 그러면 전 교수는 막역한 관계를 연출하기에 썩 적당한, 동창생임을 내심 다행으로 여기며 거리낌 없이 엄마를 위로하려 하겠지? 부드러운 목소리로 전심을 다해, 때때로 그는 엄마의 깊고 그윽한 눈매를 지그시 바라보기도 하면서…. 엄마는 조금씩 풀려가는 자신의 마음을 전달하기 위해 살포시 눈웃음을 지어 보이리라. 아, 짜증나. 미쳐버릴 것 같아. 나는 고개를 절레절레 흔들며 마지막 계단에 쿵 소리를 내고서 발을 내려놓았다. 은호가 저만치서 꼬리를 흔들며 달려와 내 품에 안겼다.

"아참, 우리 은호 줄 아이스크림을 깜빡하고 올라왔구나."

은호는 분홍빛 혀를 날름거리며 아이스크림 대신 내 팔을 핥기 시작했다. 나는 은호의 부드러운 털에 얼굴을 파묻었다. 난 너밖에 없단다, 알지? 은호는 안다는 듯 컹컹거렸다. 누가 내 마음을 알겠어? 어른들은 다 제멋대로야. 난 어른 따윈 되고 싶지 않아. 은호는 까만 눈으로 나를 말끔히 올려다보았다.

"으은채야, 내앵수 하아아아….."

이모는 하품 때문에 말끝을 채 잇지 못했다. 냉수를 청하는 걸 보니, 밤을 또 꼬박 세운 모양이다.

"입안이 깔깔해."

이모는 단숨에 냉수를 들이켜고는 팔을 쭉 뻗으며 기지개를 켰다. 내 다리보다 굵은 이모의 팔뚝은 마치 튼튼한 기둥이 되어 천장을 떠받치고 있는 것 같다.

"왜 그런 눈으로 날 쳐다보냐?"

"이상해서. 잠을 안 자면 살이 빠진다던데, 아무래도 이몬 특이체질인가 봐."

요게, 아침부터 늙은 이모를 놀리고 있어. 이모는 내 머리에 알밤을 한 대 먹였다. 다이어트에 서른 번 이상은 실패한, 그래서 아마 결혼까지 포기한 듯한 서른넷의 이모가 이제 작가로서는 성공한 것이라고 나는 믿는다. 이모가 쓴 장편소설 《비상을 꿈꾸는 자들》은 그야말로 요즈음 비상을 하고 있기 때문이다. 베스트셀러 순위 1위를 몇 주째 계속 유지하고 있다는 것은 작가로서 앞날이 꽤 유망한 징조라고 봐도 되지 않을까? 그 방면에 대해 내가 잘 모르긴 해도…. 하지만 나는 이모가 작가로서 성공하기보다는 멋진 남자를 만나서 결혼에 성공하길 바란다. 꼭 애늙은이 같은 소리일지 모르지만, 결혼에 실패한 엄마와 아예 포기해버린 이모를 바라보며 한집에 살고 있는 나로서는 지극히 당연한 바람을 하는 거라고 생각한다.

"가게에 손님 없지? 아예 일요일은 문을 닫고 쉬지. 하여튼 느이 엄만. 커피나 한 잔 마시고 와야겠다."

이모는 벌떡 일어나 옷을 꿰차듯 급하게 입고는 가게로 내려갔다.

가솔린 기관의 구조는 내 머리의 구조에 이상이 있는 게 아닐까, 하는 의심이 들 정도로 외워지지 않는다. 멀리서 내가 공부하는 모습을 누군가 안타까이 지켜보고 있으리라는 엉뚱한 망상에 사로잡히면서 머릿속은 더욱 복잡해진다. 망상에서 벗어나기 위해 나는 큰 소리를 내며 외어 본다. 실린더 헤드, 실린더 블록, 커넥팅 로드, 피스톤, 베어링 메탈…. 하지만 마찬가지다. 아아, 어쩌자고 이딴 '기술 산업'까지 여자애들이 공부를 해야 하는 시대가 왔단 말인가. 책장을 소리 내며 덮는 순간 공부에 열중하고 있을 힘찬이의 얼굴이 숨 막히게 떠올랐다. 곱상한 외모와 세련된 매너까지 겸비한 힘찬이와 한 반이 되는 것을 꺼려한 여자애는 아마 나밖에 없었으리라. 공부의 신동, 시험의 귀재라고 불리는 그 애와 같은 반이 되는 것은 1학년 내내 온 힘을 다해 붙잡고 있었던 일등을 맥없이 놓아버려야 하는 것임을 누구보다도 나는 잘 알고 있기 때문이었다.

"애, 너희 아빠 엄마는 네 이름 지을 때 성은 깜빡하셨나 보다. 안 힘찬, 설마 힘차지 말라고 지으신 건 아니겠지? 모든 걸 깡그리 부정해버리는 안이란 성은 차암 묘해."

내 손아귀에서 달아나려고 파닥거리는 일등을 아프게 의식하며 아무런 상관없는 그 애의 성을 괜히 트집 잡고 이죽거렸다.

"그래, 강은채. 강은 가아앙 소리를 내면 막힘이 없이 부드럽게, 정말 강처럼 흐르고 있는 것 같아. 참 아름다운 성이야."

쟤는 어쩌자고 저렇게 응수하는 것일까? 강이란 성이 아름답다는 걸 내게 처음 깨우쳐 주는 힘찬이에게 순간 느껴지는 고마움을 모르는 척하려고 고개를 돌려버렸다. 교실 창 밖으로 보이는 파란 하늘 위로 흰 구름이 흘러가고 있었다. 저 구름 흘러가는 곳, 아득히 먼 그곳에 그리움도 흘러가라. 구름처럼 흘러가버린 시간의 저편, 아빠는 어린 나를 안고 자주 노래했었다. 고음 부분에서 떨리는 아빠의 목울대를 바라보며 나는 깔깔거리고 웃어댔다. 그가 언제까지나 나를 위해 노래해 주리라고 믿은 것은 오산이었다. 파아란 싹이 트고 꽃들이 곱게 피어, 오라고 손짓하는 곳으로 그는 가버렸다. 이제 그가 내게 남기고 있는 것은 강이란 성뿐이다.

"기집애, 전 교수님 오셨다는 소리는 왜 안 하니?"

노크도 없이 방문을 와락 열어젖히고 이모는 숨을 쌕쌕거리며 서 있었다. 전 교수가 왔다는 말을 안 한 게 뭐 그리 큰 잘못이라도 된다고, 나는 침을 한번 꼴깍 삼키고는 목소리를 착 가라앉혔다.

"꼭 해야 할 필요도 없잖아? 맨날 오는 사람인데, 새삼스럽게 …. 별일이네, 차암. 그리고 알았음 어떡하려고 했는데?"

온몸으로 화를 내고 있는 이모는 마치 성난 코끼리 같다. 나는 이모를 냉랭한 눈빛으로 바라보다 그만 웃음을 터뜨리고 말았다. 갈색 와이셔츠의 단추는 하나씩 어긋나게 아래로 채워져 있었다. 야무지지 못한 우리 이모, 어쩐지 급하게 옷을 입는다 싶었다.

"전 교수님이 그러시잖아? 옷을 입으려면 제대로 입으래나. 아니, 그럼 제대로 못 입을 바에야 벗으란 말이야, 뭐야? 기가 막혀. 아침부터 웬 창피람."

"어머, 이모가 창피한 것도 다 알아? 자알 하면 이제 시집갈 날도 오겠네."

손뼉까지 치며 호들갑을 떠는 내게 다가와 이모는 볼을 세게 꼬집었다. 아야야. 하지만 내 비명은 곧 음악 소리에 파묻혀 버렸다. 요한 슈트라우스의 '남국의 장미'는 정열적이면서도 기품 있게 울려났다. 이모의 오동통한 손이 내 손을 잡아끌었다.

"아가씨, 왈츠를 추실까요?"

"이번 시험 못 보면 이모가 책임져."

괜히 좋으면서, 이모가 입을 비죽거렸지만 나는 모른 척하고 음악에 맞추어 스텝을 밟기 시작했다. 두 발이 조금씩 가벼워지다가 허공으로 뜨기 시작한다. 남국의 장미들은 더 높이 높이 떠다니라고 부추기듯 발밑에서 요염하게 피어난다. 은호도 덩달아 꼬리를 흔들며 바쁘게 따라다닌다. 빙글빙글 어지럽게 선환하면서 모든 걸 잊고 싶어 하는 내 얼굴을 본다.

내가 왈츠 추기를 좋아하는 이유를 이모나 엄마는 알고 있을까? 그들은 영문도 모르면서 재미있고 신기한 사실로 받아들인다. 그리고 이모는 기꺼이 파트너가 되어주는 것으로, 엄마는 커피 전문점 간판을 '왈츠'라고 내건 것으로 내게 대한 애정과 관심을 표현하고 있다. 하지만 내가 언제부터, 왜 왈츠를 좋아하게 되었는지 알게 된다면 그들은 재미있게 여기거나 신기해하는 대신 씁쓸해 하리라.

한겨울의 아침 햇빛이 안경테 위에 머물러 금빛으로 눈부시게 빛났지만 입을 굳게 다문 아빠의 표정은 너무나 냉담했다.

"불결해. 밑에 부리고 있는 간호원 나부랭이랑 놀아나?"

하지만 나는 나부랭이를 나비와 같은 말로 알아듣고 흰색 나비로 변한 간호사 언니를 떠올렸다. 예쁘장하게 생긴 언니가 날개를 달고 나풀나풀 하늘로 날아가려는 순간, 악에 받친 엄마의 목소리가 날아와 날개를 찢어버렸다.

"더러운 노옴, 그러고도 밖에서는 박사랍시고 폼 잡고 설치겠지. 기가 막혀."

그제야 심상찮은 분위기를 알아차린 나는 엄마와 아빠를 번갈아 쳐다보았다. 아무런 표정을 담고 있지 않은 아빠의 얼굴과 대조적으로 헝클어진 머리카락 아래 드러난 엄마의 얼굴은 귀신처럼 보였다. 새

빨간 얼굴과 위로 올라간 눈초리. 예쁘고 상냥한 우리 엄마는 어디로 가버렸단 말인가? 그보다도 저렇게 된 엄마를 모른 척하고 있는 아빠야말로 이상한 괴물로 변한 건 아닐까? 온몸이 오싹해졌다. 그 끔찍한 상황에서 내가 할 수 있는 일은 목놓아 우는 것밖에 없었다. 내 울음소리는 팽팽한 긴장감 속에 잠시 찾아든 적막함을 여지없이 깨고 있었다. 그럼에도 불구하고 아무도 아는 척하지 않는 울음, 그것보다 멋쩍은 게 또 있을까? 하지만 울음소리가 그치면 내가 마주해야 할 상황이 너무나 두려워 나는 쉽사리 울음을 멈출 수도 없었다. 으으응, 울음 끝을 놓지 않으려고 안간힘을 쓰는데 어느새 몰려온 졸음기가 내 몸의 구석구석까지 어루만졌다.

"은채야, 침대 위에서 자야지."

아빠는 한 손에 회색 트렁크를 들고 마치 가야 할 먼길을 내려다보고 있는 것처럼 허리를 굽혀 나를 보고 있었다.

"어디 가, 아빠?"

어떤 다급함이 내 목구멍을 확 틀어막았다.

"으응, 여행을 다녀오마. 그동안 엄마 말씀 잘 들어야 돼. 우리 은채, 약속할 수 있지?"

평온함을 가장한 아빠의 목소리에 나는 긴장을 풀고 그만 고개를 끄덕거리고 말았다.

"그러면 내 선물 사올 거지? 뭘루 사다줄 거야?"

"음, 드레스. 예쁜 드레스를 사 주마."

여덟 살이란 나이는, 여행이란 말 한 마디에 좀 전의 일 따위는 까마득히 잊고 선물을 보채는 나이일까? 그 순간부터 나는 아빠가 말하는 예쁜 드레스를 상상하기 바빴다. 그렇지, 그림책에서 본 백설 공주의 드레스. 레이스가 가득 달리고, 등 뒤에 큰 리본을 묶은 드레스가 내 눈앞에서 눈부시게 빛났다. 나는 지금도 그 드레스를 자세하게 그릴 수 있다, 영원히 실제의 모습을 내게 드러낼 수 없을지도 모를 그것을. 아빠 엄마는 그들의 별거가 내게 언제까지나 레이스 가득 달린 드레스를 아프게 그려보게 하는 줄 알까? 그보다도 아빠는 언제쯤이면 그 자신만의 여행에서 돌아올 수 있을까? 예쁜 드레스를 넣은 회색 트렁크를 끌고….

외도를 한 아빠를 내쫓고, 뒤늦게 찾아와서 온갖 욕설을 다 퍼붓는 할머니를 돌려보내고, 엄마는 그날 오후 나를 데리고 동네에 있는 영화관에 갔다. 찌익찌익 소리를 내며, 때로는 흰 사선까지 그어가며 낡은 필름이 돌아가고 있었다. 스팀은 제대로 들어오지 않으면서 영화는 끝없이 계속되었다. 까만 외투 속으로 목을 움츠리고, 부츠 신기기를 잊은 엄마가 아무렇게나 신긴 운동화 속에서 꽁꽁 언 발가락을 꼼지락거리면서 나는 추위와 지겨움을 참아냈다. 불평을 할 상황이 못 된다는 것쯤은 알았다. 참담하게 굳은 엄마의 얼굴로 봐서는 내가 미쳐 발광을 한다고 해도 모른 척했으리라. 내가 할 수 있는 것은 다만 주문을 외는 일이었다. 끝나라, 끝나라…. 영화는 끝나는 대신 활짝 펼쳐진 푸른 풀밭과 흰 드레스를 입은 소녀를 보여주었다. 소녀는 여행에서 돌아온 아빠한테 달려가서 두 팔을 목에 감고 오랫동안 입을 맞추었다. 그리고 음악에 맞춰 춤을 추기 시작했다. 풀밭 위로 하나 둘 가족들이 모여들어 원을 그리며 춤을 추었다. 음악과 웃음소리가 커지면서 원도 커졌다. 나는 원이 얼마만큼 더 커질까 지켜보며 숨을 죽이고 있었다. 뜻밖에도 그때 엄마는 내가 화면에 몰두하고 있는 걸 알아차렸다.

"저건 왈츠야."

슬픔을 누르고 있는 게 확실하지만 왈츠란 발음은 어쩔 수 없이 엄마의 입에서도 경쾌하게 튀어나왔다. 그때부터 왈츠는 내 머릿속에 밝고 경쾌한 음악과 함께 영원히 계속될 가족간의 우의를 상징하는 것으로 깊게 새겨졌다.

그 후 나는 어처구니없게도 왈츠를 잘 추기 위해 무용 학원을 다녔다. 타이즈와 토슈즈를 신고 홉과 스키핑, 리턴 스텝 등을 열심히 연습했다. 그러다가 어느 날 아무런 계기도 없이, 그야말로 홀연히 나는 깨달았다. 아빠는 손에 들고 있는 메스로 환부가 아니라 우리 사이를 완전히 잘라내 버렸다는 것을. 그래서 무용 학원은 그만두었지만 푸른 풀밭 위에서 춤추는 소녀와 그 가족들의 단란함을 동경하며 여전히 나는 왈츠 추기를 즐긴다.

불분명하지만 등 뒤에서 그림자처럼 누군가 다가오는 인기척, 온몸에 와 닿는 듯한 애타고 간절한 시선. 요즘 들어 나는 왜 이런 느낌들을 자주 받는 걸까? 이젠 습관처럼 주위를 두리번거리며 나는 학교를 향해 가곤 한다. 하지만 어느 누구에게도 섣불리 말할 수 없다. 미친 애 취급받을 게 뻔하기 때문이다.

며칠 남지 않은 중간고사가 우리를 짓누르고 있었다. 푸드득거리는 우리들의 사지 위에 왕소금인 시험이 잔뜩 뿌려져 모두 맥을 못 추었다. 오월 아침, 열려진 창으로 바람이 싣고 온 라일락향을 아는 척하는 사람은 아무도 없었다. 담임선생님은 늘 그렇듯 건조한 음성으로 몇 가지 지시 사항을 간결하게 전달하고 끝에 덧붙여 말했다.

"혹시 박지수 본 사람? 역시 없겠지. 주번, 학급일지에 결석 사유는 가출이라고 써넣어."

결석한 지 일주일, 지수는 집을 나가 어느 낯선 곳에 가 있는 걸까? TV에서 청소년 문제를 다룰 때면 으레 보여주는 환락의 거리, 그 거리 어디쯤에서 지수는 헤매고 있는 게 아닐까? 교정 곳곳에 흩날리는 라일락향을 잊은 채, 요란한 화장과 야한 차림으로 코를 찡긋하는 그 특유의 웃음을 흘리며 …. 아, 말도 안 돼.

"역시 문제아는 문제 부모가 만든다니깐. 걔 엄마 아빠 이혼했다잖아. 그래서 할머니가 키운대, 글쎄."

선생님이 나가기 무섭게 수미는 뒤를 돌아보면서 수다를 떨기 시작했다. 지수의 가출은 멍청한 눈빛으로 앉아 있던 수미에게 분명 어떤 생기를 불어넣고 있었다.

"애, 너희 엄마 아빠는 이혼 안 한다는 보장 있어? 있느냐구?"

매섭게 쏘아붙이는 내 서슬에 그만 주눅이 들었는지 수미는 고개를 돌렸다.

그다지 지수와 친하지 않았는데도 그 애의 가출은 하루종일 나를 우울하게 했다. 마지막 6교시가 음악 시간이 아니었더라면 무엇으로 내 마음을 달랠 수 있었을까. 푸른색 와이셔츠에 노란 줄무늬 타이를 맨 음악 선생님은 역시 멋쟁이였다. 그런 선생님을 바라보는 것만으로도 나는 충분히 즐거웠다. 희고 가는 손가락이 피아노 건반을 두드리자 와르르 쏟아지는 음들의 분수. 드디어 그의 부드러운 목소리가 선창을 하기 시작했다.

어둔 밤 가고 날은 밝아 찬란한 아침 찾아오니
우리 가슴은 설레며 희망 가득 찼네
지난밤에 이룬 꿈 한없이 아름다워
슬기로운 꿈길 따라 발걸음을 옮기리

자, 꿈은 네 박자죠. 꾸우우움, 음악 선생님이 저토록 정확한 박자를 요구하고 있는 꿈의 정확한 의미는 무엇일까?

초등학교 때 졸업식을 며칠 앞두고 담임선생님은 우리들에게 각자의 꿈을 발표하라고 했다. 외교관, 과학자, 가수, 디자이너…. 원하기만 하면 가까운 미래에 그 어떤 직업도 꼭 얻을 수 있을 것처럼 의기양양하게 아이들은 발표했다. 직업을 갖는 것이, 무엇이 되는 것이 꿈이라면 내겐 꿈이 없다. 나는 그 어떤 직업도, 딱히 무엇이 되는 것도 원치 않기 때문이다. 차례가 되자 나는 아무런 대답도 할 수 없었다. 담임선생님은 내 꿈이 무엇인지를 꼭 알아내야만 담임의 책무를 다하는 양 집요하게 물었다. 나는 오랜 망설임 끝에 할 수 없이 현모양처라고 답했다. 아이들은 한참 동안 낄낄거리고 웃었다. 그러더니 교실 여기저기서 아이들은 툭툭 몇 마디씩 던졌다.

"강은채, 차라리 개그맨을 한다고 해."

"쟤, 제법 웃길 줄도 아네."

내 짝꿍은 콧잔등 위의 안경을 치켜올리며 한심스럽다는 듯 나를 바라보고는 말했다.

"웬 할머니 세대의 발상? 요즘 엄마 세대도 그런 발언은 안 한다, 애. 설마 진담으로야 한 소린 아니겠지?"

선생님마저 엉뚱하다는 표정을 잠시 짓고는 아무런 말없이 다음 애를 발표시켰다. 왜 우리 세대는 현모양처의 꿈을 꾸면 안 되는 걸까? 자상하고 착한 남자의 아내가 되어 귀엽고 예쁜 아이들을 많이 낳아 키우면 얼마나 신날까. 햇빛이 찰랑거리는 넓은 마당에서 아이들은 맘껏 떠들고 웃고 뒹굴며 … 눈빛처럼 흰 빨래를 탈탈 털어 빨랫줄에 널면서 그런 아이들을 바라본다면 나는 정말 행복해질 수 있으리라. 꿈은 행복해지기 위해 이루려는 게 아닐까? 많은 식구들 틈에서 부대끼며 한 시대를 살고 싶다는 바람은 정녕 꿈이라고 이름 붙일 수도 없는 걸까? 엄마는 내 꿈이 무엇인지 궁금하게 여긴 적이 있을까? 그러면 불문학을 전공한 엄마의 꿈은 무엇이었을까? 문학가, 외교관, 여행가…. 어쨌든 남편과 별거하고 딸 하나 키우며 커피 전문점 주인이 되는 꿈을 가졌을 리는 없다. 커피향과 아름다운 음악, 아직도 젊고 아름다운 엄마를 연모하여 찾아오는 사람들 틈에 파묻혀 있다고 할지라도.

엄마는 아빠를 응징함으로써 어떤 보상을 받고 있는 걸까? 무엇보다도 내 입장을 고려한 적이 있을까?

"도저히 용서가 안 돼. 이미 깨어진 그릇은 아무리 잘 붙여도 금이 남아 있기 마련이야."

단호하게 엄마는 말했다.

"그릇에 금이 있으면 어때요? 구석에 처박아 두는 것보다 사용할 수 있을 때까지 사용하는 편이 훨씬 낫지 않아요? 차라리 이혼을 하시지 그래요, 육 년씩이나 별거를 할 게 아니라."

엄마의 단단한 벽을 어떻게 하면 깰 수 있을까? 항상 자신의 결정이 옳다고 믿는, 오만하고 완벽주의자인 엄마를 허물어뜨릴 수 있는 방법을 찾는 것은 불로초를 구하는 것만큼이나 헛되고 불가능한 일이리라.

"널 위해서야. 호적까지 정리하면 네 앞길에 아무래도 문제가 되겠지."

별거나 이혼이나 내 앞길을 막는 건 마찬가지예요. 좀 솔직해지세요. 하늘 같은 자존심이 이혼녀가 되는 걸 용납하지 않는다고 말씀하시란 말이에요. 하지만 난 그쯤에서 입을 다물어야 했다. 잘못했다간 귀가 아프도록 아빠의 부도덕과 무책임에 대한 실례를 낱낱이 들어야만 하고, 또 어쩌면 나를 안 키운다고 할지도 모르기 때문이었다.

아빠 왜 시시하게 바람 따위나 피우고 게다가 바보처럼 들키기까지 했을까? 어른들이란, 어른들이야말로 정말 한심한 존재다. 그런 어른들이 세상을 지배하고 있으니 제대로 돌아갈 리가 있겠는가. 어른들이 못마땅할 때면 습관처럼 부르는 노래가 있다. 이미 해체된 지 오래인, H. O. T.의 '위 아 더 퓨처'. 유행이 지난 지 한참이지만 나는 즐겨 부른다. 이제는 모든 세상의 틀을 바꿔버릴 거야 내가 이제 주인이 된 거야 어른들의 세상은 이미 갔다 낡아빠진 것 말도 안 되는 소리 집어치워…. 한바탕 부르고 나면 속이 다 후련해진다.

짐을 진 짐꾼이 별 수 없이 목적지를 향해 터벅거리며 가는 것처럼, 나는 무거운 책가방을 메고 앞만 바라보며 집을 향해 걸어갔다. 새하얀 햇빛 속에서 '팥빙수 개시'라고 써 붙이는, 엄마의 가늘고 흰 손이 잔잔하게 떨리는 것이 보였다. 나는 문득 적막함을 느꼈다. 늦봄부터 초가을까지 붙여놓는 '팥빙수 개시'. 해마다 그걸 붙이고 떼어내는 엄마의 손은 언제나 저렇게 떨렸다. 혼자 감당해야 할 생에 대한, 어쩔 수 없는 두려움일까? 늘 당당해 보이는 엄마의 이면을 훔쳐보는 것 같아 나는 고개를 숙여버렸다. '팥빙수 개시'를 몇 번쯤 더 붙이고 떼어낸 후에야 엄마는 혼자 사는 세상살이의 어려움을 드러낼까?

요한 슈트라우스의 '황제 원무곡'은 떨리는 엄마의 손길을 덮어버리듯 과장되게 크고 웅장하게 울렸다. 출입문과 대각선 방향으로 위치한 자리에서 이모와 전 교수는 꽤 심각한 표정으로 이야기를 주고받았다. 전 교수는 이모의 소설을 정말 불역하려나 보다. 엄마에게 잘 보이기 위한 수작일까, 아니면 그럴 만큼 이모의 소설이 괜찮은 걸까? 전 교수가 아빠의 자리를 넘보지 않는 게 확실하다면 나도 그를 미워하지 않을 텐데…. 그는 내게 친절하고 자상할뿐더러, 무엇보다도 젊고 세련된 감각을 지닌 멋쟁이다. 나는 특별히 멋쟁이를 좋아한다. 옅은 연두색 와이셔츠 위에 카키색 멜빵을 한 그를 살짝 곁눈질하다가 이모가 한 말을 떠올려보았다.

"뭐라구? 전 교수가 바보니? 여우 같은 딸까지 딸린, 네 엄마랑 결혼하게. 아무리 나이가 많아도 명색이 총각인데, 꿈 깨. 그리고 네 아빠 엄만 이혼한 게 아니고 별거한 거야. 그 기간이 너무 길긴 하지만…."

혹시 엄마가 나를 버리고 전 교수에게 가버린다면? 아, 그건 안 돼. 절망스러운 기분으로 머리를 흔드는 순간, 전 교수가 내 시선을 느꼈는지 엷은 웃음을 지어 보였다. 나는 그를 향해 고개를 까딱했다. 이모는 그것도 모른 채 이야기에만 열중하고 있었다, 다 비운 팥빙수 그릇을 앞에 놓고. 남자 앞에서 팥빙수라니, 우아한 향을 풍기는 헤이즐넛이나 에스프레소, 블루 마운틴쯤이면 좀 좋아? 분명 잇새에 팥 껍질은 기본으로 끼여 있겠지, 칠칠찮은 우리 이모. 저러니 어떤 남자가 좋아하겠어? 한숨을 폭 쉬고 이층으로 오르려는 내게 엄마는 엄청난 비밀을 말하듯 속삭였다.

"할머니가 오셨어. 널 보고야 가시겠대."

적당히 해서 돌려보내라는 말을 엄마는 생략하고 있는 게 아닐까? 어쩌면 엄마는 아빠보다 할머니를 더 미워하고 있을지도 모른다. 이모 말을 빌리자면 할머니는 '탐욕과 기세를 아무도 따를 자 없는, 대단한 늙은이'였다. 의사 아들 장가보내면서 열쇠 하나 못 받은 년은 조오선 처언지에 나밖에 없네, 하고 소리치던 쨍쨍한 목소리가 내 귀에 아직도 생생히 남아 있을 정도니까 이모의 말이 틀린 건 아니리라.

"우리 은채가 언제 이리 커버렸어? 길거리서 만나면 못 알아보겠다야."

삼 년 전, 정확히 말해서 외할아버지의 유산으로 엄마가 커피 전문점을 냈을 때 찾아와서 다방 마담이 되었다고 호통을 친 후로 할머니는 처음 나타난 것이다. 검버섯과 쭈글쭈글한 주름이 가득 찬 얼굴로 활짝 웃는 할머니를 나도 아마 길에서 만나면 못 알아보았으리라.

"은채야, 이리 온."

굵고 탁하게 변해버린 음성은 만화영화에서 나오는 마귀할멈 목소리를 일부러 흉내 내고 있는 듯했다. 늙는다는 것은 바로 우리 할머니처럼 되어버리는 것일까? 누런 금반지가 유난히 돋보이는, 마디 굵은 손가락으로 할머니는 비닐봉지를 부스럭거렸다.

"자아, 옛다. 이 핼미가 우리 은채 좋아하는 걸 용하게 기억하고 있지야?"

초코파이와 새우깡. 나는 그만 할머니의 까칠한 손을 와락 움켜쥐고 말았다. 금반지는 내 손바닥을 아프게 누르고 있었다.

"할머니, 왜 이렇게 늙어버리셨어요?"

"우리 은채가 이리 컸는데 … 암, 이 핼미도 늙어야제. 살날이 이제 얼매 안 남았대야. 그래서 부랴부랴 서둘러 왔건마는 … ."

"그게 무슨 말씀이세요? 얼마 못 사신다고 누우가 그래요?"

나는 너무나 부당하다는 듯 목소리를 높이며 눈까지 동그랗게 떴다. 하지만 누가 보더라도 할머니는 살날이 얼마 남지 않은, 병색이 완연한 노파였다.

"뱅원에서. 니 애비가 얼매나 우는지, 원. 살아생전에 애비 에미가 합치는 걸 봐야 내가 곱게 눈감고 갈 낀데 … 니 에미 고집이 엔간해야제. 사내가 어쩌다 실수로 그랬는 걸 가지고 … . 아, 그거하고 살림을 채리기를 했나, 자식을 두기를 했나. 곧바로 헤어지고 지금까지 혼자 지내는 거 보믄 몰라? 아니, 육 년씩이나 … ."

할머니는 엄마를 원망함으로써 다시 옛 기세를 회복시키고 있었다. 쭈글쭈글한 입을 씰룩거리며, 눈알을 굴리며 … . 영락없이 심술궂은 노파로 변하는 걸 나는 재빨리 막아야 했다.

"할머니, 그런 문제라면 아빠가 직접 나서야 되는 것 아녜요? 어쨌든 이렇게 된 원인은 아빠에게 있는 거고, 다시 합칠 생각이면 아빠가 와야죠. 하지만 아빤 육 년씩이나 모른 척했잖아요? 아빠야말로 길거리서 만난다면 우린 서로 몰라볼 걸요."

드레스 선물을 육 년씩이나 유보하고 있는 아빠, 아빤 나를 제대로 기억이나 할까? 아빠에 대한 서운함과 분노로 내 목소리는 떨리고 있었다.

"왜 몰라봐. 니 보려고 학교 앞을 얼마나 자주 왔다 갔다 하는 줄 알아? 많이 크고 예뻐졌다고 좋아해쌓는데 …. 온라인으로 꼬박꼬박 양육비를 … 육 년씩이나 따로 살믄서 … 이혼도 재혼도 안 하는 것들 …. 여편네 콧대가 그렇게 쎄 가지고서야 … 니 애비가 무서워서 얼씬도 …."

계속되고 있는 할머니의 말소리가 아련하게 들렸다. 니 보려고 학교 앞을 얼마나 자주 왔다 갔다 하는 줄 알아, 거칠고 탁한 목소리의 그 몇 마디가 종종 나를 사로잡았던 불분명하고 막연하던 느낌을 싸악 가시게 하고서 온몸을 마춰시켰다. 꿈을 꾸듯 몽롱한 기분이 되어, 나를 보려고 애쓰는 아빠의 모습을 그려보았다. 따뜻한 물이 가득 채워진 욕조에 온몸을 담그고 있는 기분이 된다. 세포 구석구석까지 나른한 행복감이 번져난다. 두 눈에서 결국 뜨뜻미지근한 액체가 흘러내리고 만다.

"신사동 네거리에 있는 강형규 정형외과라면 모르는 사람이 없어야. 니 애비가 원체 실력이 있으니께 …."

찾아오라는 말을 할머니는 교묘히 뒤로 숨기고서 입가에 비굴하고 교활한 웃음을 내비치며 나를 충동질했다. 하지만 아빠가 먼저 돌아올 때까지 기다리고 있어야 하리라. 그게 버림받은 사람이 지녀야 할 마지막 자존심이 아닐까? 아, 그러나 신사동 네거리를 찾아 헤매는 내 모습이 떠올라 나는 질끈 눈을 감아 버렸다.

식물의 물재배에 이용되는 크놉액의 조성표를 완성시키는 것이 마지막 문제인 생물시험을 끝으로, 드디어 중간고사가 끝났다. 아, 아, 아, 아…. 아이들은 미친 듯이 소리 지르며 무리를 지어 교실 밖으로 뛰어나갔다. 마치 날개를 파닥이며 끔찍스러운 이물을 떨어내고 새로운 세상을 향해 날아가는 새 떼처럼 …. 아이들의 한숨과 고통, 비탄의 숨소리들이 그대로 남아 있는 교실 안의 공기는 너무나 무겁고 탁해서 나도 한시바삐 밖으로 뛰쳐나가고 싶었다. 그러나 같이 백화점을 가기로 한 수미는 책가방을 느릿느릿 챙기고 있었다. 짜증이 났지만 풀이 죽은 수미의 태도에 그냥 참기로 했다. 쯧쯧, 분명 시험을 망친 게야. 허구한 날 컴퓨터 게임에 매달려 있더니, 나는 속으로 혀를 차면서도 예사롭게 말했다.

"동생 생일선물 살 거라며? 뭘 살 건지는 정했니?"

"있잖아, 은채야. 나, 오늘 집에 빨리 들어가야 돼. 우리 아빠 오시거든. 엄마랑 같이 공항 가야 돼. 어쩌지? 미안해서 …."

한 대 쥐어박아 주고 싶어서 내 손목은 파르르 떨렸다. 의리 없는 계집애, 혼자 따돌림을 당하는 게 불쌍해서 붙여주려 했더니, 기가 막혀. 나는 지 땜에 다른 팀하고 약속도 안 했는데 …. 책상 위에 있는 가방을 홱 집어들고 뒤도 한 번 돌아보지 않고 교실 문을 나왔다. 김수미, 잘났어. 어쩜 넌 마중 갈 아빠가 다 있니?

햇볕이 내리쬐고 있는 운동장을 나는 마치 고행을 견뎌내듯, 조금도 서두르지 않고 천천히 걸었다. 여기저기서 떠드는 소리가 들렸지만 왠지 아득한 정적 속에 혼자 갇힌 듯한 느낌이 들었다. 그 정적 속에서 할머니의 말소리는 낮은 울림이 되어 내 귓가에서 웅얼거렸다.

널 보려고 학교 앞을 얼매나 자주 왔다 갔다 하는데. 할머니는 내 뜻을 제대로 전달했을까? 아빠는 언제쯤이면 돌아올까? 그보다 먼저 교문 앞에서 서성거리고 있을 아빠. 비밀한 기쁨과 습관적이고 맹목적인 그리움으로 내 가슴은 터져버릴 듯했다. 나는 교문을 향해 달렸다. 길고 팽팽해진 두 다리로, 육 년의 세월을 가로질러…. 목이 빠져라 학교 주위를 두리번거려 보았지만 내 눈에 들어오는 건 군데군데 칠이 벗겨진 교문뿐이었다. 나는 한낮의 햇볕에 뜨겁게 달궈진 교문의 쇠살대에 그만 이마를 갖다 댔다. 찾아야 할 사람이 누구인지도 잊은 양 그렇게 망연히 서 있었다. 어디선가 서늘한 바람이 불어왔다. 순간 메스가 금속성의 광택을 발하며 내 이마에 차갑게 와 닿았다. 그만 나는 발걸음을 돌려 집으로 향했다.

길고 긴 봄날의 오후, 커튼을 치고 침대에 누웠다. 은호의 부드러운 털이 발바닥을 간질이지만 않는다면 이 지상에 혼자뿐이라는 생각을 지울 수 없으리라. 원고 독촉 전화를 몇 번이나 받고서도 이모는 원고를 안 쓰고 어디로 사라졌는가? 시험 끝난 날, 이모가 재미있는 영화도 보여주고 쇼핑도 시켜주면 좀 좋아? 하여튼 아무런 도움도 안 된다니깐. 수미, 그 계집애만 아니었더라도 지금쯤 아이들과 어울렸을 텐데…. 이런저런 생각을 떨쳐버리기 위해 나는 이불을 머리끝까지 뒤집어썼다.

호수가 보이는 나지막한 언덕 위의 풀밭에 반바지 차림을 한 아빠는 재빠른 동작으로 텐트를 치기 시작했다. 마침내 초록색의 뾰족지붕 모양을 한 텐트가 완성되자 아빠는 집을 완공한 양 흐뭇해하며 말했다.

"정말 멋진 집이지? 아빠 집 짓는 솜씨가 어때?"

나는 대답 대신 엄지손가락을 내밀어 보였다. 챙이 큰 모자와 선글

라스를 벗고 엄마는 준비해 온 음식들을 꺼내기 시작했다. 김밥, 샌드위치, 음료수…. 아빠는 음식에 전혀 손을 대지 않고 보트를 타러 호수로 내려갔다, 나를 데려가지 않는 대신 빨간 풍선 하나를 쥐어주고는. 엄마는 아빠를 향해 소리쳤다.

"좀 들고 가세요."

아빠는 못 들은 척 등을 돌린 채 경쾌한 걸음으로 휘파람을 불면서 멀어져갔다. 휘이휘이. 엄마는 아빠를 기다리면서 내 입에 음식들을 꾸역꾸역 집어넣기 시작했다. 음식이 잔뜩 들어간 입을 나는 다물 수도 더 이상 벌릴 수도 없었지만, 아빠는 돌아오지 않고 있었다. 호숫가엔 저녁 어스름이 내리기 시작했다. 어디선가 물새가 아빠의 휘파람 소리를 흉내 냈다. 그때까지도 엄마는 쉬지 않고 내 입에 음식을 넣었다. 마침내 나는 울음을 터뜨렸다. 손에 쥐고 있던 빨간 풍선마저 그만 놓쳐버렸다. 이미 어두워진 하늘이 흔적도 없이 풍선을 삼켜버렸다. 그 순간 아빠의 휘파람 소리가 환청인 양 들려왔다. 아아아빠, 휘파람 소리를 놓칠세라 있는 힘을 다해 부르려 했지만 소리가 되어 나오지 않았다.

커튼의 틈새로 어스름한 빛이 새어들고 있었다. 서러운 꿈에서 깨어난 듯 나는 입을 비죽거리며 울었다. 은호가 앞발로 내 다리를 두드리며 달렸다. 울음을 그치고 나자 무엇보다도 나는 배가 고팠다. 엄마가 잠시 틈을 내서 급하게 차렸을, 식탁 위의 국과 반찬들이 이미 온기를 잃고 있었다. 아무리 배가 고파도 꿈속처럼 꾸역꾸역 집어넣을 생각은 전혀 없었다. 차라리 가게로 내려가서 과일 파르페로 저녁을 때우는 편이 나았다. 저녁 시간에 바쁠 엄마는 가게에 내려온 나를 혼낼 겨를이 없을 게다. 나는 은호까지 안고 조심스럽게 계단을 하나씩 밟았다. 하지만 계단의 중간쯤에서 나는 힘찬이네 가족을 발견하고 발을 멈추었다. 시험 끝났다고 분명 외식을 하고 디저트를 먹으러 들렀으리라. 사람 좋아 보이는 너털웃음을 연방 터뜨리는 아빠, 애정이 듬뿍 담긴 눈빛으로 바라보는 엄마, 쉴 새 없이 재잘거리는 동생, 씽긋씽긋 웃는 힘찬이…. 가정의 달에 공익광고협의회에서 '건강한 사회는 건전한 가정으로부터'라는 표어를 달고 내건 한 장의 사진과 같았다. 나는 몸을 돌려 계단을 오르기 시작했다.

늦게 돌아온 이모는 콧노래를 부르며 내게 아이스크림을 내밀었지만 나는 본 척도 하지 않았다.

"왜 이렇게 저기압이실까?"

이모의 입에서 술내가 약간 났다. 대학로에서 또 생맥주를 한잔했나 보다.

"원고는 안 쓰고 어딜 댕겨? 술내까지 풍기면서 말이야. 근데 이몬 왜 그렇게 기분이 좋아?"

"데이트를 했거든. 안 믿는 눈치구나?"

"믿을 게 따로 있지. 하기야 이모는 여자끼리 만나는 것도 데이트로 치니깐."

하지만 그때 나는 이모가 엷은 화장을 했다는 걸 알았다. 눈을 동그랗게 뜨고 보자, 이모는 쑥스러운 듯 욕실로 들어가 버렸다. 어머나, 장난 아니네. 은호도 이상하다는 듯 꼬리를 살래살래 흔들었다.

애, 조금만, 조금만…. 아무리 사정을 해보았지만 은호는 앞발로 내 얼굴을 간질이면서 단잠을 깨웠다. 오월의 마지막 날, 열다섯 번째 맞는 생일. 은호는 새벽부터 내게 생일 축하를 해주고 싶은 모양이었다. 나는 은호를 안고 자축하는 의미에서 생일 축하곡을 불렀다. 해피 버스데이 투 유, 내 앞에 펼쳐질 수많은 날들이 꿈 같은 축복의 날들이 되길….

엄마는 일찌감치 가게 일을 끝내고, 벽 한쪽의 테이블에 식탁을 차렸다. 나는 흰 아사 원피스를 차려 입고 은촛대에 무지갯빛 양초를 꽂았다. 목과 꼬리에, 방울과 리본을 장식한 은호도 내 뒤를 종종걸음으로 따라다녔다.

"이모는 왜 빨리 안 와? 어딜 간 거야?"

"곧 오겠지."

조금도 서두를 게 없다는 투로 엄마는 대답했다. 나는 무지갯빛 촛농이 조금씩 조금씩 흐르는 것을 안타까이 바라보며 꼭 와야 할 사람이 누구인지 헤아리고 있었다.

"은채, 생일 축하해."

전 교수와 이모가 나란히 들어섰다. 그리고 전 교수는 안개꽃과 열다섯 송이의 장미가 묶여진 꽃다발을, 이모는 케이크를 내밀었다.

"이젠 정말 다 커버렸네."

이모는 내 이마에 입을 맞춘 후, 전 교수와 눈을 맞추었다. 그들의 눈은 허공에서 부딪치며 섬광을 발했다. 입에서는 동시에 미소가 피어났다. 테이블보의 레이스 자락을 매만지던 엄마는 옷매무새를 고치고 긴장한 표정을 잠시 지은 후, 그야말로 중대 발표를 했다.

"은채야, 이젠 이모부가 생기게 되었어."

"이모오부? 그럼 이모가 결혼을, 결혼을 한단 말이야?"

나는 하마터면 들고 있던 꽃다발을 떨어뜨릴 뻔했다.

"그래, 이모부가 되실 분은 전 교수님이셔."

뭐라구? 아빠가 아니라 이모부? 온 힘을 다해 내뿜었던 적의를 그만 거두어야 하는 순간에 느끼는 허탈감과 안도감. 그러나 이내 이모마저 떠나보내야 하는 서운함에 내 눈앞은 뿌옇게 흐려졌다. 이모의 빈자리는 아빠가 채워야만 한다. 본래 그것은 아빠의 자리였으니까.

하지만 할머니가 다녀간 후 여태껏 아무런 응답이 없는 아빠. 아빠는, 아빠는 도대체 무엇을 망설이고 있단 말인가? 오랫동안 멍해 있는 나를 보기가 계면쩍은지 전 교수는 이마 위에 내려온 머리카락을 쓸어 올렸다. 흰 와이셔츠 소매 끝에 달린 커프스 버튼의 보석이 반짝 빛났다. 그 순간 브람스의 왈츠가 흘러나왔다. 전 교수가 내게 손을 내밀었다.

"아가씨, 왈츠를 추실까요?"

"네, 좋아요. 이모부."

아무렇지도 않은 듯, 나는 그의 한쪽 손을 잡고는 이내 다른 쪽 손으로 엄마의 손을 잡았다. 그러자 엄마도 덩달아 이모의 손을 잡았다. 우리는 드디어 원을 그리며 왈츠를 추기 시작했다. 은호도 음악에 맞추어 방울을 딸랑거리며 뛰어다녔다. 원은 조금씩 빠르게 돌아가기 시작했다.

검은 유리창 밖에 언뜻 비치는 금테안경의 중년 남자는 내 간절한 기다림이 빚은 환영일까? 은채라고 나직이 부르는 소리는…. 아, 그것까지 정녕 환청에 불과한 걸까? 음악은 더욱 빠르고 경쾌하게 울려났고 우리는 영원히 춤을 출 사람들처럼 끊임없이 빙글빙글 돌아갔다. 좀더 큰 원을 위해, 내가 해야 할 일이 분명 있다. 그것이 비록 어처구니없는 일일지라도 나는 해내야만 한다.

배꼽이 드러난 티셔츠와 땅바닥을 끄는 힙합 바지를 입고 갖가지 색으로 염색한 머리카락을 바람에 날리며 휘파람을 분다. 휘파람이 휘익휘익 소리를 내면서 밤공기를 가르자, 손바닥에 쥔 면도칼이 푸르게 날을 세운다. 강형규 정형외과 간판의 붉고 푸른 네온사인 불빛 아래 창백하게 드러난 손목을 잠시 들여다본다. 순간 뱀이 기어가듯 날이 쓰윽 지나가자 피를 내뿜는 손목, 그 위로 아연실색하며 흔들리는 그의 얼굴. 어쩔 수 없이 그는 붉은 강을 건너 조금씩 조금씩 가까이 다가온다, 비릿한 피의 기억을 아프게 품고. 오랫동안 참아왔던 뜨거운 눈물을 쏟아낸다. 눈물은 강이 되고, 그가 되고, 마침내 왈츠가 되어 둥글고 크게 울려난다.

유리창 밖, 꽃향기를 품은 바람 속에서 오월의 마지막 밤은 소리 없이 가고 있다. 곧 새로운 유월이 오리라. 그러나 지금은 멈추어 서서, 떠나간 사람을 다시 불러들여야 할 때다. 아, 이제는 다만 조용히 불러들일 때다.

아버지의 의자

당신은 의자에 앉는다. 처음엔 시트 끝에 엉덩이만 걸쳐놓더니, 곧 몸을 깊숙이 들이밀어 등받이에 기댄다. 그런 다음 팔걸이에 양팔을 얹고 뜰을 무심히 바라본다. 나도 당신의 눈이 되어 뜰을 본다. 어머니의 손이 덜 갔는지 잡초가 여기저기 무성하다. 잡초 틈에서 피어난 꽃들. 금불초와 도라지와 바늘꽃…. 그 위로 아직 뜨거운 9월의 햇살이 일렁이고 있다. 내 가슴 안에서도 소리 없이 뜨겁게 타오르는 기운이 여전히 느껴진다. 나는 꽃에서 눈을 떼어 사선 방향으로 시선을 옮긴다. 채 여물지 않은, 푸른빛 열매들을 무겁게 매달고 있는 대추나무의 가지 사이로 흘러가는 구름이 보인다. 구름을 잠시 따라가다 내 눈길은 무심코 당신에게 머문다. 순간 나는 멈칫한다. 바로 그 의자에 앉아 하늘 저편을 올려다보던 아버지의 눈빛과 당신의 눈빛이 어쩌면 이토록 똑같은지…. 모든 것을 다 비워낸 듯한, 또한 무엇이든 다 담고 있는 듯한 눈. 어머니는 아버지가 그 의자에 앉아 허공을 바라볼 때면 아주 못마땅해하며 불평을 늘어놓았다. 꼭 넋 나간 사람 맨치로 … 저눔의 의자를 확 갖다 버려야제. 차라리 이거라도 좀 읽으슈. 느닷없이 신문과 돋보기를 아버지에게 들이대곤 했다. 집에 들어오면 늘상 신문만 본다고 타박했었던 걸 어머니는 잊은 모양이었다. 하지만 아버지는 그걸 받아들고도 여전히 똑같은 자세였다. 지금 내가 어머니처럼 당신에게 읽을거리를 들이민다면 당신도 아버지처럼 그러지 않을까? 굳이 이렇게 말하는 이유를 대라면, 나는 대답 대신 쓸쓸하게 웃을 수밖에 없다. 똑 부러지게 대답할 수 없는 것들이 세상을 살아가다 보면 얼마나 많이 생기는지 요즈음 들어 나는 알게 되었다.

당신에게 가 있던 시선을 또다시 하늘 저편으로 옮기려는데 훅, 하며 내뱉는 당신의 숨소리가 내 귓가를 스친다. 순간 한쪽 뺨에서 경련이 일어나는 듯해 나는 손바닥으로 세게 문지른다.

차창을 완전히 내렸지만 로즈마리향은 희미하게 남아 차 안을 떠돌고 있었다. 형체 없이도 자신의 존재를 오래오래 드러내고 있는 향기에 내 심사는 또다시 사나워졌다. 나는 될수록 숨을 적게 들이마시려 애쓰면서 휴대폰의 버튼을 거칠게 눌러댔다. 어머니는 전화를 받지 않았다. 미리 연락을 좀 해두지, 그는 이렇게 말하면서 짜증스럽게 플립을 닫아버리는 나를 곁눈질했다. 모른 체하며 나는 입을 다물고만 있었다. 어머니가 견딜 수 없이 보고 싶어질 줄 미처 몰랐다고, 이른 아침부터 서둘러 당신이 그 여자를 공항까지 배웅하고 올 줄은 몰랐다고, 그보다 당신이 나를 따라나설 줄 몰랐다고, 나는 차마 말할 수 없었다. 그도 더 이상 입을 열지 않고, 앞만 보며 운전을 했다. 나

142

도 앞만 보았다. 차창을 뚫고 아찔하도록 환한 햇빛들이 날을 세우며 차 속으로 꽂혀들고 있었다. 눈앞이 어지러워 나는 그만 눈을 감았다. 기어코 눈시울을 비집고 몇 방울의 눈물이 떨어져 내렸다. 나는 손등으로 급하게 눈가를 훔쳤다. 낯익은 동네의 어귀에 들어서자 그는 얼굴의 굳은 근육을 풀려고 애를 쓰는 듯했다. 내게 한 번 웃어 보이려 했지만 몇 시간 동안 긴장해 있던 입 주위의 신경들이 영 말을 듣지 않는 눈치였다. 어색한 입 모양에 신경이 쓰이는지 그는 금방 본래의 표정을 짓고 말았다. 나는 그와 함께 온 걸 또다시 후회했다.

"어쩐지 오늘은 나가기 싫더라니 …. 어머니는 절에 갔어. 재일? 그건 아니고, 뭐 그럴 일이 있어. 어여 들어가 쉬어. 그럼, 열쇠는 있지. 서로 하나씩 맡아 가지고 있으니께."

옆집 해촌댁 아주머니가 우리 집 열쇠를 꺼내들며 말했다. 그럴 일이라는 건 뻔했다. 우리 영우를 대신할 아이를 점지해달라고 어머니는 또 부처님을 찾아가 사정하고 있으리라. 끊임없이 빌며 절하고 있을 어머니. 이젠 더 이상 숨길 수 없다. 아무리 그래봐야 소용없는 일이라고 말해야만 한다. 나는 나직이 한숨을 내쉬었다. 내 한숨소리에 그는 잠시 발걸음을 멈추었지만 나는 재빨리 등을 돌려 대문을 열었다. 집안으로 들어서자 마당 한구석에 놓인 의자가 제일 먼저 눈에 띄었다. 하지만 왠지 낯설게 느껴지는 이유는 환한 햇살 탓이 아니었을까? 오래전부터 늘 그 자리에 있어서 마당의 일부로만 느껴졌던 것이 오후의 햇살 아래서 낡아버린 몸뚱어리를 고스란히 드러내고 있으니 …. 녹색의 매끈한 가죽으로 된 등받이와 시트, 은은한 광택과 함께 나뭇결이 그대로 드러난 팔걸이와 우아한 곡선으로 처리된 다리. 그런 것들을 이제 저 의자에서 찾아내려는 건 불가능한 일이리라. 아버지가 얼마나 애지중지했던 의자였던가, 가족들 모두가

'아버지의 의자'라고 불렀을 만큼. 아버지가 없을 때면 동생과 나는 서로 앉겠다고 싸우기도 여러 번 했었다. 겨우 동생을 물리치고 의자에 앉아 팔걸이에 양팔을 슬쩍 올려놓고 뜰을 바라볼 때면 마치 옥좌에 앉은 왕이라도 된 듯했다. 그때의 기분을 떠올리며 나는 의자 앞으로 다가갔다. 가까이서 본 그것은 더욱 볼품없는 몰골을 하고 있었다. 나는 손끝으로 몸체를 쓰다듬어 보았다. 내 심정 따위는 전혀 알지 못하는 그가 내 손을 가볍게 밀치고 앉았다. 그런 다음, 피곤하다는 소리를 신음처럼 내뱉었다. 이른 아침부터 운전대를 잡았으니 피곤한 게 당연한 거라고 말하려다 그만두고 나는 숨을 깊이 들이쉬었다. 아무것도 섞이지 않은, 청정한 공기가 콧속을 통과해 폐부 깊숙이 들이찼다. 뻣뻣하게 굳었던 내 몸의 신경들이 비로소 조금씩 풀리는 듯했다.

당신이 올려다보고 있는 하늘 저편에 무엇이 있는 걸까? 무슨 생각을 하며 당신은 하늘을 보고 있는가? 당신이 어떤 속마음을 가지고 있으며, 또 무엇을 바라는가를 나는 전혀 알지 못한다. 당신에 대해 뭐든 다 안다고 생각했던 적이 있었다는 게 믿어지지 않는다. 당신이 낯선 사람으로 느껴지기 시작한 때를 나는 정확하게 기억한다. 결국 그 여자, 미란의 이야기를 꺼내지 않을 수 없다.

그날은 당신의 생일이었다. 집으로 초대되어 온 사람들 중에서 유독 미란이 내 눈길을 끌었던 이유는 단지 젊고 아름다워서만이 아니었다. 애처롭고 슬픈 느낌이 독특한 분위기를 자아내면서 묘한 호기심을 불러일으키고 있었기 때문이었다. 그녀의 애잔한 눈빛 속에 깊숙이 숨어 있는 강한 고집스러움을 찾아낼 때까지 나는 왠지 그녀에게서 눈을 떼지 못하고 있었다. 이번 학기부터 내 일을 도와줄 조교야. 등 뒤에서 당신의 음성이 낮게 흘러나왔다. 하지만 한껏 고조된 감정을 숨기기 위해 당신이 안간힘을 쓰고 있다는 걸 어떻게 내가 모르겠는가. 내 등은 순간 움찔했다. 그것은 오로지 동물적인 육감일 것이다. 자신에게 찾아올 위험을 본능적으로 감지할 수 있는…. 그후 예상했던 대로 찾아온 고통의 시간들.

우리는 이제 어떻게 할 생각으로 여기까지 온 것일까? 그래, 아무 생각하지 말고 며칠동안 푹 쉬고 오자구. 마침 강의도 없어. 내가 지퍼를 다 채우기도 전에 가방을 들고 당신은 앞장섰다. 미란을 끝까지 공항에 바래다주고도 시치미를 떼고 있는 당신을 나는 뿌리치고 싶었지만 그럴 기력조차 남아 있지 않아 차에 올라타고 말았다. 그렇게 미란을 떠나보냄으로써 완전히 끝났다고 내게 말하고 싶은가? 우리 사이에 없었던 일로 처리되었다고 당신은 믿는가?

잠자리 한 마리가 감나무 가지 끝에 잠시 앉았다가 날아간다. 얇고 투명한 날개 위에 온 하늘을 싣고 날아간다. 당신은 잠자리가 이미 날아가고 없는 하늘을 한참 동안 보고 있다. 빈 하늘을 올려다보고 있는 당신의 모습이 내 눈에 아프게 들어온다. 그만 나는 눈을 감는다.

대문 열리는 소리가 크게 나더니, 해촌댁 아주머니가 들어섰다. 대소쿠리에 가득 담긴 고구마를 내밀면서 그녀는 말했다.

"시장들 허지? 급하게 쪘어. 미리 연락이라도 허지 그랬어? 오늘은 암만 해도 많이 늦을 모양이여. 천도재가 시간이 많이 걸리긴…."

아까 아주머니가 말했던, 그럴 일이라는 게 그러면 천도재란 말인가? 몇 푼 안 되는 용돈을 드리면 어머니는 절에 다 갖다 바치는 모양이었다.

"또 해요? 얼마 전에 했잖아요? 우리 영우 좋은 데 갔을 거라고, 이제 두 다리 쭉 뻗고 자겠다고 하시더니, 참."

"이번엔 그 집 영우가 아녀. 백 선생이라고, 기억할란가 모르겄네. 우리 집 아래채에 잠시 살았던, 젊은 과수댁 말이여. 그 사람이 얼마 전에 고생 고생 허다가 결국 암에 걸려 죽어버렸다네."

아주머니는 마당에 있는 그에게까지 들릴까봐 목소리를 아주 낮추었지만 내 귓가에서는 크게 울려났다.

"죽었다구요, 백 선생님이요?"

나는 큰 소리로 되묻고 말았다. 아주머니의 어깨 너머로 보이는 맞은편 집의 유리창 위에서 초가을 햇살이 부서지고 있었다. 나는 잠시 몽롱해지는 기분을 느꼈다.

"그려, 백 선생. 안됐으니께 천도재를 올려주기로 한 모양이여. 나, 가네. 불 위에 냄비를 얹어놓고 와서 …."

급하게 돌아서는 아주머니의 뒷모습을 보다가 나는 충격에서 벗어나자 문득 의문스러워졌다. 백 선생님이 안됐다고 해서, 어머니가 천도재를? 도무지 이해할 수 없는 일이란 생각과 함께 이십오륙 년 전의 세월 저편에 머물고 있던 백 선생님이 되살아나기 시작했다.

개학을 며칠 앞둔 여름의 끝 무렵이었다. 기나긴 해가 아직도 마당 끝에 머물고 있는 늦은 오후, 나는 드디어 비어 있는 의자를 발견했다. 방학 내내 그 의자는 아버지 차지였다. 거기서 아버지는 책을 읽기도 하고 눈을 감고 생각에 잠기기도 했다. 아버지가 의자에서 일어나기를 나는 얼마나 많이 기다리곤 했던가. 나는 신발을 벗고 잽싸게 의자 위에 올라섰다. 그럴 때의 의자는 내게 작은 무대였다. 양손을 모으고 아랫배에 힘을 주고 나는 크게 노래 부르기 시작했다. 계집애

146

목소리가 담 밖으로 나간다고 어머니는 못마땅해했지만, 멀리 울려 퍼지는 내 목소리를 듣는 게 나는 너무나 신났다. 한참 목청껏 노래를 부르다가 우리 집 대문을 열고 들어서는 여자를 발견했다. 나는 그만 입을 다물었다. 여자의 등 뒤로 비치고 있는 오후의 햇살이 그녀가 입은 흰옷 위에서 오색찬란한 빛을 발하며 내 눈앞을 흔들었기 때문이었다. 아찔한 느낌에 눈을 감고 의자에서 내려오다가 나는 넘어지고 말았다.

"괜찮니?"

종아리에 빨갛게 부푼 자국을 보자 갑작스런 아픔과 함께 눈물이 어렸다. 어른거리는 눈물 사이로 보이는 의자의 등받이와 시트는 어쩌면 그렇게도 선명한 초록빛인지…. 종아리가 더욱 화끈거려오기 시작해 나는 얼굴을 찡그렸다. 그런 내게 여자는 가까이 다가와 어깨를 감싸면서 물었다.

"최 선생님 댁 맞지? 아버지 계시니?"

나는 대답 대신 집 안쪽에 대고 큰 소리로 아버지를 불렀다. 마당으로 나온 아버지는 여자를 보고 놀라는 듯하더니 더듬더듬 말했다. 아니, 백 선생이…어 어떻게…여기를 다…. 허둥거리는 아버지와 달리 여자는 차분한 음성으로 대꾸했다.

"마침 이쪽으로 전근을 왔어요. 먼저 인사라도 드리려고…. 앞으로 신세를 많이 질 겁니다."

"아이고, 누군가 했더니 백 선생이네요. 그래, 유 선생도 안녕하시고? 어서 일루 좀 들어와요. 이이는 손님을 세워두고…."

어머니는 찬거리를 사 가지고 들어오다가 뒤늦게 여자를 보고 수선을 피우면서 맞이했다. 나는 더 이상 큰 소리로 노래를 부를 수 없어서 그만 의자에 앉았다. 어서 빨리 여자가 가기를 바라면서 아버지처럼 눈을 감아보았다. 동생이 의자에서 내려오라고 흔들었지만 나는 눈을 감고 모른 체했다. 상처 난 종아리가 욱신거리면서 입 안에 말간 침이 괴었다.

"쯧쯧, 젊은 나이에, 안됐어요. 아직 청춘이 구만린데 어떻게 살아갈지 정말 걱정되네요. 마침 같은 학교에 근무하게 됐으니께, 당신이 잘 보살펴주셔요."

"유 선생이 그렇게 일찍 세상을 뜰 줄이야…. 결혼한 지 겨우 육개월 만에…. 한 치 앞을 모른다더니, 그 참."

깜빡 잠이 들었던 걸까? 두런두런 들려오는 말소리에 나는 눈을 떴다. 그새 밤이 되어버리다니, 나는 의자에서 몸을 일으켜 사방을 두리번거렸다. 어둠 속에서 달맞이꽃들이 소리 없이 하나씩 노란 꽃잎을 열어가고 있었다. 환하게 피어나는 꽃 위로 싸늘하게 감도는 밤의 요기. 나는 잠시 숨을 죽였다. 그때 마당 저편에서 누군가 조용히 내쉬는 한숨소리에 괜히 슬퍼지면서 내 몸이 떨렸다. 꽃잎들도 가늘게 떨면서 노랗게 피어나고 있었다.

그래서일까? 백 선생님은 내게 슬픈 이미지로 남아 있다. 선생님을 떠올리자 여전히 슬픔과 함께 가슴 한구석이 아려왔다. 나는 한숨을 내쉬었다.

당신은 나를 바라본다. 눈을 가느스름하게 뜨고 입 끝을 약간 아래로 내리고 있는 얼굴이 심각하고 중대한 이야기를 시작할 태세다. 하지만 지금 나는 당신의 이야기를 듣고 싶은 마음이 전혀 없다.

내가 얼마나 통증을 못 이겨 병원을 찾았는지 당신은 모를 것이다. 그보다 더 견디기 힘든 것은 당신이 옆에 없다는 사실이었다. 포상기

태. 수술이 시급하다고, 자궁을 들어내는 게 아무래도 안전할 것 같다고 말하는 의사 앞에서 세미나 핑계로 며칠 째 집을 비우고 있는 당신을 떠올려야 하는 것은 끔찍한 형벌과도 같았다. 걷잡을 수 없이 부르르 떨고 있는 내 손을 잡아주던 영우. 그때 보호자 역할을 해준 사람은 겨우 일곱 살 난 아들이었다는 사실을 나는 언제까지라도 기억할 것이다. 내가 아들의 조그만 손을 잡으며 공포를, 불안을, 분노를 잊으려 애쓰고 있을 때 당신은 어디서 무얼 하고 있었는지? 돌이켜보면 어쨌든 그때까지는 그래도 나는 아주 불행한 여자는 아니었다. 위로해줄 자식이 옆에 있었으니 …….

당신의 여행용 가방에서 나온 머리핀. 그것이 미란의 것임을 분명하게 기억하고 있는 나 자신이 두렵고도 지겨워 진저리를 쳤다. 길쭉한 나뭇잎 모양의 바탕 위에 붙어 있는 자디잔 구슬들이 미란의 갈색 머리에서 현란하게 반짝거리며 내 눈을 끌었었다. 이제 그것들은 알알이 내 눈 속으로 아프게 박혀 들었다가 바닥으로 하나씩 떨어져 내리고 있었다. 별일 없었느냐는 당신의 물음에, 내가 겪은 엄청난 일을 어떻게 설명할지 몰라 나는 시선을 내리깔고만 있었다. 손에 쥐고 있던 핀을 당신에게 내밀까, 하고 생각했지만 이미 등을 돌리고 서재로 가는 당신의 뒷모습을 보고는 쓰레기통으로 던져버렸다. 수술 후 마취에서 깨어날 때 느꼈던 구토와 오한이 그대로 되살아났다. 변기에 머리를 처박고 헛구역질을 하다가 나는 침대 속으로 파고 들어갔다. 온몸이 빈 듯한 느낌을 견딜 수 없어 있는 대로 몸을 오그려보았지만 어디선가 썰렁한 기운은 끊임없이 내 몸을 관통했다. 나는 비어 있는 당신의 자리를 손으로 더듬어보다가 어둡고도 긴 꿈으로 빠져 들어갔다.

자꾸만 머뭇머뭇 다가오는 당신의 시선을 피해 나는 고구마 하나를 먹기 시작한다. 목이 아프게 메어온다. 급하게 물을 들이키는 내 모습을 당신은 조심스럽게 살피는 듯하다가 묻는다. 괜찮아? 나는 되묻는다. 뭐가? 우리 사이에 잠시 어색한 침묵이 흐르고 있다. 이 침묵을 깨고 목청껏 소리 지른다면, 목놓아 운다면, 내 속이 시원해질까? 하지만 나는 고구마를 꾸역꾸역 입 안에 넣고 있을 뿐이다.

　나는 챙 달린 모자를 찾아 쓰고 마당에 엎드려 풀을 뽑기 시작했다. 계속되는 가뭄 때문에 땅은 단단하게 굳어 있었다. 손끝에 잔뜩 힘을 주지만 뿌리까지 뽑아내기엔 어림없었다. 결국 몇 군데 풀을 쥐어뜯기만 하다가 나는 땅바닥에 주저앉고 말았다. 또다시 가슴속에서 울화가 독사 대가리처럼 빳빳하게 고개를 쳐들기 시작했다. 나는 벌떡 일어나 대문께로 달려갔다. 대문을 열고 골목을 내다보았지만 눈에 들어오는 것은 비어 있는 길 위에 옥양목을 펼쳐놓은 것처럼 하얗게 깔린 햇빛뿐이었다. 또다시 눈앞이 아뜩해지면서 막막한 느낌이 들었다. 그 느낌은 백 선생님이 우리 교실에 처음 들어왔던 때의 기억을 찬찬히 불러일으키고 있었다.
　개학날, 기미가 끼고 배가 불러 있던 담임선생님 대신 백 선생님이 교장 선생님과 함께 우리 교실로 들어왔다. 나는 꼭 꿈만 같아서 몇 번이고 눈을 깜빡거려 보았다. 그 사이 교장 선생님은 예의 그 걸걸한 목소리로 백 선생님을 간단히 소개하고 나갔다. 우리는 선생님의 인사말을 잔뜩 기대하며 숨을 죽이고 있었다. 그런 우리들을 조롱이라도 하듯, 갑자기 교실 한구석에서 새된 비명이 울렸다. 곧이어 여기저기서 연방 질러대는 소리들. 교실은 순식간에 시장 통처럼 어수선해졌다. 창문으로 들어온 말벌은 마치 아이들의 소리에 힘을 얻은 듯 더욱 빠르게 날아다니며 우리들을 위협했다. 백 선생님은 돌연 나타난 무법자를 어떻게 해야 할지 몰라 양손으로 교탁만 붙잡고 있었다. 나는 선생님을 차마 보고 있을 수 없어 창 밖에 눈을 주었다. 텅 빈 운동장 위로 햇빛이 하얗게 깔리고 있었다. 언제까지라도 그 상태가 계속될 것 같았다. 시간이 한없이 흘러가는 소리와 함께 눈앞이 아뜩해지면서 막막한 느낌이 들었다. 어느 순간, 소음이 사라진 것 같아 고개를 돌리자 나를 향해 살며시 웃어 보이는 선생님과 눈이 마주쳤다. 어색해서 나는 얼른 다른 데로 시선을 피하다가 교탁 위의 꽃병에 가득 꽂힌 보랏빛 도라지를 보았다. 도라지 위에 선생님의 잔상이 남아 잔잔하게 흔들리면서 내 눈길을 한참 동안 사로잡았다.

아버지는 우리 교실에 자주 오기 시작했다. 전에는 아버지가 우리 학교에 근무한다는 것조차 잊을 정도였는데…. 때때로 우리 셋이 나란히 운동장을 걸어나와 집으로 돌아오곤 했다. 하지만 어느 때부턴가 내 걸음은 아버지와 백 선생님을 훨씬 앞지르기 시작했다. 나는 교문 입구에 서서 그들이 운동장을 다 걸어나올 때까지 기다리곤 했다. 점점 짧아지는 해가 빛을 거두어 가면 운동장은 소리 없이 내리는 어둠 속에 더욱 빨리 잠겨 들었다. 그 어둠을 한참 만에 헤치고 나란히 나타나는 두 사람을 나는 교문 입구에서 지켜보면서 무슨 이유인지 집에 있을 어머니를 떠올렸다, 옷소매를 걷어붙이고 종종걸음으로 하루종일 집안을 오가며 일하고 있을 어머니를. 아버지 옆에 있던 백 선생님은 얼른 내게 다가와 손을 잡으며 나직한 목소리로 말했다. 우리 수진이, 깜깜한 데서 너무 오래 기다리게 했구나. 안 무서웠어? 엷은 향내가 어지럽게 흘러나오고 있었다. 그러게. 내일부터는 나를 기다리지 말고 마치는 대로 일찍 집으로 돌아가려무나. 그 모든 걸 덮어버리듯 굵고 낮은 아버지의 목소리가 들렸다. 서운하고 야속한 기분이 들어 나는 입을 꾹 다문 채 앞만 보고 걸어갔다. 하지만 내 기분과 상관없이 그들은 끊임없이 이야기를 나누며 간간이 웃기도 했다. 집에 닿자마자 어머니를 부르며 뛰어들어갔지만 부엌에서 나오는 어머니는 반찬 냄새를 풍기며 내게 짜증을 부렸다.

"일찍 와서 동생 숙제 좀 봐주라고 몇 번이나 일렀냐? 오 학년쯤 됐으면 에미 힘든 것도 알겠건만⋯. 언제 철이 들겠누? 쯧쯧."

어머니는 아직도 내게 간혹 혀를 차며 철이 안 들어 걱정이라고 한다. 하지만 어머니의 고집스럽고도 이해할 수 없는 행동 때문에 때때로 걱정해야 하는 쪽은 이제 나다. 이렇게 아직 초가을 햇볕이 뜨거운데, 이 햇볕 속을 어머니는 무사히 통과해서 집으로 돌아올 수 있을지, 나는 새하얀 골목길을 걱정스럽게 내다보았다.

당신은 낮게 코를 골며 잠들어 있다. 너무 조용한 탓인가, 당신의 코고는 소리가 이렇게 내 귀에서 크게 울려나는 것은. 곤하게 잠든 당신의 얼굴에는 우리가 지난 몇 개월 동안 겪어야 했던 고통의 흔적이 조금도 남아 있지 않다. 평화마저 깃들어 보이는 당신의 얼굴을 내려다보며 나도 마음의 안정을 얻으려 심호흡을 해보지만 잘 되지 않는다. 하나밖에 없는 자식을 불과 몇 개월 전에 떠나보내고 안정을 구하려 하다니, 역시 어림없는 짓이다. 그렇다고 단잠에 빠진 당신을 흔들어 깨울 만큼 나는 모질지 못하다. 아마 그래서 나는 아직도 영우가 당신을 마중 나갔다가 변을 당했다는 사실을 차마 입 밖에 내지 못하는지 모른다. 자신의 생일에 가버린 우리 영우. 그 애는 아빠가 틀림없이 선물과 케이크를 준비해서 퇴근시간이 되자마자 집으로 달려오리라고 믿었다. 잔뜩 부푼 기대가 아이의 눈과 귀를 가렸을까?

킥보드 타는 솜씨를 따라올 애가 아무도 없다고 늘 큰소리치더니, 녀석은 어떻게 마주 오는 차 하나를 피하지 못했는지 모르겠다.

병원 응급실에서 학교로, 당신의 휴대폰으로, 미친 듯이 전화를 걸었지만 통화는 쉽게 이루어지지 않았다. 자정이 가까운 시각에야 가까스로 나타난 당신은 그날이 영우의 생일인지조차 모르고 있었다. 분명 그 전날 영우가 당신에게 이야기하는 것을 들었는데⋯. 어디에다 정신을 빼고 있었는지, 지금까지 어디서 누구와 함께 있다가 온 건지 따져 묻지 못한 것은 물론 그럴 상황이 아니기도 했지만 짐승처럼 울부짖는 당신의 울음소리 때문이었다. 그 소리는 내 가슴뿐 아니라 오장육부까지 뒤흔들었다. 그때 나는 어쩌면 당신을 슬그머니 용서해버리려고 했는지도 모른다. 미란만 나타나지 않았더라면⋯. 당신의 아픔을 위로하고 함께 나누려고 드는 미란만 아니었더라면⋯. 오로지 혼자만 자식을 잃은 것처럼 깊은 슬픔에 빠져, 위로받고 있는 당신을 보면서 정작 나는 그때 슬픔이 어떤 느낌인지조차 알 수 없었다.

이제 그 슬픔은 정화되어 당신을 평온하게 하는 건가? 하지만 원망과 분노와 허탈감을 담은, 내 슬픔은 아직 하루에도 수십 번씩 나를 지옥에 오가게 한다. 이런 나와 상관없이 들리는, 당신의 코고는 소리가 마치 다른 세상에서부터 나고 있는 듯하다. 나는 헛기침소리를 몇 번 크게 내보다가 아무런 소용이 없음을 깨닫고 그만둔다.

불어오는 바람에 어쩔 수 없이 서늘한 기가 묻어 있었다. 이제 며칠만 지나도 햇볕은 그 기세를 완전히 꺾으리라. 그러면 영우를 안고 흐르는 강도 점점 가을빛을 띠게 될 것이다. 다가올 겨울을 위해 아이의 내의를 장만했듯, 이제 강물이 얼지 않게 하기 위해 나는 미리 무엇을 준비해야 하는 걸까? 또다시 내 근심은 시작되고 있었다.

가을이 점점 깊어가듯 어머니의 수심도 깊어져 갔다. 자주 내쉬는 어머니의 한숨소리를 들으며 백 선생님과 관계되는 일이라는 걸 나는 직감적으로 알아차렸다. 그래서일까? 밑반찬을 해서 내게 백 선생님에게 전해주라고 하는 일도 뜸해졌고, 우리 집으로 초대하는 일도 거의 없어졌다. 나는 백 선생님과 관계되는 일들을 머릿속으로 이리저리 들추어보다가 마침내 어떤 사건 하나를 집어내었다.

가을 기운이 느껴지는 마당의 한복판에 마련한 식탁. 그 주위에 둘러앉은 우리 가족과 백 선생님. 하지만 평상시와 달리 그때는 분위기가 다소 경직되어 있었다. 이유는 그날따라 동생이 백 선생님이 앉아 있는 녹색 의자를 고집하다가 아버지에게 혼이 나서였다. 그런데 왜 어머니까지 덩달아 시무룩한 표정을 짓고 있는지 알 수 없었다. 어색하게 된 분위기를 무마시키려고 아버지는 애썼고, 백 선생님도 예의상 거기에 맞추려는 듯했다. 하지만 문제는 백 선생님이 돌아가고 난 뒤 일어났다.

"아직 어린애가 그럴 수도 있지. 그걸 가지고 그렇게 역정 내실 게 뭐유?"

"어릴 때부터 예의범절을 제대로 가르쳐야지. 더구나 손님 앞에서 ….."

아버지는 또다시 창피하다는 표정을 지었다.

"손님은 무슨 ….. 백 선생이 무슨 특별난 손님이라고, 무관한 사이니까 자주 부르고 하는 거지."

"꼭 특별난 손님만 손님인가? 우리 집에 오면 다 손님이지."

"그래서 그렇게 의자를 늘 손수 대령하시는 모양이구랴."

아버지는 벌겋게 달아오른 얼굴로 어머니를 잠시 노려보았다. 곧이어 아버지는 큰 소리를 내며 방문을 꼭 닫았고, 그 방문처럼 한동안 어머니 앞에서 입도 닫았다. 아버지가 녹색 의자에 앉아 보내는 시간은 더욱 늘어났다. 깜깜한 밤중에도 의자에 앉아 뜰을 보거나, 허공에 시선을 두고 있는 아버지에게 어느 누구도 쉽게 다가갈 수 없었다.

언제부턴가 그가 서재에서 혼자 보내는 시간이 늘어나고 있다는 걸 느끼면서 나는 어쩔 수 없이 녹색 의자 위에 혼자 앉아 있던 아버지를 떠올렸다. 그리고 더 이상 사실을 캐기 위해 전전긍긍할 필요가 없다는 걸 나는 깨달았다. 어떻게 대처해야 할 것인가, 하는 나 혼자만의 문제가 남아 있을 뿐이었다. 어머니와 상의하고 싶다는 생각을 몇 번이나 했지만 차마 그럴 수는 없었다.

이제 뜰은 조금씩 그늘에 잠기고 있다. 쨍쨍하던 볕도 기운을 잃고 시들어갔다. 서늘한 바람이 짧은 소매 아래로 드러난 팔 위를 자꾸 스쳤다. 나는 손바닥으로 팔을 쓰다듬었다.

당신의 잠은 오래 계속되고 있다. 그동안 쌓인 피곤과 긴장으로 긴 휴식이 필요하리라. 미란도 떠나기 전날 내게 전화로 그렇게 말했다. 휴식이 필요할 것 같아서요. 공부요? 글쎄요, 기회가 닿으면 봐서 할 거예요. 일단 다른 나라에 가보면, 모든 게 낯설고 새롭게 느껴지겠죠. 그래서 한 번 떠나보려는 거예요. 사모님, 잘 지내세요. 뭐라고 말씀을 드려야… 고맙기도 하고…. 결국 그녀는 말끝을 맺지 못하고 전화를 끊었다. 목이 멘 그녀의 음성이 불씨처럼 남아 자꾸만 내 가슴에서 분노의 불꽃을 피우고 있는 줄 당신은 짐작도 못할 게다. 끝까지 모르는 척해 주어서 고맙다고? 그리고 하지 못한, 마지막 말은 당연히 미안하다는 것이었겠지. 그녀가 내게 대해 고맙고 미안한 감정을 품는 동안, 그녀를 향한 내 감정은 어떤 것이었을까? 당신은 한 번이라도 생각해본 적이 있는가? 것보다 당신의 마음은 지금 어떤 상태인지, 그게 더 궁금하다.

왜 그동안 모른 척했느냐고 당신은 내게 묻고 싶지 않은가? 특별히 내가 인내심이 많거나, 투기를 할 줄 몰라서라고는 물론 생각하지 않을 게다. 미란을 만나 따지고, 당신을 닦달하고, 학교를 발칵 뒤집어 놓을 수도 있었다. 하지만 나는 그렇게 해서 근본문제가 해결되지 않는다는 걸 알고 있었을뿐더러, 당신들 사이에 끼어들고 싶은 생각 또한 전혀 없었기 때문이었다.

당신은 이제 몸을 뒤척이며 썰렁한지 팔다리를 오그린다. 나는 방으로 들어가 홑이불 하나를 꺼내와 당신의 몸 위에 덮어준다. 당신은 다시 편안한 자세로 자고 있다. 당신이 내게 준 고통과 상처를 이불 하나로 다 덮어버릴 수 있다면, 당신도 나도 얼마나 편하고 좋을까. 나는 오랫동안 이불깃을 만지작거리고만 있다.

마당에는 조금씩 어둠이 내리고 있었다. 도대체 어머니는 언제쯤 오시려나, 갑자기 걱정이 되기 시작했다. 돌아올 시간에 안 오면 그것처럼 사람 애간장 녹이는 것도 없는 법이니라. 어머니의 쨍쨍한 음성이 들려오면서 그날 밤의 일이 눈앞에 선연하게 떠올랐다.

아버지가 늦게 귀가하는 날이 늘어나는 만큼, 어머니가 뜨개질한 옷도 늘어갔다. 겨울방학을 며칠 앞두었을 즈음 나는 어머니의 손끝에 빨갛게 부풀어 오른 물집을 발견하고는 어떻게 해서라도 아버지를 일찍 집으로 돌아오게 해야겠다고 결심했다. 방과 후 나는 교문 앞에서 아버지를 기다렸다. 다리가 아파 교문에 몸을 기대고서 아이들이 다 돌아가고 없는, 빈 운동장을 하염없이 바라보았다. 운동장에는 어

156

느새 깜깜한 어둠과 매서운 추위가 숨을 죽이며 들엎드려 있었다. 시려오는 발가락을 꼼지락거리며 손을 호호 불어가며 나는 어머니의 손끝을 떠올렸다. 하지만 어둠과 추위는 끊임없이 나를 덮칠 기세였다. 어깨를 오그리며 양팔로 가슴을 싸안은 채 쭈그리고 앉았다. 온몸에서 힘이 점점 달아나는 느낌과 함께 머릿속도 비어지고 있었다.

"아니, 이게 누구야?"

"어머, 수진아!"

아버지와 백 선생님의 목소리가 세상 끝에서 들려오는 것처럼 아득하게 느껴졌다. 곧이어 검은 장막같이 펄럭거리는 어둠을 헤치며 내 몸은 어디론가 가고 있었다. 엉덩이를 받치고 있는 두 손의 강한 악력과 넓적한 등에서 느껴지는 편안함에 안심하다가 나는 완전히 정신을 놓아버렸다.

나른하게 온몸을 감싸는 온기와 구수한 음식냄새, 나지막하게 들려오는 이야기 소리. 여기가 어딘가? 나는 자꾸만 감기는 눈꺼풀을 겨우 들어올리다가 아버지와 백 선생님을 발견했다. 그러자 곧이어 어머니가 떠올랐다. 아버지를 일찍 집으로 돌아오게 하겠다고 해놓고선, 나는 자리에서 벌떡 일어나 앉았다.

"괜찮니? 이제 정신이 드는 모양이구나. 뭘 좀 먹어야지."

백 선생님은 걱정스런 얼굴로 나를 바라보았다. 나는 완강하게 고개를 내저으면서 아버지의 낯빛을 살폈다. 형광등 불빛 아래 드러난 아버지의 얼굴은 파리해 보이면서 어둡고 슬픈 기색을 담고 있었다.

"그래, 너무 늦었다. 빨리 가자꾸나."

낮고 무거운 아버지의 목소리가 반쯤 비워진 접시 위에서 울렸다. 학교 앞에 있는 식당을 나와 집 가까이 갈 때까지 아무도 입을 열지 않았다. 바람소리만이 우리 사이를 헤집으며 돌아다니고 있었다. 결국 아버지의 귀가시간이 더욱 늦어지게 되었다고 자책하면서 나는 몸을 잔뜩 움츠린 채 발걸음만 빨리 했다. 집 입구로 들어서는 골목 어귀에서 누군가 미친 듯이 울부짖는 소리가 났다. 바람소리에 섞여 그 소리는 더욱 처절하게 울리고 있었다. 갑자기 아버지가 발을 멈추었다. 그 순간 나도 모르게 숨이 딱 멈추어지는 느낌이었다.

"진아, 수우지나아⋯."

나를 발견한 어머니는 다른 사람들은 거들떠보지도 않고 내 손목을 잡고 무조건 집안으로 끌고 갔다. 매가 종아리에 와 닿을 때마다 가쁜 숨소리 사이로 어머니가 내뱉는 말도 함께 내 귓가로 날아왔다. 돌아올 시간이⋯지났는데도 안 오면⋯ 그것처럼 사람 애간장⋯ 녹이는 것도⋯. 내 종아리를 피멍이 들도록 때리고 난 후 어머니는 그날 밤 나가서 돌아오지 않았다. 새벽녘에야 돌아온 어머니에게 우리는 어디 있다가 왔느냐고 아무도 묻지 않았다. 다음날 학교에 갔지만 백 선생님을 만날 수 없었다. 그리고 며칠 후 긴 겨울방학을 맞았다.

어머니와 백 선생님의 관계는 그때 끝난 게 아니었던가? 그럼 이십 오륙 년씩이나 백 선생님과의 관계를 지속해야 하는, 무슨 특별한 이유라도 어머니에게 있었던 건가? 어쨌든 백 선생님의 천도재는 돌이켜 생각해볼수록 이해할 수 없는, 의외의 일이 아닐 수 없다.

그날 밤 어머니가 내 이름을 부르며 미친 듯이 헤매고 다녔던 골목길을 나는 몇 번이고 내다보았다. 이제 새하얀 햇빛 대신 푸르스름한 저녁 이내가 내리고 있었다. 어머니를 간절하게 부르며 찾아보고 싶지만, 뜨거운 기운으로 목이 꽉 잠겨 나는 소리를 내지 못하고 입만 벙긋거렸다.

그새 하늘에는 보름달이 떴다. 달빛의 정기를 받아서일까? 당신의 얼굴이 맑고 영롱하게 빛나고 있다. 마치 신선처럼 느껴져 나는 당신을 자꾸만 들여다본다.

기억할지 모르겠지만 당신은 언젠가 내게, 장인어른의 어떤 모습이 제일 기억에 남느냐고 물은 적이 있었다. 의자에 앉아 계신 모습이라고 내가 대답하자 당신은 아주 뜻밖의 대답이라는 듯 되물었다. 의자? 그 이상 나는 아무런 말을 할 수 없었다. 당신도 내가 입을 다물어버리자 약간 머쓱한 듯 더 말을 이어가지 않았다. 사실 그때 나는 이 녹색 의자에 앉아 빈 하늘만 바라보던 아버지의 눈빛이 너무나 선명하게 떠올라서 가슴이 아려왔다.

세상을 떠나기 직전, 자리에 몇 개월이나 누워 있었던 아버지는 내게 마당에 나가고 싶다고 했다. 바람이 꽤 차다고 했지만 아버지는 막무가내였다. 나는 아버지를 부축해 의자에 앉히고 수돗가에서 운동화를 빨았다. 거품을 몇 번이나 헹구어서 깨끗이 빤 운동화는 눈부시도록 흰빛이었다. 그것을 보며 나는 잠시 가슴을 설레다가 문득 뒤를 돌아보았다. 아버지는 처연한 눈빛으로 먼 곳을 바라보고 있었다. 열일곱의 내 가슴을 설레게 하는 것이 흰 운동화라면 중년의 아버지 가슴을 설레게 할 수 있는 것은 무엇일까, 나는 생각해보기 시작했다. 하지만 어머니의 중얼거리는 소리에 나는 생각을 곧 멈추고 말았다. 어머니는 장독대 앞에서 깊은 한숨을 간간이 내쉬며 혼잣말을 하고 있었다. 저절로 끊어져야 미련이 없는 거를… 그런 관계는 어차피 언젠가 끝나게 돼 있는 걸로… 쓸데없이 내가 끼어들어서… . 나는 무슨 일을 두고 하는 말인지 단번에 알아차렸다. 그 후에도 어머니는 자신의 실수로 아버지가 백 선생님에 대한 미련을 죽을 때까지 못 버렸다며 종종 한탄하곤 했다. 나는 그냥 껍데기였을 뿐이여, 빈껍데기. 그럴 때마다 나는 어머니의 빈 가슴에서 아우성치는 바람소리를 들었다.

당신과 미란의 사이도 언젠가 끝나게 돼 있는 관계일까, 미란이 이렇게 떠나는 거를 보면? 그동안 수십 번도 더 생각해보았지만 나는 자신 있게 뭐라고 결론을 내릴 수 없다. 그리고 우리의 관계도 어떤 식으로든 정리를 해야 할 때가 왔다. 영우의 백일상(喪)을 핑계로 미루고 있었지만, 이제 그마저도 끝났으니 ….

긴 잠에서 깨어나 당신은 사방을 둘러본다. 나와 눈이 마주치자 엷은 웃음을 지어 보인다. 나는 고개를 돌리며 말한다. 어머니를 찾아 나서봐야겠어요. 따라나오려는 당신을 뿌리치고 나는 집 밖으로 나온다.

어머니가 자주 다니는 절, 자비사까지는 마땅하게 탈 버스도 없다. 걸어서 사오십 분쯤 걸리는 그곳까지 가기 위해 나는 대문 앞에서 신발 끈을 다시 단단하게 묶었다.

"아직도 안 오셨남? 정말 너무 늦으시네."

해촌댁 아주머니는 쓰레기를 버리러 대문 밖으로 나왔다.

"걱정이 돼서요. 아무래도 절에 가봐야겠어요. 근데 암만 생각해봐도 모르겠어요. 왜 어머니가 백 선생님의 천도재를 지내셔야 하는지 …. 백 선생님은 가족이 전혀 없어요?"

"없는 거나 다를 바 없지, 뭐. 어머니가 미안하니께 더 그러시는 모양이제. 그런 꼴을 보고 어찌 책임을 안 느끼겠누? 그게 어디 사람 사는 꼴이었남. 지독한 놈한테 걸려든 거지 뭘. 미인박명이라더니, 아이고, 정말 지긋지긋한 팔자를 타고났던 모양이여."

어머니가 백 선생님에게 책임을 느껴야 하다니? 무슨 이유인지 캐물을 틈도 주지 않고 아주머니는 몇 번이고 침을 삼켜가며 알 수 없는 말만 계속 늘어놓고 있었다.

"어릴 때 일이라서 기억이 날란가 모르겠네. 어머니가 부랴부랴 중매해서 백 선생을 재혼시켰잖어? 상판은 멀쩡하더라만, 아편쟁이에 노름꾼에 …. 모자라는 자식꺼지. 그러니 어찌 속이 썩어 안 문드러지겠어? 위암이었대. 중매 잘 하믄 술이 석 잔이라지만, 잘못 하믄 두고두고 골치여. 물론 그런 인간인 줄 모르고 어머니도 중매 섰겠지만, 얼마나 백 선생한테 미안했겄어? 어머니 속도 많이 탔겄지. 그러니 마지막으로 천도재라도 올려줘야 이녁 맘이 안 편하겄어? 어여 가봐."

아주머니의 말소리가 달빛이 환하게 비추는 길 위에서 끊임없이 울려났다. 나는 그 소리를 들으며 꿈길을 가듯 휘청휘청 걸어가고 있었다. 발 밑에 길게 드리워진 내 그림자를 따라 이리저리 가보지만 어디가 어딘지 분간조차 할 수 없었다. 내가 나서 자란 이곳이 왜 이렇게 낯설게 느껴지는 걸까? 악몽을 깨우려는 듯 내 어깨를 흔드는 손길이 느껴졌다.

"어쩐 일이냐? 연락이라도 하고 오지. 많이 기다렸겠네. 별일이 있는 건 아니지? 손 서방이랑 같이 내려왔냐?"

어머니는 어렴풋이 눈치채고 있었던 걸까? 바람 받은 미농지처럼 어머니의 음성이 조바심으로 떨리고 있었다. 해묵은 고통이 겨우 가신 자리에 새로운 근심이 냉큼 올라앉으려 했다. 저 멀리 그것을 밀쳐버리듯 나는 힘을 주고 고개를 끄덕여 보였다.

"그러문 됐다. 내가 괜한 걱정을 했는갑다. 뭐든 용서한다고 맘먹으문 못 할 게 없는 거를, 그걸 못해 가슴에 화로 하나 품고 살았으니 …. 참으로 답답하고 어리석은 세월을 살았던 게야. 니는 잘살아야제, 에미 닮지 말고. 이 에미한테 뭔 낙이 또 있겠냐? 자식들이 내외간에 금실 좋게 오순도순 사는 것 보는 낙밖에 …. 이제 내 맘도 편하다."

비로소 모든 것을 다 털어내 버린 듯한, 맑고 평온한 어머니의 얼굴에 안도의 미소가 어렸다. 나는 어머니의 까칠한 손을 꼭 잡고는 집안으로 들어섰다. 여전히 의자에 앉아 달빛이 흐르는 뜰을 보고 있는 그를 순간 아버지라고 착각한 것은 나만이 아니었다.

"어쩌문 저렇게 똑같아 보이누? 깜짝 놀랐네. 느이 아버지가 살아온 줄 알고…. 하아, 참 달도 밝다."

어머니의 밝은 음성을 참으로 오랜만에 들어본다. 그가 의자에서 일어나 우리 쪽으로 걸어온다. 가까이 다가오고 있는 그를 보는 어머니의 눈빛이 한없이 부드럽고 따사롭다. 빈 의자 위에 은은한 달빛이 얹힌다. 달빛을 실은 의자는 예전의 기품과 우아한 자태를 되찾고 있다.

목 련 화

기밀망제요 여이라도 천공에 부유같이 나온 인생아
기밀망제요 한갑동냥을 못 일우시고 초목같이 실어졌네
기밀망제요 공산영은 강산월이요 이내 일신은 두만강이라

용선은 흥얼거림을 멈추고 타악 소리를 내며 성냥을 그었다. 유황
냄새와 함께 너울거리던 불꽃이 담배 끝에 한순간 머무는 듯하더니
이내 꺼져버렸다. 빨갛게 타들어 가는 담배를 잠시 보다가 용선은 입
으로 가져가서 허기진 사람처럼 황급히 빨기 시작했다. 순간 깊숙이
팬 양 뺨과 도드라진 광대뼈가 만만찮게 지나간 세월의 흔적을 드러
냈다. 용선은 담배연기를 천천히 토해내다 결국 신음처럼 한마디 내
뱉었다.
"몹쓸 것."
물기가 번지는 눈가를 손등으로 한 번 문지르고 나서 용선은 뜰에

시선을 주었다. 새벽의 푸른 기운 아래 목련들이 흰빛을 요요하게 뿜어대고 있었다. 꽃망울을 터뜨리며 내지르는 함성, 피어나고자 하는 분주한 몸짓들…. 용선은 꽃들만의 내밀한 움직임을 훔쳐보고 있는 기분이 들었다. 하지만 곧이어 음흉한 노파의 음성으로, 자신에게 타이르듯 속삭여보았다.

"헛된 희망이지, 살아 있는 모든 것이 다…. 암, 헛되고말고."

그래봤자 한창 젊은 나이에 피지 못하고 가버린 딸에 대한 아쉬움이 결코 사라지지 않는다는 걸 깨달으며 구성진 가락을 뽑아내기 시작했다.

샛별로 등초삼고 소나무일랑 금침삼고 바위로다 베개삼고
잔디로다 병풍삼고 명사십리 해당화야 꽃넘어간다 설워마라
인생한번 돌아가면 움이나나 싹이나나 꽃이라고 넘어오나

간밤의 목련들이 또렷이 되살아났다. 유희가 그리다 만 푸른 캔버스 위의 목련, 목련들…. 그것들은 순결한 처녀의 혼으로 되살아나는가? 목련의 송이 송이마다 유희가 얼굴을 내민다. 유희는 수백 송이의 꽃으로 피어난다. 푸른 캔버스는 푸른 강이 된다. 강 위로 둥둥 꽃송이들이 떠내려간다. 얼굴만 남은 수백 명의 유희가 울부짖으며 떠내려간다. 유희의 울음은 메아리가 되어 울려 퍼진다. 아, 아…. 용선은 울음소리에 놀라 퍼뜩 눈을 떴다. 방 안에는 희붐한 빛이 가늘게 떨고 있었다.

유희는 저녁에 있을, 자신을 위한 지노귀굿을 위해 일찌감치 서둘러 오고 있는 걸까? 떠난 지 몇 달이나 지났는데도 이승과 저승, 그 어느 곳에도 머물지 못하는 가여운 넋. 유희이아아…. 용선은 까칠한 손바닥으로 메마른 가슴을 쓸어대며 눈앞에 아른거리는 유희를 숨

166

가쁘게 불러보았다.

　처음에는 지노귀굿을 해줘야 되지 않느냐는 주위 사람들의 말을 아예 귀담아들으려 하지 않았다. 제 목숨 스스로 끊고 간 년이 저승길인들 오죽 잘 알아서 갔을까, 라며 이죽거렸지만 무당 어미 싫어서 간 년인데 무슨 굿이냐는 뒷말은 차마 입에 올릴 수 없었다. 그리고 남의 집에 굿하러 다니는 게 유희를 잊기 위한 가장 좋은 방책인 듯 한동안 열심히 여러 집을 다녔다. 하지만 몸을 가누지 못할 정도로 지쳐 돌아와서 누우면 항상 눈앞에 아른거리는 유희의 얼굴. 그것은 용선에게 혹독한 고문이었다. 견디다 못해 용선은 이제야 겨우 지노귀굿을 해주기로 했다. 진즉에 서둘러야 한 것을…. 지는 아무리 무당 어미 싫다고 해도 나까지 그러면 안 되는 건데, 참 못난 어미야. 용선은 자책하면서 담배 끝을 눌렀다.

　차가운 물줄기가 몸 위로 쏟아진다. 수만 개의 예리한 칼날들이 꽂히는 듯한 아픔. 그러나 용선은 독한 마음으로 이빨을 사리물고 견디어낸다. 아픔들은 곧 그녀의 온몸에 푸릇푸릇한 색을 띤 꽃으로 피어났다. 영원히 남아 있을 꽃의 자국들. 지워지지 않을 화인들을 남기고 떠나간 사람들, 그들이 남긴 질기고도 선명한 자국에 진저리를 치다가 아무런 감각이 없는 손끝으로 몸을 쓰다듬어보았다. 자신의 몸을 빌려 이승에 온 단 하나의 핏줄, 그 핏줄의 죽음을 예상조차 못한 노둔한 어미라는 자각은 지독하고도 생생한 아픔이 되어 언제까지나 남아 있으리라. 용선은 목메도록 그리운 심정으로 불러보았다. 유희야아…. 쏟아지는 물소리에 뒤섞여 마치 명부에서 들려오는 듯한 음산하고도 기괴한 울림이 되었다. 그것을 지우려는 듯 재채기가 쏟아지기 시작했다.

　"이젠 그만하세요. 연세도 있으신데…. 그러다가 감기라도 걸리면 어떡하시려구요."

　아무리 추운 겨울이라도 새벽에 일어나 찬물부터 끼얹는 용선을 두
고 신딸들은 말렸다. 재작년 가을에 여든의 나이로 숨을 거둔 신어미
의 습관을 그대로 이어받았는지 모른다. 그녀는 임종하기 전날까지
찬물에 몸을 담가야 했었다.

　"내 몸에 신이 실리지 않는 그날이 바로 이 목숨 끝나는 날이야. 무
당 몸에 신이 찾아오지 않으면 그게 바로 죽은 목숨인 거지, 뭐. 새벽
에 맑고 깨끗한 기운을 타고 오는 영을 제대로 맞으려면, 마음은 물
론이고 몸도 깨끗이 갖추고 있어야 하는 법인 게야."

　매사에 엄격하고 꼿꼿하기로 소문난 신어미는 굿판에 내의까지 챙
겨 입고 나타나서 춥다고 호들갑 떠는 요즘의 젊은 무녀들을 보고 혀
를 찼다.

　"무슨 효험이 있을까? 다 치성 드리는 사람 따라간다고 했어. 저러
고도 수백만 원씩 뜯어가다니, 쯧쯧. 몸 사리고 돈맛 알면 그때부터
이건 끝이야. 신령님께서 오죽 다 잘 알아서 챙겨주실까?"

　용선은 선뜩한 한기에 몸을 떨며 물기를 닦아냈다. 수건을 쥔 손을
빠르게 움직이면서도 신내림 굿을 받던 때를 습관처럼 떠올렸다.

　초겨울인데도 온몸이 땀에 흠뻑 젖어 있었다. 신어미는 용선의 얼
굴을 꼼꼼히 닦아주었다. 그러나 그 손길에 용선은 왈칵 울음을 쏟고
말았다. 무녀로 살아온 세월의 고단함과 아픔이 그대로 전해오고 있
기 때문이었다. 이제부터 자네 일로 울면 안 되네. 이 몸은 신의 몸이
야. 인간 세상에 신의 몸으로 살기는 정말 외롭고 고된 일이지. 하지
만 이게 자네에게 주어진 업인 걸 어떡하겠나. 업이란 발음을 신어미
는 두 어금니 사이로 신음처럼 새어나오게 했다. 용선은 무기징역을
언도받은 순간의 죄수처럼 눈앞이 깜깜해져 오는 어둠을 느꼈다. 그

168

어둠 속에서 흰 와이셔츠를 입은, 무석의 등이 희끄무레하게 떠오르기 시작했다. 업은 무석의 등과 같은 모습을 하고 있는 걸까?

　그날, 용선은 화창한 봄기운에 못 이겨 창가로 다가갔다. 정확한 이유를 알 수 없는, 약국이나 병원의 처방이 전혀 도움이 되지 않는 통증으로 며칠 누워 있는 사이 밖은 완연한 봄이 찾아와 있었다.

　열린 대문 앞에서 비를 든 채 무석은 옆집 할멈과 이야기를 하고 있었다. 간단한 아침인사 정도가 아닌 듯 그들의 이야기는 꽤 길었고, 할멈이 사라진 뒤에도 무석은 꼼짝 않고 그대로 서 있었다. 도대체 무슨 이야기이기에 …. 모든 것이 정지된 상태인 듯 저렇게 서 있단 말인가? 무슨 일이든 남의 일에 참견하기 좋아하는 옆집 할멈에게 치밀어 오르는 짜증이 난데없이 그를 향해 날아갔다.

　"도대체 거기서 뭘 하는 거예요? 회사는 안 갈 거냐구요?"

　"역시 그렇군. 결국 그게 무병이었군그래. 숨기지 말고 솔직하게 말해 봐. 언제부터였지? 당신이 무병을 앓기 시작한 게 말이야."

　창가로 가까이 다가온 그는 참담하게 일그러진 얼굴을 하고 있었다.

　"무병이라니요?"

　날카로운 쇳조각에 온몸이 찔린 듯한 아픔을 느끼며 용선은 비명처럼 소리 질렀다.

　"뜬금없이 당신이 내뱉던 말들이 자주 맞아떨어지곤 했잖아? 그럴 때마다 오싹해지면서 당신이 너무나 멀게 느껴졌었어. 그런데, 그게 …. 이제 정말 어쩔 수가 없네."

　그래서 얼마나 조심하고 있는가. 자신도 모르게 했던 말들이 그대로 맞아들 때 무석의 새파랗게 질린 얼굴이 무엇보다도 용선은 두려웠다. 혀를 깨물며, 입술을 물어뜯으며, 때로는 욕실로 달려가 찬물을 뒤집어쓰며 … 그렇게 튀어나오려는 말들을 삼키려 안간힘을 쓰고 있는 터였다.

"당신을 위해 내가 할 수 있는 게 뭐지? 할멈 말대로 내림굿을 받게 해 줘? 용한 무당 되게 해달라고 빌면서 말야. 이거야, 원. 남부끄러워서…."

이내 이성을 되찾은 듯, 그는 냉랭한 눈빛으로 용선을 쏘아보면서 빈정거렸다. 무, 무슨 근거로… 그, 그딴 소리를…. 용선은 형편없이 말을 더듬거리고만 있었다. 그는 용선의 대답 따위는 아예 들을 필요도 없다는 듯, 마루 끝에 앉아 있는 유희를 끌어안았다. 그리고 오랫동안 볼에 입을 맞추고는 뒤도 한 번 돌아보지 않고 성큼성큼 걸어 대문을 나섰다. 용선은 그를 불러 세우려고 황급하게 대문 앞까지 따라나섰으나, 떨리는 두 다리 때문에 꼼짝할 수가 없었다.

봄 하늘이 파랗게 내다보이는 골목길을 따라 그는 마치 먼 시간 속으로 사라지고 있는 듯했다. 용선은 대문에 기댄 채 멀어지고 있는 그를 어쩔 수 없는 심정으로 안타까이 바라만 보았다. 눈빛처럼 흰 와이셔츠를 입은 그는 마침내 가뭇없이 사라져버렸다. 그가 가버린 텅 빈 공간, 희고 싸늘한 그의 등만이 오랫동안 남아 눈앞을 흔들고 있었다.

무석이 돌아오지 않던 사흘 낮과 밤, 용선은 참으로 어처구니없게도 무당이 되어 나풀나풀 춤을 추고 있는 환상에 시달렸다. 이것이란 말인가, 정말 이것이란 말인가. 어머니가 살아생전에 늘 비밀스럽게 지켜보던, 그 이유를 알 수 없었던 염려의 정체는…. 용선은 절망스럽게 머리를 흔들면서 지난 시절을 떠올리고 있었다.

용선의 예감은 어릴 때부터 이상하게도 잘 적중했다. 옆집 할아버지의 죽음, 담임선생님의 전근, 뒷산의 화재…. 그럴 때마다 어머니는 용선에게 신신당부를 했다. 니 눈으로 안 본 거는 앞질러 말하믄

안 된다이. 어머니의 굳은 표정에 용선은 고개를 끄덕이면서도 왜 그
래야 되는지 이해할 수 없었다.

때로는 멀쩡한 속옷을 태우고, 이상한 그림을 베개에 넣어 두고,
열이 나면 빨간 가루를 먹이고⋯. 어머니는 누운 용선의 머리맡에서
속살거리곤 했다. 지발 없애 주이소. 이상한 기운이 범접 몬 하도록
해주이소. 온몸이 나른해지면서 나비가 되어 날고 있는 꿈을 어머니
의 속살거림이 여지없이 깨워버렸다. 선아, 괜찮나? 니 몸에 이상한
느낌이 들몬 꼭 엄마한테 말해야 된다이. 이 엄마가 그 못된 놈의 기
운을 우짜든지 싸악 없애 줄 끼다. 그 못된 놈의 기운이 뭐냐고 물어
보면 어머니는 아무런 대꾸도 없이 걱정스러운 듯, 곧 울어버릴 듯한
표정으로 용선을 바라보곤 했다.

그 기운이 그러면 신기란 말인가? 그럴 리가, 그럴 리가⋯. 옆집
할멈을 찾아가서 따져봐야 하리라. 남의 남편 붙잡고 왜 쓸데없는 소
리를 했는지, 옆집에서 오래 살았다는 이유로 남의 집 일에 함부로
뛰어들어도 되는 건지⋯. 아니, 그보다 무석을 먼저 찾아야 하리라.
또 하나의 생명이 세상을 향해 발버둥치고 있는 배를 안고, 용선은
그가 다니던 제약회사를 향해 부지런히 발걸음을 옮겼다.

몇몇 아는 얼굴들은 그날따라 보이지 않았다. 비어 있는 무석의 자
리 옆에 앉은 사람에게 물어볼 수밖에 없었다.

"최 과장 사표 낸 줄 몰랐어요? 허어, 정말 집에다 아무런 말도 안
했단 말이죠?"

그는 똑같은 뜻의 말을 쓸데없이 반복하면서 놀랍다는 듯 눈까지
치켜뜨며 용선을 보았다. 그녀는 그의 사방연속 무늬 넥타이가 눈앞
을 어지럽히는 데 괜한 짜증을 느끼고 있었다.

"그러면 그 말들이 사실인가? 뭐, 주위가 온통 자기 목을 죄고 있는

일뿐이라나. 그땐 그냥 해보는 소리거니 했죠. 사표 낼 때도 무슨 꿍꿍이속이 있겠거니 했지요. 워낙 말수가 적은 사람이라…. 그런데 정말 가정에 문제가 있는 줄은 몰랐습니다."

사표 낸 것을 몰랐다는 사실을 두고, 그는 용선네 가정에 문제가 있는 걸로 단정하고 싶어서 견딜 수 없다는 얼굴이었다.

"우리 가정에 문제라니요?"

용선은 언성을 높이며 꼿꼿한 시선으로 마주보았다. 뭐라고 한마디만 더 해봐라. 그 넥타이로 네 목이라도 조르고 말 테니까…. 하지만 그의 입가에서 일렁이는 조소를 보고 그만 돌아서고 말았다.

버스 정류장을 몇 군데나 그대로 지나치면서 새삼스럽게 용선은 평소에 무석이 하던 행동들을 곰곰이 생각해보았다. 워낙 무석은 모든 일상의 시간들을 자로 잰 듯 반듯하게 재단해서 그대로 맞추어 나가는 사람이었다. 그가 하는 평소의 모든 행동들은 일정한 순서와 정확한 시간대를 지키고 있었다. 한 치의 오차도 허용되지 않을 그의 머릿속을 떠올리고 용선이야말로 목이 죄여오는 걸 느끼며 종종 진저리를 쳤었다. 하지만 저녁이면 유희를 무릎에 앉히고, 그애의 요구대로 동화책의 같은 구절을 몇 번이고 반복해서 읽어도 토씨 하나 빠뜨리지 않는 그의 정성에 늘 감동하곤 했다. 유희 사진으로 안방 벽을 도배하듯 붙여대는 그를 보면서 용선은 전쟁으로 잃은, 어슴푸레한 기억으로조차도 남아 있지 않은 자신의 아버지를 떠올리려 애썼다. 그리고는 사진 속에서처럼 늘 밝고 환하게 웃을 유희를 상상해보며 그의 존재에 감사했다.

미칠 것같이 눈부시게 환한 봄날이었다. 어디에선가 간간이 부드러운 바람이 불어왔다. 훈풍에 섞여나는 들쩍지근한 냄새. 근처에 제과공장이 있다는 것을 떠올리며 걷다가 결국 용선은 집으로 들어가는 골목 입구에서 토악질을 하기 시작했다. 사흘 동안 비어 있던 위장은 발악을 하며 목구멍 밖으로까지 튀어나올 기세였다. 한참 동안 꽥꽥거려보았지만 게워낼 것이 없었다. 용선은 흥건히 괸 눈물을 옷소매로 닦으며 아득히 길게 느껴지는 골목길을 낯선 눈으로 바라보았다. 칠 년 가까운 시간 동안 그가 하루에 적어도 두 번 이상은 지나갔을, 거기 그 어디에도 그의 자취는 없었다. 그는 어디로 사라졌는가? 그가 사라진 곳은 어디쯤인가? 용선은 마치 골목의 어느 한 지점에서 무석이 증발되기라도 했던 것처럼, 번뜩이는 눈빛으로 주위를 훑어보며 천천히 걷기 시작했다. 담장 위로 둘러쳐진 철조망, 담벼락에 그려진 낙서들, 아무렇게나 나동그라져 있는 쓰레기통…. 하지만 곧 용선은 아랫배가 터질 듯한 통증에 몸을 고꾸라뜨렸다. 흰 꽃잎들이 수없이 나풀거리며 그녀의 머리 위로 떨어졌다. 도저히 어떻게 해볼 수 없는 절망처럼 뜨뜻미지근한 액체가 아랫도리를 적시기 시작했다. 6개월 동안 태아를 담고 있었던 양수는 그녀의 몸 밖으로 흘러나오고 있었다, 조금씩 조금씩 생명이 새어나오듯. 그리하여 죽음만이 도사리고 있는 배를 안고 용선은 까무룩 의식을 잃어가고 있었다.

붉은 선혈들, 비릿한 피의 기억들, 죽어간 태아에 대한 슬픔 대신 태아의 아비에게 느껴지는 생생한 살의. 용선은 살의로 파닥거리는 두 손을 마주잡고, 뾰족한 손톱으로 손바닥 깊숙이 자국을 남겼다. 손바닥에 팬 붉은 자국들을 보며 무석의 흰 목덜미를 떠올렸다. 그러고는 앙칼지고 독기 서린 눈빛으로 손톱의 날을 더욱 바싹 세워 손바닥을 후벼팠다.

밤마다 어머니는 용선을 찾아오기 시작했다. 살아생전처럼 머리를 틀어 올리고, 삯바느질하던 시절에 즐겨 입던 한복을 걸친 모습으로….

"선아, 잊어뿌리라. 그 사람은 본시 그런 사람인기라. 쪼매이만 어긋나몬 가차없이 전부를 다 버려뿌는 사람이제. 니하고 인연이 그래밖에 안 되는 거를 우짜겠노. 다 니 업보니 생각하고 사는 수밖에⋯. 선아, 니는 신의 딸인기라. 인자 할 수 없다. 내가 니 무당 안 되게 할라꼬 얼매나 애썼는지 니는 다 모를 끼다. 근데 팔자에 있으몬 어쩔 수 없는 기라. 안 그라몬 끝도 없이 파란이 계속된다카이. 에미 말 듣고 신을 받아라, 알았제?"

"뭐, 나더러 무당이 되라구요? 기가 막혀서⋯. 팔자니, 업보니 그딴 소리 집어치워요. 저승에서나 잘 계실 것이지, 왜 나를 찾아와서 쓸데없는 소리를 하세요?"

용선은 악을 바락바락 써대며 소리를 질렀다. 엄마, 누구보고 지금 그러는 거야? 무서워, 엄마 무서워. 유희는 사색이 된 얼굴로 용선을 쳐다보았다. 용선은 정신을 가다듬으며 유희를 품에 끌어안았다.

바람결에 묻어오는 소문을 따라 용선은 대전으로, 대구로, 목포로, 마지막으로 제주도까지 갔었다. 시내 어디선가 약국을 개업했다는 소문 하나를 믿고, 어린 유희를 데리고 세상 끝까지라도 찾아갈 듯한 각오로 낯선 땅을 헤매고 돌아다녔다. 그러다가 지치면 어느 이름 모르는 여관 방구석에서 쓰러져 잠든 유희를 보고 자신의 아둔함과 어리석음을 비웃으면서 용선은 목구멍이 뜨거워지도록 술을 들이부었다.

무석이 돌아오리라는 확신 따위는 갖지 않기로 했다. 하지만 그가 돌아올 때까지 임시로 사는 듯한 느낌 또한 지울 수 없었다. 때로는 그가 과연 아내의 무병 때문에 집을 나간 게 확실한가, 하는 의문마저 생겼다. 그런, 그의 출분에 대한 의혹은 때때로 그녀의 가슴을 뒤흔들고 지나갔다. 밤에만 찾아오던 어머니는, 그럴 때는 낮에도 불쑥불쑥 찾아왔다. 신을 받아야 된다카이, 그래야 니가 전생에 진 업보를 다 닦는다꼬 안 하나. 몇 번이나 갈차주야 알아듣겠노, 이 답답아.
어머니는 안타까워 견딜 수 없다는 표정이었다. 기억도 없는 전생이
라니요? 내가 도대체 무슨 죄를 졌단 말이에요? 하지만 용선은 자신
의 목소리가 점점 기운을 잃고 공허하게 들려오고 있음을 느꼈다.

　용선은 화장대 앞에 앉아 가늘고 촘촘한 빗으로 몇 번이고 머리를
새로 빗어 올린 후에야 옷을 갈아입었다. 거울 속에는 한 올의 흐트
러짐도 없는 머리, 구김살 없이 잘 손질된 한복, 새하얀 버선을 갖춘
그녀의 모습이 비치고 있었다. 그녀는 만족스런 얼굴로 거울 앞을 물
러났다. 신 앞에 설 때는 최대한의 예를 갖추기 위해 그녀는 늘 정성
을 다했다. 신당이 차려진 방을 향해 한 걸음씩 다가가는 그녀의 발
걸음은 조심스러웠다. 습관적으로 그녀는 잠시 숨을 멈추고는 초를
밝히고 향을 피웠다. 아릿하고 매움한 향냄새가 좁은 방에 가득 차기
시작했다.

　　　합의정성 받으시고 우환에 가환이며 꿈자리 몽사이며
　　　거리에 횡액이며 잡귀는 잡신이며 모든 액이랑 물알을
　　　물려내며 나라 천 대주님 재수사망 섬겨서 마음먹고
　　　뜻먹은 대로 도와주시오마

　쉰을 훨씬 넘긴 나이에도 불구하고 용선의 음성은 늘 맑고 애애하
다. 어머니는 그녀의 어깨에서 속살거렸다. 선아, 인자 얼매 안 남았
다. 업장이 얼쭈 다 녹아간다. 쪼끔만 참그래이. 용선은 입귀를 비틀
며 코웃음 쳤다. 하나밖에 없는 자식까지 바쳤잖아요. 설사 업장 소
멸이 다 된다고 한들 인제 와서 무슨 좋은 꼴 볼 일이 있다고, 후딱
저 세상에나 데려다주시지. 용선은 치마 끝을 휙 낚아채면서 신당을
나왔다.

저녁에 할 유희의 지노귀굿 준비는 신딸들이 거의 알아서 하겠지만 용선은 그래도 여러 곳에 전화를 걸어 이것저것 챙기기 시작했다. 그러다 용선은 뜰을 바라보며 문득 자신도 모르게 한숨을 내쉬었다.

　환한 햇살에 목련은 눈부시게 빛났다. 몇 해 전부터 봄이면, 목련의 흰빛을 보면서 용선은 웨딩드레스를 차려 입은 유희를 상상해보곤 했다. 흰 양복을 입은 경준과 그 옆에 나란히 서 있는 유희, 흰 드레스 자락의 떨림, 그 떨림으로 인해 자신의 가슴에 번져올 크고 작은 파문들, 연이어 봇물처럼 터져 나올지도 모를 울음. 지나온 세월들을 목구멍으로 삼킨다. 이제 죽어도 여한이 없으리라. 바로 지금 이 순간 목숨을 끊는다고 해도…. 용선은 절레절레 머리를 흔들면서 쓴웃음을 짓고 만다. 아직도 부질없는 환상에 사로잡혀 있다니.

　며칠 후면 흰 예복을 입은 경준 옆에 드레스 자락을 떨며 서 있을 사람은 유희가 아니라 생면부지의, 용선으로서는 누가 되든 상관없는 아가씨일 게다. 괘씸한 녀석, 이런저런 핑계 대고 몇 년씩이나 결혼을 미루더니…. 부모 반대 때문에 어쩔 수 없었다는 게 말이 돼? 무당 딸인 줄 몰랐던 것도 아니고 말야. 남의 딸 생목숨 끊게 하고 지놈이 잘살 줄 알아? 용선은 새삼스런 분노로 또다시 가슴이 떨렸다. 하필이면 제 아비의 넥타이로 유희가 목을 매단 것만큼이나 또 용선을 못 견디게 하는 것은 오랜 세월 동안 무석의 물건을 남기고 있는, 기다림에 대한 의식조차 없이 여전히 그를 기다리고 있다는 사실이었다. 무당이 되어 있다는 것은 그를 더 이상 돌아올 수 없게 하는 것인 줄 뻔히 알면서도…. 용선은 지겹도록 끈질긴 자신의 미련함에 절망했다.

　여보, 미안하오. 언젠가는 당신 곁으로 돌아갈 날이 있을 거요. 지금은 배를 타고 여기저기를 돌아다니고 있소. 내 꿈은 완벽한 가정을 꾸며보는 것이었소. 그런 내게 사랑하는 당신이 무당이 된다는 것은 가혹한 고문이었다오. 정말이지 그것은 날 완전히 미쳐버리게 했다오. 세월이 당신 몸의 신기를 조금씩 가라앉게 하듯, 이곳의 뜨거운 햇볕과 바닷바람이 내 핏속의 광기를 조금씩 가시게 해주리라 믿소. 먼 훗날, 맑고 투명한 모습으로 우리 가족들이 한자리에 모이게 되길 빌고 있소. 유희, 유희를 부탁하오.

어느 항구에서 그는 급하게 엽서를 휘갈겨 썼을까? 오 년이라는, 입이 벌어지도록 기막힌 사건들을 겪어낸 그 시간들을 짐짓 모른 체하고 바로 엊그제 집 나간 사람처럼 굴다니…. 무책임하게 내던지고 도망갔으면서 뻔뻔스럽게 변명은, 뭐? 맑고 투명한 모습? 웃기고 자빠졌네, 미친놈 같으니라구. 용선은 엽서를 확 움켜쥐었다. 손등 위에서 파란 힘줄이 파르르 떨렸다. 학교에서 돌아온 유희는 란도셀을 벗기도 전에 용선의 손안에서 형편없이 구겨진 엽서를 주워들었다. 그리고 또박또박 몇 번이고 읽어댔다. 꼭 즈이 애비가 동화책을 읽어주었을 때처럼…. 그만, 그만하라니깐. 용선은 도저히 참을 수 없는 심정이 되어 새된 소리를 질렀다. 그때부터인가 유희는 연서를 기다리는, 바람난 처녀애처럼 대문 앞을 서성이며 우편함을 뒤지기 시작했다. 용선에게는 조금씩 잊혀져 가는 분노를 다시 불러일으킬 게 뻔한 엽서를, 유희는 눈빛을 반짝이며 조심스럽고도 비밀스럽게 꺼내들곤 했다. 그러고선 잠시 가슴에 품었다가 코끝으로 가져갔다. 지난 시간이 남긴 냄새의 흔적이라도 찾아내려는 걸까? 피를 나눈다는 것은 바로 저런 것일까? 아마 그때부터 시작되었을, 부녀 사이의 서신 내왕은 오랫동안 계속되고 있는 눈치였다. 근황이 어떠한지, 집으로 돌아올 의사가 있기나 한지 따위를 넌지시 물어볼 수도 있으련만 용선은 굳게 입을 다물었다. 어쩌면 멀리 있는 그가 용선보다 더욱 가까이 유희 곁에 있을지도 모른다는 생각이 들곤 했다.

최무석입니다, 하고 그가 자신을 처음 소개했을 때 용선은 하마터면 무는 없을 무예요 라고 물을 뻔했다. 어떤 상태면 저렇게 완벽한 무표정이 될 수 있을까? 모든 감정을 다 소멸하고 나면 저렇게 될까? 용선은 단지 무석에게 그것만 궁금할 뿐이었다.

"부모도 일가친척도 다 없는갑더라. 혼자서 돈벌이 해감시로 학교를 댕깄다카이. 그래갖고도 약사시험에 척 붙은 거 보믄 보통 똑똑한 사람이 아인갑다. 사람이 말수도 적고…. 용선이 니한테 딱 맞는 것 같대이. 이왕 내가 여어 온 짐에 정해뿌고 갈란다. 니 외숙모도 그래라꼬 신신당부를 해쌓더라."

외삼촌은 용선의 어머니가 세상을 떠나자, 두 번 남은 대학 등록금을 대주는 대신 서둘러 결혼을 시키려 했다. 선택의 여지가 전혀 없다는 것을 알았다. 외삼촌의 의사를 받아들인다는 것이 자신의 미래에 어떤 영향을 가져올 것인가 따위를 따져볼 처지가 아니라는 것도.

반쯤 열린 대문 밖에서 머뭇거리는 기색이 용선이 앉아 있는 마루 끝까지 전해져왔다. 굿이 있는 날에는 될수록 손님을 받지 않는 게 그녀의 습관이다. 하지만 꽤 오랜 망설임과 머뭇거림이 딱하게 느껴졌다. 지금 돌아간다고 하더라도 몇 번 더 망설인 후에 또 대문 앞에서 서성이게 되리라. 이런 일일수록 빨리 해치우는 게 좋아, 내가 살아온 경험에 의하면.

"어서 들어오세요."

용선은 짐짓 활기차게 말했다. 서른이 넘어 보였지만, 아직도 앳된 모습이 남아 있는 여자다.

"저어, 뭣 좀….."

"일루 와서 앉기나 해요."

용선은 여자의 손을 끌어당기다시피 해서 자리에 앉혔다. 눈 밑과 코 언저리에 불운처럼 번진 기미의 검은 자국이, 얼굴의 흰 바탕과 선명한 대조를 이루고 있었다.

"힘들지요? 사는 게 다아 그렇다우. 오죽하면 고해라고 했을까?"

여자는 입을 비죽거리더니 느닷없이 울기 시작했다. 참았던 울음을 한꺼번에 쏟아내려는 듯 꽤 끈질기게 오랫동안 계속되었다. 울고 싶을 때 실컷 울어. 울 수 있다는 것은 아직도 이 농담같이 우스꽝스러운 세상에 살아갈 건덕지가 남아 있다는 뜻이지. 그래, 아직 젊으니까.

용선은 휴지와 마실 물 한 잔을 주었다. 여자는 코를 풀고 눈물을 닦으면서 울고 난 뒤끝을 추슬렀다.

"생년월일이 어떻게 되지? 음력으로 알고 있어?"

"네. 서른여섯, 섣달 초사흘 해시예요. 애 아빠는 서른아홉이고, 삼월 닷새 술시예요."

일부러 열심히 암기라도 한 듯, 여자는 거침없이 대답했다. 육갑을 짚어보기 전에 용선에게는 벌써 감이 왔다. 생년월일만 들어도 그 사람의 한 생애가 고스란히 자신의 눈앞에 보인다는 사실에 전율을 느끼며 때론 깊은 절망에 빠졌다. 그것이 곧 불행이라는 걸 잘 알고 있으므로.

"경술생이고, 정미생이라. 애기 엄마는 삼재에다, 애기 아빠는 아홉수네. 지금 운이 나쁠 때야. 게다가 둘 사이에 원진살이 있고 애기 아빠는 도화살까지 있어. 쯧쯧, 집을 나갔구먼. 여자가 생겼는걸."

"그래요, 벌써 몇 달째…. 어떻게 해야 되나요? 같은 회사에 근무하는 여자예요. 언제쯤 돌아올까요? 떨어지긴 할까요?"

떨어지면 뭣해? 끊임없이 새로운 여자를 찾아다닐 남잔걸. 이런 남자랑 살아봐야 평생 마음고생만 하지. 그렇다고 헤어져봐야 또 별 수 없겠는걸. 하지만 용선은 다급하게 물어대는, 여자의 검은 눈동자 속에서 섬광처럼 반짝이는 희망의 빛을 보고 죄스러운 기분이 들어 그만 입을 다물었다.

"언제쯤일까요?"

재촉하는 여자의 음성이 조바심으로 떨리고 있었다.

"평생 운이 좋은 사람도 없고, 나쁜 사람도 없다우. 살아가다 보면 좋은 일도 생기고 궂은 일도 따르고⋯. 그런 것들을 하나씩 겪으며 인생의 굽이굽이를 넘는 게지. 하여튼 오긴 하니까 너무 안달해하면서 기다리지 말어."

"남의 일이라고 어쩌면 그렇게 편하게 말씀하실 수가⋯."

실망으로 일그러진 여자의 흑색 낯빛을 보며 용선은 속으로 중얼거렸다. 그럼, 안 당해본 사람들이야 모르지. 평생 기다리는 이 심정을 누가 알겠어?

"그게 아니야. 다 경험에서 나온 말이지. 이 자리에 앉은 지가 수십 년이야. 벼라별 인생들을 다 봐왔지. 하지만 결국은 다 거기서 거기더라니깐. 전생의 업이라 생각하고 내 맘을 닦는 수밖에⋯. 난들 이러고 싶겠나? 하지만 어떡해? 별 수 없이 내가 지은 업보를 갚느라고 이러는구나 생각하는 수밖에 도리가 없더라고. 이제 날 찾아오는 사람들이 살아갈 힘을 얻어 가는 걸 낙으로 여기며 살고 있네."

용선은 조금씩 안정되어 가는 여자의 눈을 빤히 바라보았다. 여자는 계면쩍은지 입가에 엷은 미소를 지었다.

"이젠 괜히 점집이나 찾아다니지 말아요, 이건 굿 같은 것 해봐야 소용없는 일이니깐. 쓸데없이 하는 말들 귀담아듣지 말고, 맘 단단히 먹어요."

용선은 전쟁터로 나가는 용사의 등을 두들기며 기운을 북돋아주듯, 대문을 나서는 여자의 등에 대고 큰 소리로 말했다. 그런 다음 이미 여자가 사라지고 없는 대문께로, 담장으로, 마당으로 차례차례 눈을 주었다.

오후의 햇살이 흰 꽃잎들 위로 날아와서 찬란하게 꽂혔다. 나무에 피는 연꽃이제. 눈을 가느스름하게 뜨고 어머니는 봄 햇볕 아래 서서 나무를 어루만졌다. 삯바느질로 해서 모은 돈으로 낡은 적산가옥을 마련한 어머니는, 집을 산 기쁨보다 목련나무를 가진 기쁨이 더 커 보였다.

"보래이, 꽃송이들이 북쪽을 향하고 있제? 북쪽에 두고 온 임을 그리는 꽃이라 카더라."

용선은 나른하게 느껴지는 어머니의 목소리를 들었다. 북쪽에 두고 온 임, 무덤으로 남아 있는 임을 그리고만 있기에 어머니는 너무 젊고 고왔다. 사내들의 지분거림, 노골적인 추파, 허풍과 과장이 뒤섞인 맞선자리 …. 어머니는 그 모든 것을 요란한 틀 소리로 뭉개버렸다. 따발총을 쏘듯 요란한 소리를 내며 어머니는 낡은 틀을 돌렸다. 용선은 마당의 흰 목련과 저고리 동정 위로 우아하게 뻗은 어머니의 흰 목선을 번갈아 보며 한숨을 내쉬었다. 어머니는 세상을 떠나기 직전까지 재봉틀을 돌려야만 되었다. 살아야 하는 것은 곧 재봉틀을 돌려야 하는 것으로 어머니는 알고 있었던 걸까?

생계가 막연해진 용선은 어머니처럼 재봉틀을 돌릴 수 없는 자신이 한탄스럽기까지 했다. 얼마간 남은 저축이 바닥나자 용선은 유희의 손을 잡고 일거리를 찾아 헤맸다. 대학을 다녔다는 사실은 당장 필요한 일자리를 구하는 데 도움은커녕 걸림돌만 되었다. 게다가 어린애까지 딸렸다는 것은 구한 일자리마저 놓쳐야 하는 조건이 되었다. 결국 용선은 일자리 대신 병을 얻어 자리에 누웠다. 양어깨를 찍어누르는 듯한 아픔, 쇠를 달구듯 펄펄 끓어오르는 신열, 두 눈이 빠져나갈 듯한 동통….

"트을림없어. 엄니가 살아생전에 얼매나 걱정하셨다고…. 아무래도 굿을 받아야 된다니께 고집을 부리네, 참. 이 병에는 그것만이 즉효여. 전에 엄니가 다니시던 만신 집에 가서 내가 부탁헐게."

사발 깨지는 듯한 옆집 할멈의 시끄러운 목소리에 깜빡 놓쳤던 정신이 들자, 죽 냄비에 코를 처박고 있는 유희의 야윈 몰골이 제일 먼저 용선의 눈에 들어왔다.

"유희가 메칠이나 굶은 모양이여. 내가 진즉에 들여다볼걸, 쯧쯧. 참말로 유희 애비도 너무 헌다니께. 내, 이럴 줄도 모르고 괜히…. 에미라도 어서 정신을 채려야제. 이러다간 새끼 죽이겄어."

무당이 되느니 차라리 죽어버리는 게 나아. 망할 놈의 세상, 무슨 미련이 있다고…. 배를 채웠는지 비로소 냄비에서 얼굴을 뗀 유희가 새까만 눈으로 용선을 내려다보았다.

"엄마, 인제 살아났어?"

용선은 유희를 끌어안았다.

"유희야, 엄마랑 그만 죽어버리자."

싫어, 싫어. 발버둥치는 유희의 목을 힘주어 끌어안았다. 유희는 숨이 넘어갈 듯 울었다. 미쳤어, 할멈의 거친 손바닥이 용선의 등을 후려치고는 유희를 빼앗았다. 죽음에서 풀려난 유희는 공포로 바들바들 떨면서도 용선을 향해 중얼거렸다. 엄마, 죽지 마. 무서워. 순간 눈앞에 어머니가 나타났다.

"뭐라꼬? 죽어삔다꼬? 그것도 니 맘대로 안 되는 기다. 그러이 우짜노. 신을 받아야 된다 안카더나. 무당이 아무나 되고 싶다꼬 되는 거 아이다. 천상에 있는 명부에 이름이 올라가 있어야 하는 기다. 니 이름 석 자가 딱 올라가 있으께나 그냥 내림굿을 받자, 알았제? 무당 하면서 좋은 일 마이 해라. 불쌍하고 딱한 사람들 도와주고…. 그라몬 니 업이 다 닦이는 기다. 그때까지만 해라."

마음대로 죽지도 못하는 목숨이라니, 무당이 되면 무석은 영원히 돌아오지 않으리라. 하지만 바로 눈앞에 있는, 죽기 싫다고 발버둥치는 저 새빨간 목숨은 어떡하라구? 어머니가 재봉틀을 돌렸듯이, 부채와 방울을 흔들어서라도 나는 저것을 키워내야 하리라. 용선은 피가 나도록 아프게 아랫입술을 깨물고는, 죽음 대신 신내림굿을 택하기로 했다.

갑자기 숨 가쁘게 울려대는 전화벨 소리에 꽃잎들까지 파르르 떨리는 듯했다. 하지만 용선은 아무것도 급할 게 없다는 듯 느린 발걸음으로 전화기 앞에 다가가 송수화기를 집어 올렸다. 쨍쨍한 음성이 크고 거침없이 흘러나오자 용선은 잠시 귀에서 송수화기를 떼었다가 할 수 없이 도로 가져갔다.

"보살님이신가? 저어, 낼 우리 영감하고 같이 가는 중요한 파티가 있는데 무슨 색 옷을 입으면 좋을까? 이거, 아주 중요한 일을 결정짓는 파티가 돼놔서…. 요즘 왜 그러잖는가, 옷 색깔에 따라 그날 운이 결정된다고."

미친년, 별 걸 다 묻고 있네. 쌓은 공덕은 아무것도 없는 게 영감 하나는 잘 만나서…. 하지만 단골인 그녀를 무시할 수 없어서 용선은 침을 한 번 꿀꺽 삼키고는 목소리를 가다듬었다.

"연둣빛 계통으로 하세요, 봄이니까. 화사한 기운이 얼굴에 돌면 만사가 잘 풀릴 거예요."

"그럼 그러지, 뭐."

용선은 연둣빛 옷으로 성장한, 거무데데하고 넓적한 얼굴을 한 여자를 잠시 떠올리고는 뜰에 다시 눈을 주었다.

"엄마, 난 목련이 싫어요. 필 때만 잠시 아름답다가 질 때 봐. 너무 흉하잖아요?"

맑고 투명한 햇살이 유희의 이마에서 부서지고 있었다.

"왜, 좋잖아? 시들어 가는 모습 보여주지 않고 미련 없이 뚝뚝 떨어지는 게 …. 열심히 세상을 살다가 제 할 일 다 마치고 어느 날 갑자기 훌쩍 떠나버리는 사람을 보는 것 같아."

"엄마, 아직도 아빠를 기다리시는 건 아니겠죠? 목련처럼 뚝뚝 떨어지기 전에 좋은 사람 찾아가세요. 난 이제 다 컸잖아요?"

무당의 딸이라는 놀림 때문에 언제나 해맑은 얼굴에 그늘을 짓고 살아온 아이, 더 이상 엄마가 내미는 고사떡이나 받아먹으며 살 수 없다고 소리치며 어느 날 학교 앞으로 거처를 옮기던 아이, 무당이 된 엄마가 두려워 아빠가 돌아오지 않은 줄이나 알라고 쥐어박는 듯한 소리로 말하던 아이 …. 이젠 제 말대로 다 커버린 걸까?

"어미한테 못하는 소리가 없어. 그리고 신을 모시고 사는데 좋은 사람이 무슨 필요가 있어?"

용선은 유희가 대견스러우면서도 과장되게 언성을 높였다.

"그만두시면 안 돼요? 엄마나 나나 세상살기가 너무 힘들고 불편하잖아요?"

"그만두고 싶다고 그만둘 수 있는 게 아니야. 하늘의 뜻에 따를 뿐이지. 내 몸에 신기가 남아 있는 한 어쩔 수가 없어. 네 귀엔 우습게 들릴지 모르지만 나는 나름대로 이 일에 보람을 느끼고 있단다. 나를 찾아온 사람이 살아갈 희망을 얻어 돌아가는 것을 보면 큰일을 한 기분이야."

유희는 더 이상 용선의 말이 듣기 싫은지 빗자루를 찾아들고 마당을 쓸기 시작했다. 떨어진 목련 꽃잎들은 구겨진 휴지조각처럼 보였다. 그것들을 유희는 싸악싸악 소리를 크게 내며 쓸어모았다. 마당에는 무수히 많은 사선의 빗질 자국이 남겨져 있었다. 유희의 가슴에 남은 앙금을 보는 것 같아서 용선은 고개를 돌렸다. 유희의 행동들이 평소와 다르다는 느낌이 들면서도 그때 왜 무심히 보아 넘겼던가? 방문을 걸어 잠그고 꼼짝 않다가 소지품들을 태우고, 옷가지들을 챙기는 유희를 보면서도 자살을 준비하고 있으리라고는 전혀 생각하지 못했다니, 나도 차라리 무당이나 되어버릴까 보다며 쫑알대는 걸 듣고 미친 소리 작작 하라고 쏘아붙이기나 했으니 …. 참으로 한심한 어미라고밖에 할 수 없었다.

담배에 불을 붙이고 용선은 멀리 있는 산을 바라보았다. 조금씩 작아지고 있는 산은 본래의 제 모습을 잃어가고 있었다. 캐터필러의 둔탁한 소리가 들려오기 시작한 지 불과 열흘 만이다. 봄이면 지천으로 피는 노란 개나리와 붉은 진달래의 기억을 지우고 산은 벌판의 모습으로 탈바꿈해버릴 것인가? 사람들은 또 거기에다 집을 지으려 하겠지. 끊임없이 무너뜨리고 지어지는 수많은 집들. 새로 지은 집에 들어가서 웃고 울고 떠들며 한 시절을 보내는 동안 누가 사라진 산을 기억이나 할까? 그렇게 해서 산은 사람들의 눈에서, 기억에서 완전히 사라질 것이다. 잊혀지지 않고 영원히 기억된다는 것은 얼마나 지독한 형벌인가? 잊어야 하는 사람들을 쉽사리 잊지 못하는, 과거의 시간 속에 멈추고 있는 삶이 풍기는 부패의 냄새에 용선은 치를 떨었다.

경문을 열두 번 독경한 뒤 용선은 경명주사를 으깼다. 모든 잡귀들을 소멸해 줄, 신령한 기운이 뻗치는 붉은빛. 그 붉은빛의 주사를 붓끝에 묻히고 삼재팔난을 막아주는 부적을 쓰기 시작했다. 모든 재앙과 환란이 근접하지 못하도록, 악귀는 저 멀리 도망가도록…. 부적을 쓰는 용선의 손은 천상의 기운을 얻은 듯 힘차게 움직였다. 부적을 찾아갈 사람들의 얼굴을 하나씩 떠올리며 용선은 그들의 평안을 진심으로 기원했다. 자식의 죽음도 미리 예방하지 못하는 엉터리 무당이라는 소문이 무성했지만, 자신의 점을 스스로 칠 수 없다는 무당의 속성을 이해하고 찾아주는 사람들이 무조건 고마웠다. 정말 부적 하나로 온갖 액운을 막을 수 있다면…. 부적이 갖는 신적인 영험을 믿고 의지하며 험한 세상을 살아나가야 할 사람들의 운명이 용선은 측은하게 느껴졌다. 마침내 부적 쓰기가 끝나자, 신딸들이 하나씩 둘씩 모여들었다.

그들은 익숙한 솜씨로 굿당을 마련하고 신단을 꾸미기 시작했다. 산신이 그려진 병풍을 둘러치고, 제물과 신위를 모시고, 조화를 장식하고…. 갑작스럽게 들뜨고 분주한 분위기 속에서 긴 봄날의 오후가 조금씩 저물고 있었다.

용선은 하얀 불사복을 입고 오색 구슬로 장식된 큰머리를 쓰고 굿당으로 들어섰다. 그러고는 바라와 장구소리에 맞추어 한바탕 논 후, 바리공주 신화를 구송하기 시작했다. 순간 요란하던 무악은 완전히 그치고, 장구소리와 용선의 애조 띤 음성만 굿당에서 낮게 울려나고 있었다. 길고 긴 바리공주 타령은 언제까지나 계속될 듯 한없이 늘어졌다. 어둠이 몰려오는 차일 위로 흰 목련들이 뚝뚝 떨어지고 있었다.

> 칠공주가 약수 삼천리에 가서 회춘약 구해다가
> 한날한시에 회춘하야 깨웁시나이다
> 어전마마 통명전에 환궁하시고
> 만조백관과 삼천궁녀와 산호만세를 부른 후에
> 만백성도 일시에 만세를 부르니다

칼산 지옥문을 열고 한면 지옥문을 열어
극락세계 가실 때 넓고도 어둔 길은 지옥길이요
밝고도 좁은 길은 극락길이요
밝고도 큰 길은 은하수 천궁길이요
넓고 어둔 길 옆에 두고 밝고 큰 길로 가소사

나무아미타불 나무아미타불 나무아미타불
선망후망 아모망재 선대조상 모시고
대대손손이 극락 가시는 날이로서야

마침내 서럽고도 긴 사설을 마치자 소창을 가르는 절차가 시작되었다. 둥둥둥…. 바라가 크게 울리면서 소창을 찢어냈다. 용선은 배를 앞으로 내밀고 전신의 힘으로 그것을 쭉 갈랐다, 이승과 저승을 나누듯. 저 세상에서 온 길을 나는 가네. 그 온 길이 어디일까. 극락으로 나는 가네. 유희의 음성이 그대로 울려났다. 차일 위로 떨어진 목련의 꽃송이들이 멀리 바람에 날려갔다. 잘라진 소창을 허공으로 휘익 던졌다. 엄마아, 어엄마아…. 마지막으로 핏빛 울음을 토해내며 유희가 저만치 사라지고 있었다. 유희는 목련 꽃잎처럼 나울나울 날려가고 있었다.

노란 산신복을 걸치고 12신령 참배를 시작하자 제일 먼저 어머니가 왔다. 어머니는 용선의 어깨 위에서 하얀 나비가 되어 나풀나풀 날아다녔다. 어디선가 살랑 바람이 불자 하얀 나비는 더욱 빠르게 날갯짓을 했다. 속살거리는 어머니의 음성이 들려왔다.

"힘들었제? 선아, 인자 니 업닦음이 끝났다. 유희는 인자 극락 갔다. 그아 걱정은 쪼끔도 마래이. 그라고 인자 최 서방한테 맺힌 맘도 다 풀거라. 잘 있거래이, 선아. 이 에미도 인자 간다. 영영 간다."

차고 푸른 바람이 용선의 목덜미를 후려쳤다. 이승 밖으로 홀로 내던져진 생의 무게가 휘청거리면서 그녀의 발목을 잡으려 했다. 혼이 빠져나가고 빈껍데기만 남은 듯 육신이 흐느적거렸다. 신딸들은 조화와 지등을 들고 노래를 부르며 춤추고 있었다. 점점 빠르고 격렬하게 그들의 몸이 움직였다. 언제까지 계속될 듯 바라와 장구소리는 멈추지 않았다. 둥둥둥, 두웅둥둥….

무석이 등을 보이며 걸어가고 있다. 저만치 사라지고 있던 무석이 문득 뒤를 돌아본다. 그의 이마에서도 흰 목련이 소리 없이 지고 있다.

레이스 모자를
쓴 노파

푸른색 바탕 위에서 흰 레이스들이 금방이라도 살랑거릴 듯하다.
자잘한 꽃무늬나 가늘게 잡힌 주름까지 꼼꼼하게 레이스를 묘사한 탓
일 게다. 하지만 레이스 모자를 쓴 인물은 윤곽만 대충 잡혀 있다. 무
슨 의도로 그림을 저렇게 그렸을까? 나는 소파 등받이 쪽으로 엉덩이
를 바싹 들이밀면서 그림에 계속 눈을 주었다. 아주 단순한데도 균형
이나 조화조차 제대로 이루지 못하고 있는 그림이 묘하게 자꾸만 눈
을 끌었다. 층층이 달린 레이스에 눌려 얼굴을 제대로 드러내 보이지
못하고 있는 인물을 향해 나는 억지를 부려보았다. 잘난 체하고 싶은
모양이지만 안돼 보이는걸. 벌써 사십 분이나 기다리게 하고 있는 데
대한 불만을 이런 식으로라도 표시해야 직성이 풀릴 것 같아서였다.
　"좀만 더 기다리우. 다 돼 가우."
　거실 맞은편 방에서부터 마치 낡은 모터가 꺽꺽대며 억지로 돌아가
는 듯한, 늙고 쉰 목소리가 또다시 흘러나왔다. 다 돼 가다니, 도대

체 뭐가 다 돼 간다는 건지 알 수 없었다. 어떻게 생겨먹은 사람이기에 처음 찾아온 방문객에게 얼굴 한 번 내밀지 않고 줄곧 목소리로만 응대하고 있단 말인가. 무례에 대한 분노로 서서히 내 얼굴은 달아오르기 시작했다. 나는 팔짱을 끼고 무릎 위에 한쪽 다리를 올려놓으면서 치밀어 오르는 화를 지그시 눌렀다.

벨을 눌렀을 때도 사람 대신 문이 열려 있다는 소리만 튀어나왔다. 나는 현관 앞에서 잠시 안을 기웃거리다가 조심스럽게 실내에 발을 들여놓았다. 하지만 나와보는 사람은 없고, 거실에 덩그렇게 놓인 소파만이 나를 멀뚱거리며 쳐다보고 있을 뿐이었다. 더 이상 주저하지 않고 나는 몸을 던지듯 소파에 주저앉고 말았다. 아파트를 찾느라 한참동안 차를 끌고 여기저기 헤맸던 후라 나는 이미 지쳐 있었다. 게다가 철 이른 더위가 표면적이 넓은 내 몸을 사정없이 압박해왔기 때문에 땀방울은 쉬지 않고 흘러내렸다. 카 에어컨을 켤까, 몇 번이나 망설였지만 가까이 있는 계기판의 빨간 눈금이 눈을 부릅뜨고 노려보는 듯해서 결국 더위를 참아내는 수밖에 없었다.

나는 다른 쪽 다리로 바꿔 무릎 위에 얹다가, 아무런 사전정보 없이 왔다는 걸 뒤늦게 깨달았다. 강 편집장은 자서전을 낼 사람이 팔순의 할머니라는 것 외 내게 아무런 말도 하지 않았다. 하지만 그것은 내 탓이라고밖에 할 수 없었다. 마침내 일거리가 생겼다는 사실에 너무 흥분한 나머지 내가 성급하게 고개를 끄덕였기 때문이다. 그는 더 이상 다른 말이 굳이 필요 없다고 판단했던 모양이었다. 요 몇 개월간 나는 일거리를 애타게 찾고 있었다. 손닿는 출판사마다 몇 차례씩 찾아가기도 했지만 아무런 연락이 없었다. 워낙 불경기라 문을 닫아야 할 판이라는 말끝에 자서전 낼 사람이 있으면 소개를 해달라고 하나같이 거꾸로 내게 부탁들을 했다. 그러니 대필자가 필요할 리 있겠는가. 오피스텔의 밀린 월세가 전세 보증금을 반쯤 잘라먹었을 때 나는 강 편집장의 연락을 받게 되었다. 하늘에서 나를 특별히 가엾이 여겨 동아줄 하나를 내려보냈다고 믿으며 덥석 붙잡았다. 그 줄이 튼튼한지 썩었는지 따위를 살펴볼 여유는 물론 없었다. 그런데 이제야 뭔가 심상찮은 기분이 들다니, 실내 에어컨에서 품어대는 냉기가 온몸을 오싹하게 하면서 한몫 거들고 있었다. 나는 약간 과장되게 몸을 떨어보았다.

"좀 기다렸지우?"

좀이라니, 어이없는 웃음이 피식 새어나오려는 걸 참으며 소리 나는 쪽으로 고개를 돌리다 나는 그만 크게 눈을 뜨고 말았다. 그림 속의 모자와 똑같았다. 혹시 그림 속에서 모자가 빠져나간 게 아닌가 해서 나는 어처구니없게도 다시 그림을 쳐다보았다. 물론 그림 속의 모자는 여전히 제자리를 지키고 있었다. 얼떨떨한 느낌을 채 털어내지도 못하고 나는 엉거주춤 자리에서 일어나 그제야 인사를 했다.

"잠깐 눈 붙인다고 누웠더니, 그새 시간이 …. 잠시만 기다리우. 목이라도 축여야지."

그녀는 내게 고개를 한 번 끄덕여 보이고는 주방 쪽으로 갔다. 모자의 레이스들이 나비의 날개처럼 파르르 흔들렸다가 내 눈앞에서 사라졌다. 잠시 헛것을 봤던가? 도무지 믿어지지 않아 나는 눈을 감았다 떠보았다. 집안에서 외출복 차림에 모자까지 …. 팔순의 할머니라고 하더니, 혹시 딸인가? 하지만 거칠고 윤기 없는 목소리로 봐서 분명 노파이긴 한데 …. 날씬한 몸매와 곱게 화장한 얼굴과 늙은 목소리. 도무지 나이를 가늠할 수 없었다. 어딘가에 홀린 듯한 느낌이었다. 여름날 오후의 나른함을 못 이겨 혹시 지금 나는 낮잠에 빠져 있는 건 아닐까? 비현실적인 느낌에서 벗어나기 위해 나는 등받이에 기대었던 허리와 등을 바로 하며 꼿꼿한 자세를 취해보았다.

"들어보우."

얇은 레몬향과 함께 뜨거운 홍차에서 김이 피어오르는 걸 보며 내 기대가 또 한 번 빗나갔음을 알아차렸다. 나는 시원한 음료수나 냉수 한 잔으로 목을 축이기를 바랐었다. 찬 기운이 청량제 역할을 하면서 오후의 느슨한 시간과 함께 자꾸만 혼미해지고 있는 정신을 바로 잡아주리라 믿었기 때문이었다. 하지만 나는 어쩔 수 없는 심정으로 설탕과 크림을 홍차에 넣고는, 비로소 그녀의 얼굴을 자세히 보았다. 위로 사정없이 잡아당겨진 볼과 턱, 파운데이션 크림과 고운 입자의 가루분으로 꼼꼼히 메워진 주름들, 볼 터치로 양 뺨에 그려진 홍조, 아이새도로 음영을 은은하게 넣은 눈가. 하지만 완벽한 메이크업임에도 불구하고 그 아래서 숨죽이며 숨어 있는 팔순의 나이가 금방이라도 튀어나올 듯했다. 아슬아슬한 심정으로 바라보고 있는, 내 시선을 눈치 챈 듯 그녀는 고개를 숙이고는 아무것도 넣지 않은 홍차를 천천히 한 모금 마셨다. 그 순간 아차, 하는 생각이 내 머릿속을 스쳤다. 어쨌든 내 의뢰인이지 않은가. 그걸 깜빡 잊고 있었다니, 나는 재빠르게 그녀 앞으로 설탕과 크림이 담긴 그릇을 옮겨놓았다. 좀 기다리게 했다는 이유로 상한 자존심이나 챙기려드는 나는 살아남기에 부족한 점이 아직 너무 많다고 자책하면서 그녀에게 괜한 친절까지 베풀려 들었다.

"제가 넣어드릴까요?"

하지만 그녀는 손을 내저으면서 말했다.

"아니우. 이렇게 마시는 게 이젠 버릇이 됐다우. 처음에는 다이어트 하느라고 그랬는데, 습관이 되니까 담백한 맛이 외려 좋아."

다이어트. 요즈음 시대의 새로운 화두가 되어버린 듯한 단어, 다이어트가 그녀의 입에서 거침없이 나오자마자 내 온몸에 덕지덕지 붙은 군살들이 뒤흔들렸다. 날씬한 몸매를 한 팔순의 할머니 앞에서 칠십 킬로그램에 거의 육박하는 체중을 지닌 나는 어금니를 지그시 깨물며 군살들이 지르는 비명을 참아내야 했다. 그녀보다 훨씬 적은 서른셋이란 내 나이가 이럴 때 자신감은커녕 더욱 나를 위축시키게 할 줄 미처 몰랐다. 그녀는 내 얼굴에 시선을 주는 척하면서 팔목과 허리 발목 등을 훔쳐보고 있는 게 분명했다, 한쪽 입가가 약간 비스듬하게 위로 올라가는 걸 봐서. 흐흥, 젊으나 젊은것이 뒤룩뒤룩 살을 찌운 꼴이 한심하고 우스워 보이는 모양이지? 좋아, 실컷 웃어보라지. 나는 좀 짜증스런 손길로 가방에서 소형 녹음기와 메모할 수첩을 꺼내 탁자 위에 거칠게 얹었다. 타악, 하는 소리가 의외로 크게 나자 그만 속내를 들켜버린 것 같아 나는 일순 당황했다. 화급하게 나는 상냥한 표정을 지어내며 작업을 재빨리 진행하려 들었다.

"오호, 그새 시간이 이렇게 많이 지나버렸네요. 빨리 시작할게요."

"여름이라 화장이 얼마나 잘 지워지는지, 원. 눈 좀 붙이고 났더니, 그새 화장이 다 지워져 버렸잖우? 새로 고치느라⋯. 이래서 여름은 딱 질색이라니깐."

그러면 아까 다 돼 간다고 했던 게 화장 고치는 일을 두고 한 말인가? 나도 모르게 입이 벌어지면서 그녀를 다시 뻔히 보게 되었다. 여름에 대한 불만을 강하게 표시하는, 그녀의 입가엔 거미줄처럼 어지러이 얽힌 주름들이 파운데이션 크림을 누르며 또렷하게 드러났다. 너무 딱해 보여 방금 전 살찐 내 몸을 비웃던 걸 그만 잊어버리기로 했다. 하이고 참, 그런데 이 할머니가 웬 자서전까지⋯. 코웃음이 나왔지만 내 기분대로 할 처지가 못 되기에 나는 억지로 생각을 바꾸기로 했다, 내게 일거리를 마련해준 고마운 사람으로. 그렇게라도 하지 않으면 일하기가 힘들다는 것을 몇 번의 경험으로 나는 깨달았기 때문이다.

그 사람이 되어 써야 하는, 자서전 대필은 그 어떤 글보다 쓰기가 만만치 않다는 걸 시간이 지날수록 더욱 확실하게 느끼고 있다. 기업체의 회장, 회개한 목사, 이혼한 재벌의 부인, 한때 유명했던 연예인…. 그들은 하나같이 수많은 고난과 역경을 거쳐 마침내 성공을 이루었으며, 이제는 조용히 인생을 관조할 수 있는 경지에까지 이르게 되었노라고 결말 부분에 써줄 걸 요구한다. 나는 그들의 다양하고 고단한 삶의 여정을 일일이 따라가기가 너무나 버거웠다. 삼년 전, 논술강사를 그만두고 처음 이 일을 시작할 때는 전혀 예상하지 못했었다. 자유로운 시간과 꽤 괜찮은 보수가 주는 매력에 사로잡혀 나를 해고한 학원 원장에 대한 분노까지 얼마간 잊고 있을 정도였다. 뚱뚱한 몸매가 학생들에게 거부감을 준다는 게 해고의 정확한 이유였다. 그런데 언제부턴가 대필의 어려움과 함께 원장을 향한 분노의 싹이 다시 뾰족이 올라오기 시작했다. 그럴 때마다 카드 할부로 마련한 러닝머신 앞에서 나는 있는 힘을 다해 달리며 그 싹을 밟아버리곤 했다.

"자서전 출간을 팔순잔치에 맞추실 모양이죠? 언제쯤 잔치를 하실 계획이세요?"

"구월 초라우. 첫째 주 토요일. 우리 아들이 호텔까지 다 예약해 놓았다우."

자서전 한 권 내는 것이 호텔 예약하는 것보다 간단한 일로 알고 있는 모양이다. 이것저것 계산해보면 결국 쓸 수 있는 시간은 한 달반 정도다. 더운 여름 내내 부족한 수면으로 지끈거리는 머리를 싸안고 꼼짝없이 컴퓨터 앞에 앉아 있어야만 하다니, 그러다 보면 부족한 운동량으로 또 체중은 늘어날 거고, 거기에 반발이라도 하듯 마구 먹어댈 거고…. 정말 아찔해졌다. 겨우 2킬로그램 감량한 것이 아무런 소용이 없게 될지 모른다. 나는 한숨을 푹 쉬고 말았다.

"웬 한숨까지, 젊은 사람이."

그녀는 한심하다는 표정을 짓더니 금방 샐쭉 웃어 보였다. 입가에 주름살들이 기지개를 쭉 펴면서 또다시 일어났다.

"웃는 얼굴이 제일 예쁘게 보인다는 것도 몰라? 출판사에서 저번에 보낸 그 여자도 얼굴은 반반하게 생겼더만, 무슨 짜증이 그렇게 나는지 만날 때마다 오만상을 찌푸리고 있어서 한마디 해줬지. 그랬더니 아마 안 쓰겠다고 한 모양이우?"

"글쎄요, 저는 잘 모르는 일인데요."

정말 나는 모르는 일이었다. 그런 일이 있었으면 편집장이 미리 내게 한마디 귀띔이라도 해주었으면 좋으련만, 어쨌든 일이 그 지경에 이르러 출판사측이 다급해지자 내게 맡긴 모양이었다. 그런데 오죽 잔소리를 했으면 안 쓰겠다고 했을까? 본인이야 한마디 했다고 하지만…. 팔다리에 계속 와 닿는 에어컨의 찬 기운이 거슬렸다. 나는 뜨거운 홍차를 삼키면서 찬 기운을 모른 체해 보려 했다.

"이젠 시간이 촉박할 텐데, 제대로 책이 나올지 모르겠네. 출판사에서는 염려 말라고 큰소리치면서, 글 솜씨가 기막히게 좋은 사람을 보내겠노라고 하더라만…. 그건 나중에 읽어봐야 알 일이고, 어쨌든 잔치 때까지 틀림없이 책이 나올 수는 있는 거유?"

그녀가 나를 건너다보면서 약간 턱을 치켜들었다. 그러자 이마를 반쯤 덮고 있던 레이스가 뒤로 젖혀지면서 팔순 노파의 분장한 얼굴이 완전하게 드러났다. 반달형 눈썹과 짙은 마스카라, 붉은 볼터치 등이 새하얀 얼굴 위에서 더욱 선명하게 부각되었다. 섬뜩한 느낌과 동시에 뻣뻣해지는 목을 의식하며 나는 고개를 끄덕였다.

"그럼 안심하리다. 필요한 것들은 뭐든 좋으니, 어려워하지 말고 다 물어보우."

"네. 여사님께서도 꼭 들어갔으면 하는 것들을 미리 챙겨주세요. 저도 취재를 완전히 해놓고 작업에 들어가는 게 편하거든요."

방금 전의 섬뜩한 기분에서 놓여나 나는 습관적으로 작업에 필요한 사항들을 다시 한번 머릿속으로 떠올렸다. 가족관계, 성장배경, 인생 역정들, 업적, 가장 잘 표현되기를 원하는 핵심적인 부분…. 여러 번 만날 시간적 여유가 없기 때문에 많은 것들을 한꺼번에 챙겨놓아야 했다. 그런 것들을 머릿속으로 계산하다가 참고 있었던 궁금증이 나도 모르게 기어코 입 밖으로 튀어나가고 말았다.

"집안에서도 꼭 모자를 쓰셔야 되는, 무슨 특별한 이유라도…. 외출복 차림까지…."

"아, 그건… 어릴 때부터 든 습관이라우. 여자는 언제나 누구 앞에서든지 단정해야 한다고 생각하니까. 소박데기들 보면 대부분 자기 탓이라우. 집안이라고 아무렇게나 해 있으니, 그 꼴 보기 좋아할 남정네가 어디 있겠수? 같은 여자가 봐도 꼴불견인데…. 그러니 돈 있고 권세 있는 남자들은 밖으로 돌면서 당연히 시앗을 둘 수밖에. 안 그러우?"

여성의 수난사가 왜 계속되고 있는지 알 것 같았다. 기가 막혔지만 나는 고개를 끄덕이며 너스레를 떨어주었다.

"그러문요, 여사님 말씀이 옳으세요. 이렇게 아름답고 단정하신 모습을 뵈니 제 눈까지 즐거워지는데요."

이 정도 아부쯤이야 이제 나는 침 한 번 안 삼키고도 너끈히 해낼 수 있었다. 예상대로 그녀의 입이 헤벌쭉 벌어졌다. 내친 김에 나는 빨리 취재를 끝내버리기로 마음먹었다.

"출판사 측으로부터 여사님에 관한 정보를 받은 게 없어요. 처음부터 또다시 이야기하려면 귀찮으시겠지만…. 그래도 자서전 쓰려면 필요한 사항들이라 어쩔 수가 없어요."

넘어온 자료가 하나도 없는 걸로 봐서, 분명 저번 대필자는 이 할머니뿐 아니라 출판사와도 한바탕 했음이 틀림없었다. 얼마나 단단히 뒤틀렸으면 그랬을까? 급하다고 아무런 일이나 덥석 붙잡는 게 아닌 모양이다. 뒤늦은 후회가 볼펜을 잡고 있는 손목을 자꾸만 슬쩍 건드리면서 힘을 뺏었다. 입에 당긴다고 마구 먹은 다음 체중계 위에 올라섰을 때, 발목에서 힘이 빠져나가던 기분과 흡사했다.

"무슨 얘기부터 시작해야 하나? 먼저 나로 말할 것 같으면, 현재 푸른솔 제약회사의 명예회장이우. 하지만 뭐, 내게 그런 건 중요하지 않아. 또 사실 실속도 없는 거고, 우리 영감이 하다가 세상 뜨기 직전에 아들에게 물려주면서 그냥 이름만 그렇게 해놓은 거니까…. 아들은 자서전을 팔순잔치 겸 회사홍보 차원으로 내고 싶은 눈치더라구. 새로 출시되는 다이어트약품 광고용으로 은근히 써먹으려고 말이우."

갈수록 태산이었다. 팔순의 할머니가 다이어트약품 광고라니? 이 할머니와 아들이란 작자 중 누구 하나는 분명 어떻게 된 것임에 틀림없다. 하지만 그런 걸 따져보는 문제보다도 내게 더 시급하고 절실한 문제는 돈이 아닌가. 그럼에도 불구하고, 이런 경우를 처음 대하는 나는 제대로 잘 할 자신이 없어서 일단 뒤로 슬쩍 한 발 물러서는 척해 보았다.

"그러려면 아예 광고회사에 의뢰하시는 편이 낫지 않을까요?"

"정면으로 그러는 게 아니고, 슬쩍. 그러니까 젊었을 때부터 미에 관심이 많았다, 항상 몸매에 신경을 썼다, 그러면서 앞 페이지에 지금 모습의 사진 몇 장을 싣고는…. 에, 팔순의 나이에도 불구하고 이렇게 젊음을 잘 유지한 노하우가 뭘까 한참 궁금하게 만든 다음, 평생 연구한 업적으로 개발한 약품이 마침내 나오게 되었다는 말은 딱 한 줄 넣는다, 이 말씀이야. 물론 이게 주된 이야기가 되면 안 되고, 곁가지로 말이우. 알아들었수, 작가 양반? 젊은 사람이 눈치까지 둔하기는, 차암."

비아냥거리는 말투와 함께 그녀의 눈빛이 몇 겹의 살로 접히고 있는 내 배와 허리 근처를 스치고 지나갔다. 오래전에 헤어진 그의 잔인한 눈빛이 떠올라 나는 잠시 숨까지 멎는 기분이었다.

사법고시 치를 날짜가 가까이 다가올수록 그의 짜증은 비등점을 향한 기름처럼 점점 끓어오르기만 했다. 신경이 날카로워진 모양이야, 벌써 몇 번째 떨어졌으니 그럴 만도 하지, 붙기만 해라, 까짓 이 정도야 속 넓은 내가 이해해야지…. 하지만 내 온몸에 속속들이 옮아 든 그의 짜증을 털어내기 위해 나는 뭐든 먹고 마셔야 했다. 그가 내는 짜증의 빈도에 비례해 내 체중은 점점 늘어만 갔다. 마침내 합격 통지서를 받아들자 그는 내게 이별선언을 했다. 그리고 그동안의 정리를 생각해서라는 투로 덧붙여 말했다.

"요즘 살찐 사람 아무도 안 좋아해. 더구나 결혼도 안 한 여자가…. 목숨 걸고 다이어트들 하는 거 몰라? 살부터 빼. 비만도 병이야."

짜증이 가신 그의 목소리가 제법 나긋나긋하게 들리기는 했지만 내 몸을 훑어보는 눈빛은 비정하다 못해 잔인하게까지 느껴졌다.

팔순 나이의 흔적들을 찾아내어 앙갚음이라도 할 듯, 그녀의 얼굴을 나는 뚫어지게 들여다보면서 말했다.

"그러면 독자들이 어떻게 알겠어요? 무엇보다도 최근에 찍은 사진들이 눈길을 끌 정도로 괜찮아야 하잖아요? 다이어트약에 관심을 갖게 하려면 말이에요. 그런데 무슨 수로⋯."

결국 또 입찬소리를 내뱉고 말다니, 나는 어떻게 수습해야 좋을지 몰라 난감해했다. 하지만 그녀는 전혀 개의치 않은 얼굴로 말했다.

"오호, 걱정 말아요, 그런 문제라면. 내 사진 보여주리다. 잠시만 기다리우."

그녀는 걱정 말라고 손까지 내젓고는 자리에서 일어나 방을 향해 갔다. 허리선이 날렵하게 강조된 원피스 자락을 흔들며 사라지는 그녀의 뒷모습에 질려 나는 멍해 있었다.

"자, 어떠우? 이만하면 젊은 아가씨들 못지않을 것 같은데? 이번 봄에 찍은 거라우."

그녀는 사진 몇 장을 쥐고 금방 나타나서 자신감으로 번뜩이는 얼굴을 들이밀며 내게 동의를 구했다. 나는 그것들을 받아들고는 심드렁한 눈빛으로 대충 훑어보았다. 하나같이 주름살을 숨기고, 군살 없이 날씬한 몸매를 드러내고 있어서 훨씬 젊어 보이기는 했다. 어처구니없는 질투가 내 목구멍을 슬쩍 꼬집었지만 나는 이제 정신을 바짝 차리고 호들갑을 떨었다.

"아이참, 여사님은⋯. 너무 하세요. 연세보다 이렇게까지 젊을 수가 있으세요? 많이 봐야 쉰? 쉰 대여섯? 누가 팔순의 할머니라고 하겠어요? 정말 놀라워요. 비결이 있다면, 뭐라고 생각하세요?"

"자신에 대한 끊임없는 관심. 그게 최상의 비결이우."

대단한 진리를 발설하듯 사뭇 비장한 어투였다. 솔직하게 말하자면, 나는 그녀의 대답에 날씬해지는 비법이 담겨 있을지도 모른다는 기대를 은근히 했다. 기대가 깨어지자 나는 속으로 이죽거렸다. 자신의 내면이 아니라 겨우 껍데기에 대한 관심이겠지. 하지만 나는 조금도 내색하지 않고 금방 다른 말을 꺼냈다.

"무슨 특별한 계기라도 있으세요? 젊을 때는 한창 가꾸다가도 대부분 나이가 들면 외모에 대해서는 소홀해지잖아요. 굳이 여사님께서 끊임없이 관심을 가지시는 이유가 뭔지 알고 싶어요."

자신의 나이에 어울리는 아름다움을 모르고 무조건 젊음에만 집착하려는 것은 추하게 느껴진다는 말 따위를 행여 자신도 모르게 쏟아내 버릴지 몰라 입 쪽에 나는 최대한 신경을 쓰면서, 그녀에게는 궁금해 죽겠다는 표정을 지어 보였다. 그런 다음 녹음기의 버튼을 눌렀다. 분명 자서전에 들어갈 중요한 이야기들이 쏟아져 나오리라.

"이유? 그 참, 뻔한 걸 묻고 있네. 아름다운 걸 싫어하는 사람도 있수? 게으르고, 여유가 없어서 못 하면 모를까, 자신을 아름답게 가꾸는 데 무슨 이유가 필요하우? 난 어릴 때부터 습관적으로⋯."

"아, 네. 그러세요? 여사님의 어렸을 적 이야길 좀 들려주세요. 부모님이나 형제분들은 어떠셨고, 또 학창시절을 어떻게 보내셨는지⋯. 자서전을 의식하지 말고 그냥 편안하게 말씀하시면 돼요. 글은 나중에 원하시는 대로 방향을 잡아 쓰면 되니까요."

그 사이 한 시간 이상이나 낭비해버렸다. 더 이상 쓸데없는 이야기를 주고받을 시간이 없었다. 다급해진 내 마음을 흔들듯, 진동모드에 맞추어둔 휴대폰이 벌써 몇 번째 진저리치듯 흔들어댔다. 분명 어머니일 게다. 주말이 가까워오니 또 맞선을 주선해 놓고 내게 성화를 부릴 모양이다.

그냥 한 번 보기만 하라니까, 살 좀 쪘다고 싫다는 놈들은 우리 쪽에서도 싫다고 해. 아무리 요즘 외모를 제일 따진다고들 해도 정신이 똑바로 박힌 사람은 안 그렇다니까. 그런 다음, 어머니는 애타는 심정을 숨기고 은근하게 물어왔다. 그래, 살은 좀 뺐냐? 새로 시작한 다이어트는 효과가 좀 있냐? 어머니의 말을 눌러버리듯 휴대폰의 전

원을 눌렀다. 아악, 지겨워. 맞선이고, 다이어트고, 사는 게 딱 지겨
워. 악을 쓰며 질러대는 내 목소리가 짐승이 내지르는 소리처럼 여겨
져 나는 거울 앞으로 다가갔다. 그 속에는 형체를 알아볼 수 없을 정
도로 퉁퉁 부은 듯한 괴물이 하나 서 있었다. 그동안 참아왔던 배고
픔과 갈증이 속에서 요동을 치며 내 손목을 잡아끌었다. 나는 결국
냉장고 문을 와락 열어젖히면서 소리질렀다. 아무리 뚱뚱해도, 나 자
신임에 틀림없다고. 그런데 뭐가 문제야?

그녀는 찻잔을 입으로 가져가다가 도로 내려놓았다. 그녀의 얼굴
에는 일순 자신감이 사라지고 슬픔이 조용히 들어앉아 있었다. 그러
자 완전히 다른 사람이 되어버린 듯해 나는 놀란 눈으로 바라보았다.

"어렸을 적이라⋯. 참으로 외롭고 쓸쓸하게 보냈다우. 난 무남독
녀였지. 우리 어머니는 나 하나만 쳐다보고 사셨고, 아버지는 늘 안
계셨어. 만 가지의 기쁨이란 뜻으로 내 이름을 만희라고 지었다는데,
나는 한 가지 기쁨도 제대로 느낄 수가 없어서⋯."

나, 우만희는⋯. 깊숙한 곳에서부터 안간힘을 다해 끌어올리는
듯한 음성이 낮고 탁하게 울리면서 중간중간 끊어지기까지 했다. 제
대로 녹음이 될까, 나는 조바심을 내며 녹음기의 버튼을 매만졌다.

며칠 동안 재봉틀 앞에 앉아 있던 어머니는 마침내 만희의 설빔을
완성했다. 다홍치마와 색동저고리. 그 화사한 빛깔이 온몸을 감싸면
서 자르르 감기는 듯한 감촉에 만희는 잠시 숨까지 죽였다. 하지만
옷을 입히는 어머니의 손길에서 묻어나는 눈물과 한숨이 살갗에 아프
게 닿아왔다.

"세배 올린 다음, 올해는 학교에 들어간다고 말씀드려라."

파란색 대문을 가리키고는 어머니는 전봇대 뒤에 몸을 숨겼다. 낯
선 대문 앞에서 만희는 언 손으로 몇 번이고 문고리를 만지작거리다

가 뒤를 돌아보았다. 멀찌감치 서서 어머니는 안타까운 손짓으로 만희의 등을 떼밀고 있었다. 살며시 대문을 미는 순간, 삐거덕거리며 요란하게 열리는 문소리와 곧이어 들리는 낭랑한 목소리에 만희는 깜짝 놀랐다. 달아나고 싶었지만 꼼짝할 수 없었다.

"누구세요? 어머, 예쁘기도 해라. 꼬마 각시네. 그런데 너, 누굴 찾아왔니?"

만희의 설빔보다 더 고운 옷을 차려 입은 여자가 화사하게 웃고 있었다. 헛기침 소리가 마당에서부터 크게 울려나더니 무겁고 느린 발걸음 소리가 들렸다.

"들어오너라."

언제 마지막으로 봤더라, 만희가 미처 생각해내기 전에 아버지는 담담하게 말했다. 뒤따라 들어온 여자는 좀 전의 웃음 대신 약간 샐쭉한 표정을 지었다. 하지만 여자는 고운 옷 때문인지 여전히 예쁘게 보였다. 그들은 나란히 앉아서 만희의 세배를 받았다. 만희는 어머니가 시킨 대로 학교에 들어간다는 말을 하고는 재빨리 일어섰다. 학비를 달라고 보낸 모양이구면. 안 그래도 내가⋯. 웅얼거리는 듯한 아버지의 말이 골목까지 따라나오는 것 같아 뒤를 몇 번이고 돌아봤지만 대문은 닫힌 채였다. 전봇대 뒤에서 모습을 드러내는 어머니의 낡은 회색 두루마기 자락을 잡아당기며 만희는 악을 썼다.

"좀 고운 옷을 입으래두. 화장두 하고, 머리두 예쁘게 빗고⋯."

그때부터 수 년간 만희는 학비를 받기 위해 그 골목길을 오가야 했다. 늘 화사한 꽃송이 같은 여자 옆에서 아버지는 얼마간의 돈이 든 누런 봉투를 내키지 않는 듯 내밀곤 했다. 봉투와 함께 전해져 오는 모멸감을 없애기 위해 만희는 몇 번이고 침을 뱉으며 골목을 빠져 나왔다. 집으로 돌아와서 만희는 봉투를 던지면서 어머니에게 소리쳤다.

"도대체 왜 이러구 살아? 좀 꾸며보라구. 엄마 탓이야. 아버지 잘못이 아니란 말이야. 내가 아버지라두 그런 여자랑 살고 싶을 거야."

"이 담에 너나 잘살어. 남편 안 뺏기고 잘살란 말이여. 죽으면 썩어 문드러질 몸뚱이나 허구한 날 가꾸라고? 내가 기생이냐, 첩이냐? 난 싫다. 그런 여편네랑 근본부터 다르단 말이여. 양반이 왜 양반이겠냐?"

지긋지긋한 양반타령에 만희는 진저리를 치면서 절대로 어머니처럼 되지 않을 거라고 결심했다. 자신에게 만 가지 기쁨 대신 슬픔을 주는 사람은 바로 어머니라는 생각을 하곤 했다.

"우리 어머니, 내가 시집가던 해 돌아가셨다우. 그 양반은 이 세상에 나 하나 때문에 나온 것 같어. 나도 그 이후 아버지를 한 번도 찾지 않다가 돌아가셨다는 소식 듣고 갔지. 그 여자도 별 수 없이 늙었더구만. 평생 우리 어머니 눈에 눈물 낸 그 여자도 늙어 볼품이 없는 꼴을 보니, 왜 그렇게 갑자기 분한 생각이 드는지 모르겠더라고. 한 바탕 욕이라도 퍼부어 주고 싶은 걸 꾹 참느라 혼났다우."

그녀는 차를 한 모금 삼켰다. 그러더니 얼굴을 약간 찌푸렸다. 홍차의 쓴맛 때문인 모양이었다. 담백한 맛을 즐긴다지만 아무것도 넣지 않은 홍차의 떫은맛이 좋을 리 없을 게다. 나는 그녀의 어린 시절을 머릿속으로 그려보며 이야기를 어떤 방향으로 잡아가야 할지 잠시 생각해보았다.

"난 애도 일부러 하나밖에 안 낳았어. 몸매 때문에 그랬노라고 한다면 미친년이라고들 하겠지만, 난 어쩔 수 없었다우. 흐트러진 몸매를 남편이 좋아하겠수? 애 여럿 낳아 군살이 붙고 푹 퍼져 소박이라도 맞으면 누가 날 책임질 거유? 소박데기라고 손가락질이나 하겠지.

세상인심이란 그런 거라구."

어린 시절의 상처가 그렇게까지 깊었던가? 나는 대꾸할 말을 잊고 그녀를 물끄러미 바라보았다. 레이스 달린 모자와 짙은 화장 아래 숨겨진 상처가 금방이라도 흉측한 몰골을 드러낼 듯했다. 그녀는 내 시선을 못 느꼈는지 미간을 찌푸리며 손바닥으로 아랫배를 눌렀다. 그새 군살이 붙었을까봐 안달하는 꼴이라니, 나는 뱅글뱅글 입가에 웃음을 매달고는 조롱기 담은 질문을 했다.

"그래서 부군께서는 평생 여사님만 사랑하신 모양이죠? 만족하셨겠네요?"

그녀는 내 질문에 대답하지 않고, 엉뚱하게도 다른 말을 꺼냈다.

"나는 첨부터 아들네랑 같이 살 생각을 하지도 않았다우. 혼자 사는 게 편해. 파출부도 필요할 때만 부르고…. 누가 옆에 있으면 늙은이가 웬 다이어트냐, 맛사지냐, 하면서 성가시게 굴어댈 테니까. 그러는 건 딱 질색이거든."

그런 이유로 이 넓은 아파트에 혼자 살다니, 휑뎅그렁한 거실을 두리번거리며 나는 또다시 물었다.

"부군께서는 자식을 더 원하지 않으셨어요? 요즘에야 모르지만 옛날 분들은 자식을 많이 두는 걸 좋아하셨잖아요? 다른 이유도 아니고, 아내의 몸매 때문에…. 이해하기가 쉽지 않으셨을 텐데…."

"그거야 내가 눈치 못 채게 했지. 안 생긴다는 자식을 어쩌겠수? 아아, 배 배가…."

그녀는 배에 손을 대면서 잠시 자지러질 듯하다가, 놀랍게도 곧바로 허리를 펴고 앉았다.

"괜찮으세요? 안색이 안 좋으신데요."

"견딜 만해. 이럴 때가 종종 있긴 해도…뭐, 곧 괜찮아질 거유."

그녀는 안심하라는 듯 웃어 보이더니 마치 남의 이야기하는 투로 말을 꺼냈다. 본인이 괜찮다고 하니 괜찮겠거니, 하면서 나는 될수록 편안한 마음으로 그녀의 이야기에 귀를 기울이려고 했다.

　"평생 딴눈 판 적 없다고 믿었던 사람이우. 그런데 세상에, 별 웃기는 일이 다 일어났지 뭐유. 참, 이건 책에 쓰질 말우. 장례식에 웬 젊은 여자가 계집애를 둘이나 데리고 나타나서 한다는 소리가, 걔들이 우리 영감 딸들이라네. 기가 막혀서, 원. 뻔하지, 뭐. 잠시 오다가다 안 걸 가지고, 난데없는 애들을 앞세워 한 재산 뜯어가겠다는 심사였겠지. 성질대로 할 것 같으면 고소라도 하고 싶었지만, 모른 체하고 몇 푼 쥐어줬지. 그런데도 이것들이 자꾸만 나타나니까, 이젠 정말 죽은 영감이 슬슬 의심스러워진다우. 우리 엄마 한을 풀었다고 생각했는데……. 참말로 뭐가 뭔지 이젠 모르겠다는 생각이 들어. 허망하기도 하고……."

　여러 가지 상념들이 잠겨드는 듯 부옇게 흐려진 눈빛을 하고, 그녀는 나지막한 한숨소리를 냈다. 글의 줄거리를 어떤 식으로 짜야 할지, 이야기의 초점을 어디에 맞추어야 할지, 자서전을 내는 의도가 정말 무엇인지, 여러 가지 문제들이 뒤엉키면서 가슴까지 답답해져 나도 모르게 한숨을 또 내쉬었다. 그러다 나는 엉뚱한 제안을 불쑥 했다.

　"힘드시게 다이어트니, 몸매관리니, 하는 것들은 이젠 그만두시면 안 돼요? 편안하게 사시다가……."

　"살날이 얼마 안 남은 늙은이가 살 좀 찌면 어떻고 추레해 보이면 또 어떠냐, 이런 말인 모양인데……. 어림없는 소릴랑 말우. 나는 죽는 날까지 예쁘게 해 있다가 갈 거유. 또 그래야 대접받는 세상이고. 우리 손자 녀석이 인터넷이라나, 뭐 거기에 얼짱 몸짱으로 날 올려주겠다고 약속했다우. 평생 죽자살자 다이어트 한 보람을 톡톡히 보게 생겼지 뭐유. 사실 나이야 뭔 상관이 있겠수?"

방금 전의 표정을 싹 지우고, 그녀는 천부당만부당하다는 듯 나를 몰아붙이면서 의기양양해졌다. 정말 별일이네. 망령 난 할멈 같으니라구. 그런데 뭐, 얼짱 몸짱? 이제 인터넷까지 거들어 이 불쌍한 노파를 더욱 돌아버리게 하다니, 쯧쯧. 속으로 혀를 차다가 나는 아까운 시간을 더 이상 소모하고 있을 필요가 없다는 생각을 했다. 팔십 년이나 되는 세월 동안 한 번도 자신의 이름인 우만희로 살아온 적이 없는, 단지 날씬하고 예쁜 여자로만 존재해온 사람의 자서전을 쓰기 위해 알아야 할 만한 것들이 뭐가 더 있겠는가. 저런 종류의 사람이 원하는 걸 나는 뻔하게 알기 때문에 무조건 거기에 맞추어 쓰면 되었다. 대필하기가 처음 예상했던 것보다 다행히도 훨씬 쉬워질 게다. 찻잔에 남은, 미적지근해진 홍차를 마시면서 나는 이제 대충 마무리 짓고 돌아갈 생각을 했다. 그 순간 내 귓등을 후려치는 듯한 비명소리에 나는 황급히 찻잔을 내려놓았다. 그녀는 배를 움켜잡고 소파 아래로 허물어지듯 주저앉았다.

"왜, 왜 그러세요?"

나는 잔뜩 목 질린 소리를 내며 그녀 옆으로 다가갔다. 사색이 된 얼굴에는 온통 땀방울이 맺혀 있었다. 내 쪽으로 풀썩 쓰러져 오는 그녀의 몸이 허깨비처럼 느껴졌다.

내가 등을 먼저 내밀었는지, 그녀가 내 등에 먼저 매달렸는지 정확하게 기억이 나지 않았다. 어쨌든 나는 등에서 느껴지는 무게보다 쏟아져 내리는 땀을 더 견디기 힘들어하며 아파트 주차장을 향해 가고 있었다. 뜨거운 볕의 기세가 약간 누그러지긴 했지만 여전히 더웠다. 환한 햇빛 아래서 낡은 몸체를 드러내고 있는 내 차를 발견하는 순간 긴장이 풀리면서 다리에서 힘이 빠져나갔다. 열쇠를 꽂고 차 문을 열자 기다렸다는 듯 열기가 얼굴에 훅 끼쳐왔다. 가슴속 깊이 숨기고 있었던 불씨에 기름이라도 끼얹은 듯, 짜증이 확 끓어오르면서 내 온몸은 발악이라도 할 태세였다. 애써 나는 천천히 숨을 들이쉬었다가 내쉬면서 그녀를 등에서 내려놓았다. 조수석의 안전벨트로 그녀의 몸을 단단하게 고정시킨 다음 좌석을 뒤로 완전히 젖혔다. 하지만 그녀는 미동도 하지 않았다. 나는 그녀의 얼굴을 살펴보았다. 레이스 달린 모자 밑에서 끊임없이 흘러내리는 땀으로 그녀의 얼굴은 번들거렸다. 화장과 땀이 뒤범벅된 얼굴에서 이목구비의 경계조차 분명하게 느껴지지 않았다. 마치 거실의 벽에 매달려 있던 초상화를 다시 보는 듯했다. 어쩌면 나는 초상화를 운반해 온 게 아닐까, 순간 겁이 더럭 나면서 악몽 속을 헤매고 있는 기분에 사로잡혔다. 나는 그런 기분을 털어버리기 위해 급하게 시동을 켰다. 요란한 소리를 내며 출발을 서두르다 병원이 어디쯤 있는지 모른다는 걸 그제야 깨달았다. 축축하게 젖은 옷이 등에 찰싹 들러붙어 불쾌감을 더해주고 있었다. 나는 또다시 치밀어 오르는 짜증을 삼키며 아파트의 정문을 향해 가다가 상가 입구에서 마침 병원간판 하나를 발견했다. 서울내과. 나는 다시 그녀를 등에 업고 계단을 올랐다. 계단이 끝나면 나도 모르게 그녀를 내려놓아 버릴지도 몰랐다. 하지만 그때까지는 참고 올라가야 했다. 등 뒤에서 새어나오는 낮은 신음소리에 힘입어 고지를 향해 가듯 병원으로 가는 계단을 나는 힘겹게 하나씩 밟아 올랐다. 드디어 나는 병원 문을 밀치고 가쁜 숨을 내쉬며 소리쳤다.

"응 … 응급 … 환자예요."

간호사들이 대기실로 이동침대를 밀고 나왔다. 그들은 조금도 서두르지 않고 그녀를 침대로 옮겨 뉘면서 수군거렸다. 어머, 할머니

모자는… 웬일이야? 이번엔 꽤 오랜만이네. 허겁지겁 달려올 만큼 위중한 상태가 아닌가, 하는 생각을 그제야 하면서 그녀의 머리를 보았다. 흰 레이스 모자 대신 머리숱이 듬성듬성한 머리통이 허연 살을 내비치고 있었다. 무방비 상태가 된 그녀의 머리통이 어디든 숨고 싶어 파닥거리는 것 같아 나는 고개를 돌렸다. 그러다 나는 간호사들이 키득거리며 웃는 것을 보고는 어처구니없게도 따라 웃고 말았다. 응급환자라는데 이럴 수가 있느냐고 따질 자격도, 힘도 내게 이미 남아 있지 않았다. 그것보다 환자 보호자의 역할을 떠맡게 될까봐 두려워 나는 자리를 피할 기회를 슬그머니 엿보기 시작했다. 이동침대가 그녀의 신음소리를 누르고 요란한 바퀴소리를 내며 복도를 지나가다가 검사실 앞에서 멈췄다. 마지못해 뒤따르던 나도 걸음을 멈추고 간호사에게 주저하듯 물었다.

"저, 검사하는 시간이… 많이 걸릴까요? 제가 좀 바빠서요. 보호자 연락처를… ."

"우리가 알고 있어요. 워낙 단골이시라… . 아마 뻔할 거예요. 배에 가스가 가득 차서… . 그래도 혹시 모르니까 초음파를 해보구요."

조금도 염려 말라는 듯 간호사는 생글생글 웃는 낯으로 말했다. 무더위 속에서 그녀를 업고 있는 힘을 다해 온 것이 괜한 호들갑처럼 느껴져 억울했지만 또 한편으로는 다행이란 생각도 들었다. 어쨌든 초음파 검사가 끝날 때까지는 옆에 있어줘야 될 것 같아 나는 검사실로 따라 들어갔다. 간호사가 침대를 벽 한쪽에 붙이는 걸 보고는 나는 두리번거리며 낯선 의료기계들을 하나씩 살펴보았다. 과연 저런 기계들이 족집게처럼 정확하게 모든 병들을 집어낼 수 있을까? 용하다고 소문난 점쟁이를 앞에 두고 그 실력을 새삼스럽게 의심해보는 것처럼 나는 기계들의 성능에 대해 의문을 품었다. 그 순간 그것들이 나를 향해 무엄하다는 듯이 소리질렀다. 나는 놀라 침대 앞으로 다가갔다. 간호사는 그녀를 엎어놓고 원피스의 지퍼를 내리다가 악을 썼다.

"아아, 못 말려, 증말."

옆방에서 방사선 기사인 듯한 젊은 남자가 안경을 치켜올리며 뛰어나왔다.

"왜 그래?"

"이걸 어떻게 벗겨? 원피스에, 속에는 다 붙은 올인원이라니, 코르셋도 아니고…. 그것도 이 더운 날에, 미쳤어, 다 늙은 노파가. 다이어트 하다가 또 변비 걸린 게 뻔하다니까…. 근데 무슨 놈의 초음파야?"

허리께 엉거주춤 내려놓은 원피스 위로 그녀의 몸통을 죄고 있는 흰색 올인원이 매끈한 모습을 드러냈다. 그 위로 낭자한 웃음소리들이 쏟아져 내렸다. 웃음소리에 힘입은 듯 올인원은 더욱 제 기능을 발휘하여 그녀의 몸통을 꽉 죄려 했다. 나는 도망치듯 황급히 검사실 문을 닫고는 병원을 빠져나왔다. 짙은 화장이 번져난 얼굴로 올인원에 갇혀 꼼짝달싹할 수 없게 된 노파와 기분 나쁘게 쏟아지는 웃음소리들. 엽기적인 영화를 보고 나온 듯 속이 매슥거리면서 눈앞이 아찔해졌다. 계단을 내려가는 발걸음이 자꾸만 허공을 더듬는 듯하다가 발끝에 뭔가 와 닿는 느낌이 들었다. 나는 잠시 걸음을 멈추고 밑을 내려다보았다. 휴지뭉치처럼 발밑에서 뭔가 뒹굴고 있었다. 나는 그것을 주워들었다. 시커먼 발자국들이 어지러이 찍혀 있는 흰 레이스, 그 밑에서부터 들려오는 낮은 신음소리. 그것은 인간으로서 한 번도 제대로 살아보지 못한, 이 땅 위를 스쳐간 수많은 여자들을 대신해 그녀가 내는 소리가 아닐까? 나는 몇 번이고 레이스들을 안타까운 심정으로 쓰다듬었다. 손목을 타고 슬픔이 온몸으로 번져나고 있어서 손을 멈추기가 쉽지 않았다. 나는 어쩔 수 없이 그 간호사처럼 악을 쓰며 소리치려고 해보았다. 하지만 알싸한 기운이 목구멍을 꽉 죄면서 울먹이는 듯한 소리가 나왔다. 미 … 쳤어, 다 늙은 … 노파가 ….

나는 손가락에 힘을 모아 레이스들을 한 단씩 뜯어냈다, 그녀를 옭아매고 있었던 쓸데없는 장식들을 한 꺼풀씩 벗겨내듯. 레이스가 다 떨어져나가자 모자는 희고 동그스름한 모양의 알몸을 드러냈다. 머리를 보호하고 감싸는 의무를 충실하게 수행할 수 있도록 만들어진, 모자 본연의 모습. 이걸 나는 그녀에게 내밀며 전보다 훨씬 더 멋진 모자가 될 거라는 말과 함께 자서전은 아무런 염려 말라고 할 작정이다. 사실 그녀를 위해서는, 자서전을 직접 쓰게 하는 편이 나을 게다. 팔십 년의 생애를 한 번 돌아볼 수 있는 좋은 기회가 될 수 있으니까. 하지만 나는 오랜만에 생긴 일거리를 결코 놓칠 수 없다. 모자를 꽉 움켜잡은 내 손에서 땀이 흥건히 배어나고 있었다.

긴 여름 해가 그새 기운을 다 잃고 시들거렸다. 러닝머신 앞에서 숨 가쁘게 뛰는 대신 해 지고 있는 여름 저녁 속을 차로 달려보고 싶다. 열린 차창 밖으로 들어오는 바람을 온몸 가득 품고 나는 어디든 가보고 싶다. 바람을 실은 내 몸이 체중계의 바늘을 더욱 뒤로 밀어놓는다 해도 나는 아무렇지도 않을 자신이 있다. 이제, 그 어떤 시선 앞에서도 나는 당당하고 자유로울 수 있으리라. 시동을 거는 손끝에서 전해오는 생기에 내 온몸은 탄력을 받아 앞으로 나아가려 했다.

그가 남긴 이름

차창 밖으로 보이는 건 안개뿐이다. 도대체 여기가 어디쯤 되는지 가늠할 수조차 없다. 초행에 이정표만 믿고 무조건 나서는 게 아니었다. 어림짐작이지만 이제 거의 반 이상이나 와서 되돌아갈 수도 없는 노릇이다. 그렇다고 안개 속으로 계속 밀고 들어갈 엄두 또한 나지 않는다. 어떻게 할까 망설이다가 내 시선은 룸미러 쪽으로 가고 말았다. 순간 '신의'와 눈이 마주쳤다. 회색 돌멩이에 새겨진 글자, '신의'가 룸미러에 매달려 나를 지그시 내려다보았다. 아버지도 저렇게 엄숙하고 진지한 눈빛을 하고 내게 '신의'를 내밀지 않았던가?

아버지는 서울로 수학여행을 다녀오면서 손바닥만한 돌멩이 하나를 선물이랍시고 꺼내 놓았다. 멋진 선물을 잔뜩 기대했던 나는 마지못해 받았다. 옆에서 어머니도 못마땅한 듯 말했다.

"서울엔 애들 장난감이 벼라별 게 다 있다던데…. 하필이면 돌멩이예요? 신의라, 그참, 누가 당신 훈육주임 아니랄까봐서요?"

어머니의 말에 힘입어 나는 돌멩이를 저만치 밀어버렸다. 그러자 아버지는 조금도 언짢아하지 않고 도로 내 손바닥에 쥐어주면서 말했다. 이것 하나만 제대로 지켜도 사람 노릇을 하는 게지. 네 평생 꼭 지녀라. 그때 아버지는 아들에게 세상을 살아가면서 지켜야 할 덕목들을 서둘러 가르치려고 했던 모양이었다.

네 평생 꼭 지녀라. 얼마나 많은 인내와 희생을 감수해야 하는지 모르고, 아버지는 그렇게 말했을까? 저걸 버리고 싶은 순간들이 수많이 닥쳐오리라는 것도? 그 어느 때보다도 지금, 배씨 아저씨가 평생 거두고 있는 땅을 빼앗으러 가는 지금 이 순간만은 정말 내던져 버리고 싶다. 될수록 시선을 다른 데 두려 하지만 자꾸만 그쪽으로 눈이 간다. 게다가 안개란 놈은 끈질기게 시야를 가로막고 있다.

속에서 뜨거운 기운이 치밀고 올라와 나는 차창을 완전히 내렸다. 기다렸다는 듯 안개가 차 안으로 우욱우욱 몰려와 내게 덤벼들었다. 나는 아예 차를 길 한쪽에 세워놓고 담배를 찾았다. 그러나 금연운동을 강력히 펴는 아내의 손길이 차 안을 이미 샅샅이 훑고 지나간 후였다. 그 어디에도 없는 담배를 찾던 손은 아무런 기대감 없이 마지막으로 바지 주머니 속을 더듬었다. 네 귀가 닳아서 너덜거리는 봉투가 반쯤 접혀진 채 손에 와 닿았다.

강원도 양양군 소재의 임야 만 평이 얌전히 손안에 들어오면서 이것을 내밀 때 떨리던 어머니의 손끝과 음성이 아프게 되살아나고 있었다.

"돈 될 만한 거라고는 이것밖에 없구나. 팔면 얼마나 될지 모르겠다만 … ."

나는 순간 다 그만두고 싶은 심정을 억누르고 아무렇지도 않은 듯 목소리를 높여 말했다.

"배씨 아저씨한테는 미리 연락할 수 없겠지요?"

"그렇지. 너나없이 휴대전화 하나는 다 들고 다니는 세상에, 집에조차 전화가 없으니, 답답해서 … 원. 이번에는 꿀도 안 왔잖냐. 너도 알다시피 언제 이런 적이 있었냐. 무슨 나쁜 일이 생긴 건 아닌지 모르겠다. 오래오래 살기나 해야 할 텐데 …. 어찌 자꾸만 안 좋은 예감이 드는구나."

어머니의 근심스런 얼굴 뒤에 환하게 웃는 아저씨의 구릿빛 얼굴이 참으로 오랜만에 떠올랐다.

"어머니도 차암 …. 무슨 그런 일이야 있겠어요? 벌치는 일이 힘겨울 때는 됐지만 아직 돌아가실 연세는 아니잖아요?"

"죽고 사는 게 어디 나이대로 된다더냐?"

어머니는 이상스럽게 나쁜 쪽을 고집했다.

"어쨌든 제가 가서 만나보면 알겠지요. 양봉장과 살고 계시는 집은 그대로 두고 나머지는 알아서 처분해 달라고 해야겠어요."

"그래야지, 그럼. 우리 집과 인연 맺은 세월을 생각해서라도 …. 그리고 물론 네가 잘 알아서 결정했겠지만 아무래도 사업한다는 건 … 요즘 같은 불경기에, 게다가 사업자금도 넉넉하지 않을 테고, 다들 명퇴니, 뭐니, 하며 쫓겨나는 판에 승진 안 된다고 그만두는 건 배부른 소리 아니냐?"

어머니는 만류하는 것조차도 별로 자신이 없는 듯 말소리를 낮추어 입 안에서 웅얼거렸다. 아내도 만류했다. 그러나 어머니처럼 자신 없이 말리는 게 아니라 꽤 그럴싸한 이유와 근거를 들어 완강하게 말렸다. 평소부터 매사를 똑 부러지게 처리하는 아내의 분명한 성격에 괜한 반감을 갖고 있던 나는 우선 소리부터 질렀다. 당신이 뭘 안다고 나서긴 나서. 하지만 저 밑바닥에 숨어 있던 막연한 불안이 제 모습을 드러내며 목덜미를 잡아왔다. 동업자가 될 친구 녀석이 내밀던, 좀은 허풍이 섞였으리라는 것을 감안하고도 꽤 괜찮아 보이던 사업계획서를 나는 얼른 떠올리며 불안을 지우려고 애썼다.

안개 속에서 늦더위가 느적는적 묻어났다. 나는 성급하게 남방셔츠의 단추 하나를 더 풀었다. 온몸이 눅눅한 습기와 함께 가라앉으면서 여위고 축축한 아버지의 등이 안개를 헤치고 가만히 떠올랐다.

끊어질 듯 다급한 기침소리를 내며 아버지는 나를 등에 업고 마을 뒷산에 오르곤 했다. 일곱 살이나 되는 나를 업은 아버지의 등은 늘 땀으로 흠뻑 젖어 있었다. 불어오는 바람에 시큼한 땀 냄새가 아카시아향과 뒤섞여 났다.

"아버지, 사람들이 보면 또 놀려요. 다 큰 애가 업혔다고…."

"그게 뭐 대수냐? 내가 이렇게 업고 싶어서 업은걸. 넌 모르지, 널 낳고 내가 얼마나 좋아했는지? 드디어 대를 잇게 되었다고 할아버지도 좋아하셨단다. 훈아, 이 애비가 옆에 없더라도 할아버지나 엄마 말씀 잘 들어야 한다."

"학교에서 또 수학여행 가요? 이번엔 멋진 칼이나 총을 사줘요. 꼭 약속해요, 네?"

가쁜 숨소리만 날 뿐 아무런 대답도 들려오지 않았다. 아버지는 알고 있었던 게 분명했다, 자신의 폐를 갉아먹는 결핵균이 머잖아 목숨까지 앗아가리라는 걸. 어린 아들을 두고 가는 게 안타까워 조금이라도 더 등에 붙여놓고 싶은 심정. 그 심정은 땀에 젖은 등으로 늘 내게 기억되는 모양이다.

바람과 햇빛에 쫓겨 안개는 별 수 없이 조금씩 물러나고 있었다. 멀리 산등성이가 희미하게 윤곽을 드러내는 것을 보며 나는 시동을 걸고 다시 떠날 채비를 했다. 여전히 눈에 띄지 않는 이정표를 찾으려고 두리번거리다가 차 안으로 날아드는 벌을 보았다. 벌은 조심스럽게 핸들 위에 앉았다가 창 밖으로 날아가서, 일부러 차의 속도에 맞추듯 일정한 간격으로 조금씩 앞서가고 있었다. 마치 벌이 배씨 아저씨가 있는 곳으로 나를 안내하고 있는 듯했다. 벌이 앞서 날고 있는 하늘 위로 눈부신 햇살이 넓게 퍼져 나갔다. 나는 자신도 모르게 얼굴을 찡그리며 제 모습을 드러내고 있는 하늘을 쳐다보았다.

"할아바디께 또 혼났디야? 속상할 때는 차라리 크게 웃어보라무나. 우핫하하…. 알갔디? 싸아나놈이 혼 쬐꼼 났다고 상판이나 째푸리고 있어개지구서야 어찌 큰 인물이 되갔디?"

배씨 아저씨는 두툼한 손으로 내 어깨를 툭 치고는 잇몸과 이빨이 죄다 보이게 한바탕 웃어젖혔다. 나는 그의 입 안뿐 아니라 뱃속까지 훤히 들여다보고 있는 기분이었다.

"아저씬 그렇게 웃으니까 속없는 사람처럼 보여. 꼭 모자라는 사람 같다니깐."

"그런 염려는 하디 말어야. 내래 훈이 니한테만 기러는 거이야. 왜 기러는가 하믄 내 아들 같으니께. 내래 처음 여기 온 날 니가 태어났어야. 기리니께 기냥 내 아들 해삐리자야."

"싫어. 괜히 우리 아버지처럼 이러지 말란 말이야."

큰 덩치에 어울리지 않게 그는 귓속말로 속살거리며 넓적한 등을 들이밀어 나를 업으려 했다. 그러는 그가 너무나 싫었다. 특히 그의 몸에서 풍기는 달짝지근한 냄새가 무엇보다도 싫어 그를 밀치고 달아났다. 그의 다리는 절룩거리며 나를 향해 달려왔다. 금방이라도 잡힐 것 같은 절박감과 불균형을 이루는 두 다리가 주는 무섬증에 몸을 떨며 나는 아예 땅바닥에 주저앉았다. 그리고 이유를 알 수 없는 설움에 복받쳐 아버지를 부르며 목놓아 울었다. 머쓱해진 그는 내 울음이 끝날 때까지 아무런 말도 하지 않았다. 이윽고 두 주먹으로 눈물을 닦아내며 잔울음을 추스르자 그는 나를 일으켜 툇마루 끝에 앉혔다.

가을볕이 그의 널찍한 어깨 위에 떨어져 내렸지만 나를 울린 죄로 옛날이야기를 들려주는 그의 음성은 약간 젖어 있었다.

"옛날 옛날에 한 남자가 있었디야. 그 남자는 늙은 오마니, 착한 마누라, 갓난쟁이 아들, 기래 너이서 행복시럽게 살고 있었디."

그의 눈동자엔 가을 하늘과 기와지붕의 추녀 한 자락이 비치고 있었다.

"난리가 나삐렸디야. 그 남자는 가족을 두고 혼자 피난을 갔어야. 날래 돌아올 거이라고 생각했디. 기리고 늙은 오마니가 하도 권해쌓기에 갔디야."

"그 다음엔 내가 해볼게. 삼팔선이 생겼어. 그래서 영영 못 돌아가게 되고 말았지. 맞지? 우리 선생님도 그런 얘기 자주 하셔."

방금 울었던 사실조차 잊은 채 그의 표정이 예사롭지 않은 데 대한 놀라움으로 나는 한층 목청을 높였다.

"엠병할 놈의 삼팔선이 그 남자 고향 밑으로 기리졌디야. 기리니께 영영 돌아가디도 못하고⋯. 아들은 이름도 없디야. 아비가 돌아가서 지어주기로 했어니께. 자슥놈 이름을 못 지어 준 죄로 다리빙신이 되고 말았디. 총알에 맞아서⋯."

목이 잠겨 말끝을 맺지 못하는 그를 위해 내가 할 수 있는 것은, 그가 해보이던 대로 소리 내어 크게 웃는 일이라고 생각했다. 우핫하하, 아저씨가 그랬잖아? 속상할 땐 크게 웃는 거라구. 드디어 그도 다시 큰 소리로 따라 웃기 시작했다. 하지만 그가 온몸을 흔들며 웃음 아닌 울음을 토해내고 있다는 것을 알아차리고 나는 그만 입을 다물었다.

안개에서 완전히 벗어나자, 안내하던 벌은 어디론가 사라지고 없었다. 벌을 찾으려고 이리저리 고개를 돌리다가 나는 '홍천 12㎞'라는 이정표를 발견했다. 아저씨를 대면할 순간이 점점 다가온다는 생각이 들면서 차의 속도만큼 빠르게 흔들리는 '신의'가 내 가슴을 치기 시작했다. 나는 창 밖에다 시선을 고정시키려고 애썼다.

울창한 나무들이 세상의 끝까지 이어질 듯 계속되는 길을 달리면서 나는 조금 전 도로안내 책자에서 보았던 국도 44번을 암기해야 할 중요한 숫자처럼 입 안으로 계속 외었다. 나뭇잎들은 바람에 흔들리면서 약간씩 감돌기 시작하는 단풍빛을 드러내고 있었다.

"여성의류가 실패할 확률은 물론 높지만 의류 대형매장 몇 개만 잡는다면 그만큼 확실한 것도 없다구. 아무리 불경기라고들 하지만….."

대학동창 녀석의 코끝에 걸린 안경이 꽤 세련되다고 느끼며 나는 그의 미적 감각을 다시 한 번 높이 샀다. 녀석은 넥타이나 벨트, 양말에 이르기까지 항상 완벽한 조화를 고집했다. 역시 멋쟁이군, 하고 상대가 고개를 끄덕여주는 걸 그는 최고의 찬사로 여겼다.

"글쎄, 무역으로 밥 먹은 지 십수 년이 돼도 그쪽으로는 관심을 가져본 적이 없어서….."

"무슨 소리야? 괜찮은 아이템이 없나, 하고 어디든 쑤셔보며 살펴야지. 그러다가 눈독 들여 놓은 게 있으면 적당한 때 들고 나오는 거 아냐? 그러려고 다들 무역회사에 다닌다던데…. 어쨌든 내가 이번에 이태리에서 꽤 유명한 메이커를 하나 잡았거든. 혼자 하기에는 너무 크고, 이번 기회에 같이 하자. 틀림없다구. 언제까지 승진이니 명퇴니 해가며 그깟 월급쟁이노릇 할 거냐? 논현동에 사무실 알아보고 있는 중이야."

그는 준비해 온 사업계획서를 자신 있게 내 앞에 들이밀었다. 흠잡을 만한 구석이 거의 없었다. 물론 친구녀석을 못 믿는 것도 아니었다. 그런데도 나는 왜 자꾸 주저하고 두려워하는 것일까? 단지 새로운 것에 대한 막연한 공포일까? 자신의 삶에 대해 환상이나 꿈을 가질 수 없는 자들이 대신 갖게 되는 그런 막연한 공포. 하지만 환상이든 공포든 이제 나는 새로운 일을 시작할 수밖에 없다. 언제까지나 같은 자리를 지키며 충복처럼 묵묵히 일할 수만은 없지 않은가.

"인제 가면 언제 오나? 원통해서 못살겠네" 하고 떠들며 귀대한다는 군인들을 떠올리며 나는 인제와 원통을 통과해서 한계령 쪽을 달리고 있었다. 산을 깎아 만든 도로가 구불구불하게 이어져 핸들을 잡은 손을 바쁘게 좌우로 움직였다. 여름휴가로 한바탕 몸살을 앓았을 도로는 죽은 듯이 드러누워 있었다. 주인을 위해 전 생애를 바치고 살아온 충직한 머슴이 이제 그의 임종을 맞이하고 있는 것처럼 …. 그 위로 새하얗게 퍼붓는 한낮의 햇빛, 아득한 정적 속으로 더듬거리며 나는 차를 몰아갔다. 마치 다른 세상으로 가고 있는 듯한 비현실적인 기분에 사로잡혀 운전대를 잡고 있는 손이 내 것 같지 않았다. 정말 나는 어디를 가기 위해, 무엇을 얻기 위해 이렇게 가고 있는가? 땅의 시가와 사업자금을 짜 맞추어 보던 사람은 분명 내가 아니다. 바쁘다는 핑계로 단 한 번도 찾아보지 않았던 양봉장을 처분하기 위해 수백 킬로나 달려가고 있는 사람은 분명 내가 아니다. 단지 나는 하얗게 표백된 정신으로 눈앞에 보이는 길을 따라가고 있을 뿐이다. 하지만 할아버지는 찌를 듯한 안광으로 나를 쏘아보고는 호통 친다.

"예끼, 이노옴. 애비는 법률 공부한답시고 전답 팔아 서울 유학까지 가서 겨우 깽깽이 켜는 거나 배워 오더니, 이제 그 자식놈은 내 평생 지녀온 산까지 팔아먹으려고 들어? 뭐, 양봉장은 손 안 댄다고? 그게 그거야. 벌통 놓인 곳만 양봉장인 줄 알아? 그 산에 심어진 것들이 다 벌들 것이란 말이야, 이 나쁜 놈아."

　할아버지의 지팡이는 애꿎은 벌통을 내리친다. 그 속의 벌과 함께 비밀문서는 눈부시게 흰빛을 발한다. 그 빛이 암흑에 빠진 조국을 밝히리라고 굳게 믿는 밀사는 문서를 숨기기에 벌통만큼 적당한 데가 없다고 생각한다. 그는 기꺼이 양봉을 하면서 젊은 피가 부르는 대로 벌통을 싣고 이산 저산 옮겨 다니며 맡은 임무를 성실하게 수행한다. 그런 그에게 조국 광복을 꿈꾸는 것 외 단 한 가지의 꿈이 더 있다면, 그것은 하나밖에 없는 아들이 변호사가 되는 것이다. 일본 경찰에게 끔찍하게 고문을 당한 적이 있던 그에게는 당연한 꿈이리라.

　고시 패스에 대한 간절한 열망으로 팔려나가는 전답들. 하지만 그것들은 몇 년 후 고시 패스 대신 난데없는 바이올린으로 변신되어 그의 품에 안겼다. 분노를 담고 땅바닥으로 거칠게 내팽개쳐지는 바이올린, 끊긴 현들의 울부짖음…. 섬세하고 나약한 아들에게 어울리는 것은 처음부터 바이올린이었다는 것을 인정하면서도 그런 자신을 향해 그는 완강하게 문을 닫아걸었다.

　나는 기억한다, 할아버지가 부재중일 때면 가끔씩 들리던 바이올린 소리를. 그리고 대문 앞을 서성거리는 배씨 아저씨의 떨리던 다리, 조심스럽게 활을 그으며 떨리던 아버지의 팔, 떨리며 울려나던 현들의 속삭임, 결국에는 들켜버린 그 소리 위에 더욱 분노로 떨리던 할아버지의 호통까지도.

　"한 번만 더 이 집에 그딴 요망한 소리를 내봐라. 아예 화약 불을 지르고 말 테니…. 그리고 자식대접 받고 싶으면 음악선생 노릇 집어치우고 벌일이나 도와."

　바이올린 케이스를 들고 학교 숙직실로 향하는 아버지의 구두코 위에서 겨울의 싸늘한 기운이 날을 세우고 있었다. 붙잡으려고 뛰어나가지만 느릴 수밖에 없는 아저씨의 발걸음은 힘없이 돌아서서, 두 주먹을 쥐고 부르르 떨어대는 할아버지의 주위를 맴돌았다.

"깽깽이나 켜는 놈한테 벌이 무슨 소용 있겠냐. 나 죽으면 네가 다 가져라."

아저씨는 붉어진 얼굴로 고개를 숙였다. 나는 아저씨의 얼굴이 달아오른 것은 추위 때문일까, 아니면 괜한 부끄러움 때문일까, 생각하면서 벌일이 없는 겨울은 그나마 아저씨가 우리 집에 오래 머물 수 있어서 다행이라고 생각했다. 할아버지의 노기를 가라앉힐 수 있는 사람은 오로지 그밖에 없었다. 누나들이나 나는 두려움에 떨었고 어머니는 냉랭하게 고개를 돌릴 뿐이었다.

아버지의 죽음 앞에서도 할아버지의 태도는 싸늘하기만 했다.

"이 사진들 다 없애거라, 한 장도 남겨놓지 말고. 늙은 애비 두고 아직도 새파란 놈이 뭐가 급해서…. 불효막심한 놈."

아버지의 사진을 손에 잔뜩 들고 배씨 아저씨는 쩔쩔매고만 있었다. 하지만 할아버지의 성화는 계속되었다.

"뭐 하는 게야? 당장 태워버리라니까, 당장."

뒤뜰로 걸어가는 아저씨의 다리가 더욱 심하게 절뚝거렸다. 곧 이어 매운 연기와 함께 아저씨의 한숨소리가 뒤뜰에서 흘러나왔다. 울고 있던 어머니는 눈물을 닦아내고 중얼거렸다, 어금니에 꽉 힘을 주고 악에 받친 표정으로.

"무슨 원수가 맺혔다고 사진까지 다 없애버리누? 애들이 아버지 보고 싶을 땐 어떡하라고? 아들 잡아먹은 영감쟁이, 누구 때문에 몹쓸 병에 걸렸는데…. 걸핏하면 추운 숙직실에다 내몰고. 집에서 키우는 강아지한테도 그렇게는 못 하는 법이네. 그 죄를 다 어찌할꼬."

아버지의 와이셔츠를 희게 빨아 다림질하던 어머니는 그것 대신 바

224

이올린을 열심히 손질했다. 활에 송진을 묻혀가며, 혹시나 끊어질세라 숨을 죽여 줄을 맞추며 …. 어머니의 손은 아버지의 손만큼이나 조심스러웠다. 아버지의 잃어버린 꿈과 욕망이 행여 어머니의 손에서 되살아나지 않을까, 하고 엄청난 기대를 할 만큼 혼신의 힘으로 바이올린을 다루고 있었다. 뒤에서 들리는 할아버지의 잔기침 소리조차 무시한다는 뜻이 역력한, 그녀의 등은 냉담하고 꼿꼿했다. 분명 그때의 어머니는 바이올린을 통해 아버지의 외로운 영혼과 교감했던 것이리라.

길은 끝없는 오르막이었다. 끝없이 오르고 오르는 길을 따라가면 하늘에 맞닿을 수 있을까. 앞서 달리고 있는 울긋불긋한 관광버스의 뒤꽁무니가 짙은 초록빛 사이에서 선명하게 흔들렸다. 마치 한 무더기 꽃이 바람에 흔들리며 하늘로 오를 듯이 달리는 버스를 쳐다보며 나는 변속기어를 넣었다. 부르르 떨고 있는 낡은 차의 창 밖에는 길 양옆으로 옥수숫잎이 바람에 흔들렸다. 도심 한복판의 빌딩과 아파트 단지 사이만 오가는 요즈음, 내겐 옥수수마저도 이제 낯설게 느껴졌다. 옛날 마성군에 있던 집의 텃밭에서 여름이면 지겹도록 보던 옥수수였는데 …. 나는 지금도 종종 그 옛집을 꿈에서 본다.

넓은 마당, 텃밭, 뒤꼍의 우물, 대청마루, 내 가슴으로 다 안을 수 없는 굵은 기둥, 그 기둥에 새겨진 키의 자람들 …. 그것들은 꿈속에서 생생하게 되살아나 내게 많은 기억들을 더듬어보게 했다. 슬픈 일보다 즐겁고 신나는 일들이 더 많이 기억되는 것을 보면 비록 아버지를 잃었지만 내 유년시절이 그렇게 슬프고 우울하지만은 않았던 모양이었다. 그 중 가장 신나는 기억은 단연코 꿀이 오는 날이었다.

동네 사람들이 병 하나씩 들고 우리 집으로 몰려오는 게 왜 그렇게 신이 났던지 …. 그리고 그날의 주인공은 당연히 배씨 아저씨였다.

큰 드럼통에 담긴 꿀을 한 말들이 통과 됫병에 나누어 담는 그의 손동작은 아주 정확하고 재빨랐다. 아저씨의 손이 꿀을 부지런히 날라대는 벌의 날개처럼 여겨졌다. 마침 때를 맞춘 것처럼 단 냄새를 맡은 벌들이 몰려오기도 했다. 그럴 때 아저씨가 두어 번 허공을 향해 팔을 내저으면 신통하게도 벌들은 멀리 날아가 버리곤 했다. 비결이 무엇이냐고들 물으면 그는 씨익 웃으며 대답했다. 내 친구들이니께요, 제 말을 날래 들어주는 것이디요. 모여든 사람들은 아함, 그렇지 라고들 하며 고개를 끄덕였다. 그때의 아저씨는 참으로 멋지고 의젓했다. 옛집은 중년이 된 지금도 종종 이런 기억들을 더듬어보게 했다.

할아버지가 세상을 뜬 후, 어머니가 제일 먼저 한 일은 그 집을 팔아 서울로 이사한 것이었다. 어머니는 단호하게 말했다, 자식교육을 위해서라고. 나는 어머니의 기세에 눌려 한마디 말도 못했다. 여기서 그냥 살자는 말이 입 안에 맴돌았지만 결국 할 수 없었다.

할아버지가 임종했을 때 어머니는 너무나 침착하고 냉담했다. 아버지의 죽음 앞에 보였던 할아버지의 냉랭함에 대해 앙갚음이라도 하는 듯했다. 배씨 아저씨의 곡소리만 없었더라면 상가라고 믿기도 어려웠으리라. 이미 곡을 하기에 나이가 너무 많이 들어버린, 다른 사람의 등에 업혀온 고모할머니는 못마땅한 듯 끌끌 혀를 차고는 내 옆구리를 쑤셔대며 곡을 하라고 성화를 해댔다. 할아버지가 나만은 특별히 귀여워했건만 웬일인지 눈물이 나지 않았다. 사실 그때 내게는 곧 닥쳐올 고교입시에 대한, 좀더 현실적이고 개인적인 걱정이 더 앞서 있었다. 나는 눈물이 나지 않는 것을 민망히 여기며 온몸으로 애통해 하는 아저씨의 통곡소리에 정신을 놓았다. 저 소리를 듣고 할아버지는 저승길을 가다 틀림없이 도로 돌아오리라. 그러고는 아저씨의 두 손을 맞잡고 같이 떠나자고 하지나 않을는지, 나는 터무니없는 상상을 하며 더욱더 어설프게 상주노릇을 했다.

할아버지의 말대로 벌을 책임지고 맡을 사람은 배씨 아저씨뿐이었다. 그는 아무런 내색 않고, 몇 명의 인부들을 데리고 자신에게 주어진 일만 묵묵히 했다.

벌들이 봉군을 이루어 채밀 채분을 하고 분봉하여 무한히 산란을 계속하듯, 그와 인부들은 하나가 되어 밀원 식물을 재배하며 벌들을 증식시키고 꿀의 생산량을 늘렸다. 그가 사력을 다해 보살피는 벌들은 바쁜 날갯짓을 하며 꿀을 날라주었고, 그것은 우리 가족의 생계수단이 되었다. 하지만 달콤한 꿀에게 생계를 맡긴 우리는 예기치 않은 곳에서 자주 쓴맛을 보아야 했다. 전염병으로 한꺼번에 잃은 벌들, 냉해, 계속되는 장마, 설탕을 섞어 시중에서 헐값에 유통되는 꿀들…. 그럴 때마다 우리 가족들은 어쩔 수 없이 그를 바라보기만 했다, 목숨의 기둥을 바라보듯. 그는 우리에게 안심하라는 눈빛을 잊지 않고 보내면서 온몸으로 버티어냈다. 그렇게 그가 견뎌낸 이십 년 동안, 나는 대학을 졸업하고 입사해서 과장이 되고 두 누나들은 출가했다. 드디어 그가 맡은 역할을 끝내도 좋을 때가 왔다.

지치고 노쇠한 그에게 어머니는, 이젠 그 자신을 위해 일해 보라고 했다. 그가 양봉에서 나오는 모든 이익금을 가지는 대신 어머니는 더이상 투자하지 않는 조건으로, 그러니까 어머니는 완전히 손을 떼겠다는 것이었다. 물론 해마다 식구들이 먹는 꿀과 로열젤리 정도는 줬으면 좋겠다는 부탁을 하며…. 그는 고개를 끄덕이며 말했다. 기거야 의당 그럭해야갔디요, 기래야 도리디요. 하지만 그는 어머니가 앞서 내민 조건에 대해서는 가타부타 말이 없었다. 그는 아예 관심조차 없는 듯했다.

서운함과 홀가분함이 뒤섞인 그의 표정 위로 수십 년의 세월이 가로질러 달리고 있었다. 옆에 있던 나는 그때 그와의 관계가 실제적으로 끝나고 있음을 전혀 알지 못했다. 하지만 우리는 어쩔 수 없이 벌을 매개로 맺어진 관계라는 것을 깨닫는 데 얼마 걸리지 않았다. 그때부터 그는 일 년에 두 번씩, 할아버지와 아버지의 제사 때 외에는 오지 않았다. 그나마 대여섯 해 전쯤, 할아버지 제사 때 와서 앓고 있는 관절염이 심해졌다는 말을 남기고 간 후 영영 나타나지 않았다. 우리는 해마다 부쳐오는 꿀과 로열젤리를 챙기며 한때 우리 집의 가장이나 다름없던 그와 그 시절을 떠올리며 이야기를 주고받았다. 하지만 우리는 어느 누구도 그가 자신의 역할을 마치고 쓸쓸히 돌아서던 뒷모습과 그때의 속마음을 알려 하지 않았다. 단지 어려운 시절의, 이젠 지나가 버린 시간의 한모퉁이에 그를 남겨두려 했을 뿐이었다. 올해, 꿀을 받지 않았지만 어느 누구도 직접 나서서 그를 챙겨보려 하지 않았다. 전화가 없다는 간단한 이유로…. 그를 향한 마음이 손바닥만한 엽서 한 장 채울 만큼도 안 되었던가?

할아버지는 꼭 나를 불러 대필시켰다. 방바닥에 코를 쑤셔 박고 연필에 침을 묻혀가며 할아버지가 부르는 대로 받아썼다. '날씨가 불순한 요즈음 우리 벌들은 안녕하신가? 유채꽃이 한창인 시절을 그냥 놓치는 거는 아닌지 걱정되네. 물론 자네가 잘 맡아서 하고 있으니 큰 염려는 안 하네만….' 곧 끝날 것 같던 편지는 석 장을 넘겨서 '그럼 이만 필을 놓겠네. 몸조심하게나' 라는 문구에 가서야 완전히 끝을 맺곤 했다. 그런 긴 편지는 아니더라도 어떻게 지내시는지 궁금하다는, 안부 정도 묻는 사연은 보냈어야 하지 않은가.

그는 특히 위장이 약한 나를 위해 얻기 어려운 밤꿀을 잊지 않고 꼭 구해왔다. 그것의 쌉싸래한 맛이 싫어 요리조리 피하는 내 뒤를, 그는 숟가락을 들고 절룩거리며 따라다녔다. 훈아, 후운아. 동네 어귀까지 따라나와 간절하게 내 이름을 부르던 그의 음성이 못 견디게 그리워진다. 아, 아저씨. 나도 문득 그의 이름을 불러보고 싶다. 하지만 불러보고 싶은 이름이 전혀 생각나지 않는다. 아니, 배씨라는 것 외에 나는 애당초 알지도 못했다. 어느 누구도 그의 이름을 부르는 것을 들은 적이 없었으므로···. 그가 보낸 수화물에 이름이 있을 법했지만, 우리 가족 중 그것을 눈여겨본 사람은 아무도 없었을 게다. 그는 우리들에게 단지 '배씨 아저씨'일 뿐이었다. 하지만 이번에 만나면 꼭 이름을 물어보리라.

56번 국도를 타고 고개를 하나 넘어가고 있었다. 움직이는 것은 달리는 차와 그 속에서 무겁게 흔들리고 있는 '신의'뿐이다. 뜨거운 햇볕 속에서 모든 사물은 정지하여 조금씩 용해되고 있는 듯했다. 내 육신마저도 열기 속에서 조금씩 녹아들고 있다는 느낌이 이상하게도 편안함을 가져다주었다. 고개 중턱에 이르자 적막을 깨고 새의 울음소리가 들려왔다. 새가 찌르르, 찌르르··· 부리로 열기를 쫓아댔다. 그러자 내 뱃속에서도 꼬르륵거리는 소리가 나면서 시장기가 느껴졌다.

쏟아지듯 콸콸거리는 물소리가 가까이서 나고 있었다. 이 근처 어디쯤 계곡이 있는 모양이다. 온몸 가득 달아오르는 열기를 헹구고 뜨거운 갈증에 시달리는 목을 축여 가고 싶다. 그리고 개운한 기분으로 배씨 아저씨를 만나면 한결 쉽게 입을 뗄 수 있을 것 같다.

계곡 근처는 유원지가 되어 여기저기 방갈로가 눈에 띄었다. 철 이른 코스모스 위로 벌들이 윙윙거리며 날고 있었다. 나는 목적지 가까이 왔음을 깨닫고 차를 세웠다. 허름하게 생긴 간이음식점들이 줄지어 서 있었다. 어디를 들어가나 신통찮은 맛일 게 뻔하리라 생각하면서도 뱃속의 시장기를 달래려고 그 중 한 곳을 찾아 들어섰다.

벽에 붙은 차림표에는 파리들이 달라붙어 국수와 라면이 국과 면으로 보였다. 보글보글한 머리모양을 한 주인여자를 보며 라면을 시키려다 나는 얼른 국수로 바꾸어 주문했다. 한참 후에야 나온, 퉁퉁 불은 국수 위에 뿌려진 고춧가루를 젓가락으로 휘저으며 물었다.

"저, 혹시 배씨 할아버지라고, 벌 치면서 혼자 사시는 영감님 모르세요?"

"여긴 양봉장이 많긴 하다우. 노인 성함을 정확히 알면 동회에 가서 물어보면 대번에 알 수 있다우. 우리 같은 사람은 한철 장사하는 뜨내기들이라…."

그녀는 누구나 아는 뻔한 소리를 하며 어디에 쓸 것인지 무를 끝도 없이 채 썰고 있었다. "성함은 잘 기억이 안 나고…. 저, 한쪽 다리를 저는데요."

"도무지…. 이장님 댁에 가서 물어보시구려. 이 위쪽 길을 따라 죽 올라가면 언덕배기가 나온다우. 그 언덕배기를 넘어서면 바로 오른편에 남색 대문이 보인다우. 이만득이라는 문패가 크게 달려서 찾기 쉬울 거요. 이 동네일들은 그 양반이 훤히 꿰차고 있다고 들었소."

나는 담배까지 샀다. 오랫동안 굶었던 담배를 힘껏 빨아들이자 속이 확 트이는 기분이었다.

음식점 여자가 말하는 윗길은 비포장의 소로였다. 길 입구에 차를 세워두기 위해 시동을 끄자 흔들리던 '신의'도 비로소 그 움직임을 그쳤다. 나는 천천히 걸어 올라가기 시작했다. 약간 경사진 언덕배기 위쪽으로 청청히 자라나고 있는 풀들, 그 위로 바람이 흔들며 지나갔다. 한 무리의 아이들이 풀을 뜯어 날리며 달려가고 있었다. 오후의 햇살은 까맣게 그은 아이들의 팔다리에서 비늘처럼 반짝였다. 아아, 그들은 함성을 지르다가 순간 어디론가 사라지고 없었다.

몇 년 전 그를 마지막 봤을 때가 떠올랐다. 아들놈을 안고 있던 나는 그의 얼굴 위로 스쳐 지나가는 한 가닥 회한의 빛을 발견했다. 잠시 무춤해 하다가 나는 일부러 대수롭지 않은 듯한 투로 한마디 했다. 아저씨도 더 늙기 전에 새장가 드셔야죠. 내래 잡초같이 사는 놈이디. 자조하듯 웃는 그의 얼굴에 굵은 주름이 잡혔다. 그 주름은 그가 더 이상 젊지 않다는, 새로운 가정을 가지기에는 너무 늦어버렸다는 깨달음이 되어 내 가슴에 파고들었다. 주색잡기에 골몰한 아버지를 둔 탓으로 무슨 일이 있어도 평생 장가는 딱 한 번 가겠노라고 노모와 한 약속, 정말 그것 때문일까? 아니면 두고 온 처자식에 대한 미련일까? 먼 거리를 혼자 걸어가는 외로움이나 불편함을 그는 왜 굳이 모르는 척하려는 것일까? 나는 깊게 담배를 빨아들였다가 천천히 연기를 뿜어냈다. 이젠 분명 더 늙고 초췌해져 있을 그를 곧 만나게 될 것이다.

양봉장과 아저씨의 거처만 남기고 나머지를 팔까 해요. 사업을 시작하려구요. 월급쟁이 노릇, 그거 못하겠습디다. 저도 마흔을 훌쩍 넘기고 나니 제 일을 해야겠다는 욕심도 생기구요. 요즈음 여기 시가가 어느 정도예요? 아저씨가 좀 알아봐 주시겠어요? 나는 두서없이 입 안으로 중얼거려보았다. 아무래도 그를 앞에 두고 말할 자신이 없었다. 그가 양봉장과 거처까지 내놓으려고 할 것을 뻔히 알면서 어떻게 말을 꺼낸단 말인가. 아니에요, 아저씨, 저 그렇게 염치없는 놈은 아닙니다, 그건 아니라니까요, 하며 손사래를 쳐본들 상황이 달라지겠는가.

반쯤 열려진 푸른색 철대문 옆에는 진저리를 치듯 붉은 맨드라미가 타오르고 있었다. 그 대비가 삶과 죽음처럼 선명하게 느껴지면서 오싹한 기분이 들었다. 나는 내키지 않는 걸음으로 들어섰다. 머리가 하얗지만 건장하게 보이는 노인이 평상에 앉아 있었다.

"저, 여기가 이장님 댁 맞습니까?"

"그렇소만, 이장을 찾아왔소? 이젠 내가 이장 일을 안 보고 내 아들 놈이 보는데 …. 근데 지금 집에 없구만. 어디 먼 데서 오셨소?"

내 얼굴을 유심히 들여다보며 노인은 무엇인가 기억해내려고 애쓰는 듯했다.

"아, 네. 저어, 집을 찾으려구요. 혹시 벌치는 노인을 아세요? 배씨라고 이 근처에서 …."

그는 내 손을 덥석 잡았다. 꺼칠한 손끝에 축축이 땀에 배어 있었다.

"그렇지, 그렇지. 내, 언제라도 오리라 믿고 기다리고 있었네."

손이 잡힌 채 나는 노인을 멍하니 바라보았다. 내가 올 줄 알고 기다리다니? 혹시 이 노인은 나를 다른 사람으로 착각하고 있는 건 아닐까?

"또옥같네, 자네 부친하고. 들어설 때부터 어디서 봤던가 생각하고 있었네. 정 선생이 되살아나서 온 것 같으이. 자, 이리로 앉게."

아버지의 망령을 보는 듯한 표정을 비로소 풀고 그는 내게 평상에 앉기를 권했다. 나는 비현실적인 존재로 떠오르는 자신을 추스르며 엉거주춤 앉았다.

"어멈아, 손님 오셨다. 술상 좀 내와라."

부엌을 향해 소리치는 그의 음성은 의외로 카랑카랑했다. 나는 그의 음성에 눌려 아저씨를 빨리 만나고 서둘러 서울로 가야 한다는 말을 하지도 못하고 노인과 술 대작을 했다.

"그래, 배씨 영감을 찾아왔구만. 쯧쯧, 좀 일찍 올 것이지. 자네를 얼마나 보고 싶어했는데 …."

그는 잠시 내 눈을 쏘아보더니 막걸리를 가득 따랐다. 이게 무슨 이야기란 말인가. 사기그릇의 흰빛이 눈부시게 떨리면서 뿌연 막걸리가 제멋대로 출렁이고 있었다. 그러나 술잔을 받던 내 손은 순간 굳은 듯 꼼짝도 하지 않았다.

"몇 달 됐네. 저어기 산비탈에서 미끄러져 그만…. 며칠 비가 온 뒤끝이라 땅이 물렀거든. 평생 산에서 산 사람이…. 연락할 길이 없더구만. 그 자리에서 말문 닫고 읍내 병원에 옮기는 도중에 숨을 거두었네. 하다못해 수첩이라도 하나 있을까 뒤져봐도 있어야 말이지. 자네 집 내력은 환히 알고 있어도 주소나 전화번호를 모르니 방법이 없더구만. 날은 점점 더워오고…. 하는 수 없이 급하게 일을 칠 수밖에. 자네가 나타날 줄 알고 있었네. 해마다 가는 꿀이 안 가니 궁금해서라도 한 번쯤 발걸음을 할 줄 알았지. 그보다도 배씨가 자네를 그렇게 보고 싶어했으니 영혼이 있다면…."

가슴 밑바닥에서부터 번져오는 자디잔 물살 같은 떨림이 점점 크게 일렁이며 뜨거운 불꽃으로 변해 목구멍을 틀어막았다. 잠자코 나를 바라보던 노인의 눈빛도 흔들렸다.

"배씨를 안 지도 벌써 마흔 해가 넘었네. 여기 처음 봉장에 왔을 때부터 알고 지냈으니…. 그런 사람 없네. 한창때는 여기 큰 봉장에서 좋은 조건으로 데려가려는 데가 얼마나 많았는지 아는가? 그럴 수 없다고 딱 잘라 거절하며 몇십 년을 지켜왔지. 그렇게 그 젊은 시절 다 보내고…."

노인은 술을 철철 넘치도록 따라서 단숨에 들이켜고는 내게 권했다.

"나중에 자네 집에서 더 이상 돈을 안 대니깐 있던 인부들 다 내보내고 혼자서 힘들게 했지. 물론 벌을 확 줄이고 아주 영세적으로…. 벌이라는 게 한 번씩 목돈이 들지 않는가? 그걸 감당할 형편이 못 되었지."

나는 그제야 어머니가 내민 조건의 허점을 깨달았다. 나나 어머니는 그게 그를 힘들게 할 것이라는 것조차 몰랐으니 ….

"저흰 그런 줄도 몰랐습니다. 직접 하지 않으니까 자세한 상황을 짐작도 못 했지요. 그런 말씀이라도 하셨더라면 ….”

"그 사람이 어디 그럴 사람인가? 사십 년 전에 자네 부친이 한 부탁을 들어주기 위해 평생 여기 양봉장에 몸 바쳐 온 사람이네. 불평 한 마디 없었지. 물론 후회하는 눈치도 내비친 적이 없었고.”

내 앞에 놓인 그릇에 술을 마저 채우고 그는 벌컥벌컥 마시기 시작했다.

"부탁이라뇨? 저희 아버지께서 어떤 부탁을?"

약간 불그스름한 눈언저리 주위에 가는 주름을 잡으며 그는 나를 넌지시 바라보았다.

"자네 부친이 세상 뜨기 얼마 전에 여기를 왔었네, 많이 상하고 수 척해진 얼굴로. 종종 그랬던 것처럼 배씨랑 나, 이렇게 셋이 둘러앉 아 술을 한잔했지. 처음부터 그날은 뭔가 좀 심상찮은 기색이었네. 그렇더니 배씨더러 양봉장과 어린 자네를 부탁한다고 …. 그때 이미 자신이 갈 때를 정확히 알고 있었네. 연로하신 아버님과 세상물정 모 르는 아내를 믿고 쉽게 눈이 감길 것 같지 않다면서 그러더구만. 우 리 훈이 부탁하네. 오며가며 잘 보살펴주게나, 자네 아들이라 생각하 고 …. 목이 메어 더 이상 말 못하는 자네 부친하고 배씨가 부둥켜안 고 얼마나 울었는지 …. 지금도 눈에 선하네.”

간간이 쉬어가며 나직하게 말하는 그의 목소리가 내 귓바퀴에서 낯 선 음향으로 떨리고 있었다. 내 앞에 앉은 이 노인은 누구인가? 까마 득히 먼 시간을 불러내서 내 가슴을 떨리게 하는 이 노인은 누구인 가? 배씨 아저씨가 절룩거리며 다가와 내 귀에서 속살거린다. 훈아, 내 아들 해삐리자. 나는 뿌연 막걸리 위에서 흔들리는 아저씨의 얼굴을 내려보다 남은 술을 단숨에 들이켰다.

"화장했네. 뒷산을 끼고 흐르는 강에다가 뿌렸지. 후사도 없는 사람이니…. 장가는 안 가더라도 어떻게 아들 하나는 만들어 두어야지, 그럴라 치면 훈이가 훌쩍 컸습디다요, 훈이가 이번에 고등학교에 들어갔습디다요, 해가면서 말을 막았지. 미련한 사람 같으니라구, 평생 미련하게 살다간 사람."

그는 자리에서 벌떡 일어났다. 머릿속이 뒤죽박죽인 채로 나는 엉거주춤 따라 일어섰다. 그는 고무신에 누런 황토흙을 묻히면서 가파르고 구불구불한 산길을 잽싼 걸음으로 앞장서 가고 있었다. 나는 행여 그를 놓칠세라 숨을 헐떡거리며 따라갔다.

산기슭에 자리잡은 외딴집. 금방이라도 무너져내릴 듯 엎드린 집 위로 오후의 햇볕이 더글더글 들끓고 있었다. 저놈의 햇볕 때문에 집이 무너지고 말 거야, 나는 엉뚱하게 햇볕에다 적의를 품었다.

"십 년 전에 내려앉아서 새로 지었는데 이 모양일세그려. 들어가 보세."

아무도 살지 않는 집의 마당 한가운데 일년초들이 가득 피어 있었다. 마구 자라난 잡초들 틈에서 갖가지 색으로 싱싱하게 피어난 꽃들은 마치 요기를 품어내고 있는 듯했다. 노인이 방문을 밀었다. 서늘한 기운이 훅 끼쳐 왔다. 아무것도 없는 방 안, 벽에 흑백사진 한 장만 붙어 있었다. 누렇게 빛바랜 사진에 잠시 눈을 주며 그는 내게 말했다.

"저 사진은 없애기가 뭣해서 그냥 두었네. 저때가 아마 자네 부친이 세상 뜨기 바로 한 해 전일 걸세. 동네 청년들하고 유품정리를 하려고 했네만 … 뭐, 할 게 있어야지. 본시 벌통하고 벌 빼면 아무것도 없는 사람이었으니까."

나는 사진 속으로 빨려 들어가고 있었다. 청년 둘이서 벌통을 안고 찍은 사진이었다. 벌은 주위를 빽빽이 둘러싸고 있지만 그들은 이빨을 드러내며 환히 웃고 있다. 이제 저승에서 저렇게 나란히 서서 웃고 있을까? 나는 희미하게 기억하고 있는 아버지 얼굴을 찾아보기 위해 사진 앞으로 바싹 다가갔다. 놀랍게도 아버지의 얼굴이 선명하게 되살아났다. 하지만 그 얼굴은 영락없이 아저씨의 얼굴이 아닌가! 나는 자신의 순간적인 착각에 어이없어 하면서 둘을 구분하기 위해 한참 동안 사진을 뚫어지게 들여다보았다. 낡고 누렇게 변색된 사진은 이미 초점이 흐려 있었다. 그 흐릿함은 서로 다른 두 사람을 똑같은 사람으로 만들어 놓았다. 노인은 천천히 마당으로 나가면서 말했다.

"남은 벌통과 벌은 우리 아들놈이 보살피고 있네. 본래 영충이라 주인 잃은 줄 알고 있네. 그래선지 영 신통찮아, 얼마나 가려는지 … 이제 겨울 닥치면 월동준비도 해야 할 텐데."

집 앞에 망연히 서 있는 나를 보고 노인은 집에 들러 하룻저녁 쉬어가라고 했다.

"아닙니다, 오늘 저녁 여기서 하룻밤 지낼까 합니다. 다음에 기회 있으면 꼭 들르겠습니다. 고맙습니다."

일정을 바꾸어 아저씨의 망령과 하룻밤 지내기로 하고 나는 노인에게 정중하게 인사했다. 그는 내게 손을 흔들며 빠른 걸음으로 비탈길을 내려가고 있었다. 나지막한 외딴집 지붕 위로 벌들은 붕붕거리며 날아다녔다.

"벌은 얼매나 약속도 잘 지킨다고. 몰랐디야? 지들 사이에 맨들어 논 약조를 안 지키면 한꺼번에 뎀벼들어 물어 쥑이디야."

배씨 아저씨의 낯익은 음성이 들렸다. 나는 비로소 아저씨의 이름을 알 것 같았다. 봉우! 벌친구, 평생 벌과 더불어 살다간 사람. 그만큼 그에게 적당한 이름이 어디 있겠는가.

나는 여기서 분명 또 한 분의 아버지를 만났다. 하지만 그를 위해 아무것도 할 수가 없다. 큰 은혜를 입은 줄 뒤늦게 알고 갚아보려 허둥거리지만 이미 갚을 상대도 방법도 없다는 것을 깨닫고 느끼는 서글픔, 그 서글픔이 지금 내 발목을 잡고 있다.

오후의 햇살이 약간씩 기울고 있는 강 위를 나는 안타까이 바라보았다. 한줌의 가루가 되어 흘러간 그의 흔적을 뒤늦게나마 찾아보려는 듯 나는 강으로 향해 온몸을 굽혔다. 시간의 강이 거꾸로 흘러 한 마흔 해쯤 전으로 되돌린다면, 젊은 청년이었던 그의 등에 얼마든지 덥석 업힐 수 있었을 텐데…. 아니, 불과 몇 달 전이었다 해도 아직 젊은 내가 기꺼이 그를 업을 수 있었을 텐데…. 아쉬운 마음을 달래보다 나는 아버지에게 다짐했다.

"아버지, 임야 만 평은 제 것이 아닙니다. 굳이 임자를 따진다면 그분 것이지요. 제가 괜한 욕심을 부려본 것입니다. 이제 아버지께서 가르치신 덕목들을 꼭 지키면서 열심히 살겠습니다. 잘 지켜봐 주십시오. 그리고 두 분의 명복을 늘 빌겠습니다."

벌떼들이 날개음을 내며 여전히 날고 있었다. 그것들을 한참 바라보다가 나는 부쩍 자란 나무 그림자를 옆구리에 끼고 외딴집으로 천천히 발걸음을 옮기기 시작했다.

겨울 무지개

강 위로 햇살이 쏟아진다. 비늘을 반짝이며 송어는 물살을 타고 논다. 현악기들의 낮은 속삭임을 제치고, 높고 맑은 피아노 음이 수면 위로 뛰어오르는 송어처럼 통통 튀기 시작한다. 그러나 내 잇몸의 신경은 조금씩 둔해지고만 있다. 나는 진료의자에 체중을 맡기고 실내의 여기저기로 계속 시선을 준다.

파스텔톤의 벽과 천장, 정돈된 의료기구들, 의사와 간호사들의 비취색 가운, 벽 위의 그림들, 그리고 경쾌하게 울리는 슈베르트의 송어. 이 모든 것들은 '낙원치과'라는 이름답게 진료실을 낙원으로 만들려고 노력한 흔적들일 것이다. 그러나 이곳은 내게 결코 낙원으로 여겨지지 않는다, 삼 년 동안 내가 온갖 정성으로 가꾼 집을 남편과 딸애가 낙원이라 여기지 않듯이. 나는 짧게 한숨을 내쉬었다.

"기둥을 세운 후에야 크라운을 씌울 수 있겠군요. 남은 부분이 얼마 없어놔서요. 으음, 이 사진 좀 보세요. 흰 부분이 이렇게 있는 걸로 봐서 신경치료를 하긴 한 모양인데, 워낙 오래 전인 것 같아서 다시 해야겠습니다."

잇속이 적나라하게 드러나는, 손가락 두 마디쯤 되는 크기의 엑스레이 사진을 진료대 위에 놓고 의사는 진료카드를 다시 훑어보았다. 좀 전 진료카드를 기록할 때 심정이 되살아났다. 나이, 성별, 주소, 병력, 임신의 여부…. 임신이라는 사실을 처음으로 알리는 상대가 낯선 병원의 진료카드라는 것과 임신을 달가워할 수 없는 현실들이 서글픔으로 다가왔다.

"언제쯤 한 거죠?"

"이십 년도 더 됐어요."

나도 모르게 목소리가 무겁게 울렸다.

"정말 오래 됐네요. 보통 한 십 년쯤 가거든요. 아주 야무지고 꼼꼼하게…."

야무지고 꼼꼼한 솜씨로 검게 썩은 이 위에 은빛으로 빛나는 왕관을 씌워주었던, 고향 마을의 치과 의사를 나는 또렷하게 기억한다. 반백의 머리에 몸집이 땅딸막했던 그는 끼고 있는 동그란 안경처럼 입가에는 동그란 미소를 늘 달고 있었었다, 무남독녀인 그의 딸이 결혼하기 전까지는. 하지만 무슨 연유인지 그 딸이 팔 개월 만에 친정으로 돌아와 병원 접수창구 앞에 앉고 난 뒤부터 그의 입가엔 미소 대신 깊게 팬 주름이 자리잡게 되었다. 그러나 그의 솜씨만은 변함이 없다고들 했다.

의사는 입 안에 기구를 넣고 한참 딸그락거리다가, 석션이라고 간호사에게 지시했다. 곧이어 쌔액쌔액 소리가 나기 시작했다. 나는 입을 벌리고 푸른 기가 도는 벽만 바라보았다.

눈앞에는 푸른 강이 찰랑거린다. 그 위로 한여름의 햇살이 부서진다. 낡은 이층 목조건물의 대기실 창 밖으로 보이던 강을 떠올리며 나는 아픔을 참아내려 한다. 그악스럽게 울어대는 매미소리와 함께 벌레 먹은 부위를 갈아대는 기계소리. 결국 나는 통증을 참지 못해 비명 대신 하얀 하복 블라우스 아래로 드러난 팔을 꼬집는다. 엄마는, 다 자란 여중생이 아프다고 소리 따위를 지르는 것은 남부끄러운 짓이라고 말했었다. 조용히 치료를 받고 나오자 엄마는 내게 만족스런 웃음을 지어 보인다. 희고 갸름하게 생긴 여자가 접수창구 앞에서 거스름돈을 내주며 낮은 목소리로, 잘 가라고 인사한다. 엄마는 대답 대신 치마꼬리를 획 낚아채고 계단을 다 내려와서 내뱉듯이 매몰차게 말한다.

"고만큼 부모 오장육부를 뒤집어놓고 결혼했으믄 이를 악물고라도 끝까지 살아야 할 게 아냐? 하여튼 애물단지야."

그녀의 결혼을 두고 떠돌던 여러 풍문 중에서 무슨 이유인지 유독 부모 반대를 들추어내는, 엄마의 쨍쨍한 음성은 한여름의 햇빛 속에서 비수가 되어 번뜩거린다. 그것은 지독한 기억으로 오랫동안 내 뇌수에 박혀 있으리라는 예감에 나는 잠시 숨을 멈춘다.

"마취가 깨면 아플 거예요. 심하면 이 약을 드세요. 임산부한테두 괜찮은 진통제거든요. 그리구 모레 또 나오세요."

간호사가 내미는 약봉지를 받아들고 병원 문을 나섰다. 그러나 갈 곳을 못 정해 나는 붉은빛의 신호등 앞에 멈춰 서서 망연히 거리를 바라보았다. 겨울이 빨리 오리라는 기상대의 예보처럼 11월 중순의 거리에는 벌써 냉기가 감돌고 있었다. 종아리에 와 닿는 싸늘한 기운에 나는 어깨와 가슴을 움츠렸다. 다가올 겨울이 두려웠다. 더 정확하게 말하자면, 겨울의 그 어디쯤에서 감행하게 될지 모르는 이혼을 두려워하는 것이리라. 그러나 나의 우유부단함으로 끝내 이혼조차 그르치게 될까봐 또한 두렵다. 엄마의 말처럼 부모 오장육부를 뒤집어놓고 한 결혼이었지만 이를 악물고 끝까지 살아갈 자신도, 그만둘 용기도 내겐 없다. 이런 자신이 못마땅해 나는 진저리치듯 온몸을 부르르 떨고는 중얼거렸다. 이제야 두렵다니, 기가 막혀. 정작 두려워해야 할 때는 그냥 지나쳤으면서 …. 열두 살 연상에, 애까지 딸린 사람과의 결혼을 어떻게 두려운 줄도 모르고 결정했느냐구? 그새 바뀐 푸른빛의 신호등은 딱하다는 듯 나를 바라보며 깜빡거렸다. 나는 무작정 횡단보도를 건넜다.

보도블록 한쪽 구석에 옹색하게 자리잡은 노점. 갖가지 고운 색의 헤어밴드와 헤어핀을 늘어놓고 있었다. 화려한 빛깔에 대한 갑작스런 갈급증으로 나는 급하게 그쪽으로 걸어가 이것저것 만지기 시작했다. 등에 업혀서 칭얼거리는 아이를 달래느라, 노점상인은 나를 모른 체하고 있었다. 허리를 굽혀서 한참 고르다가 노란색의 큰 집게 핀과 분홍색의 헤어밴드를 나도 모르게 손에 쥐어보았다. 그러다 나는 짧게 자른 선아의 머리를 뒤늦게 떠올리고는 슬그머니 자리에서 일어섰다. 왜, 맘에 드는 게 없수? 그제야 내게 말을 거는 노점상인을 뿌리치듯 나는 뒤도 돌아보지 않고 걸음을 빨리 했다.

"내 머리는 앞으로 내가 빗을 거예요."

선아의 앙칼진 음성이 귓등을 후려쳤다. 아침마다 내가 곱게 땋아 내렸던 그 애의 긴 머리는 귀 바로 아래서 단발머리가 되어 나풀거렸다.

"먼저 엄마랑 상의를 했더라면 더 좋았을 …."

"싫어요, 선생님."

방문을 꽝 닫고 제 방으로 들어가 버렸다. 그 애는 결정적인 순간에 꼭 내게 선생님이라는 호칭을 씀으로 해서, 자신의 학습지 방문교

사였던 것을 결코 잊지 않게 해주었다. 그럴 때면 나는 아버지의 가슴에 박아놓은 커다란 못을 떠올리며 동시에 내 가슴으로 생생하게 전해져 오는 통증을 느낀다.

"서른이 넘도록 엔간히 골라쌓더니, 겨우 남의 후췻자리냐? 그것도 애까지 딸린…. 허어, 이거야 참, 원. 이 꼴 볼까봐 니 어미가 그렇게 급히 눈감았나? 나도 절대로 못 본다. 저영 가고 싶거들랑 나 죽고 난 뒤 가. 인제 내가 살믄 얼마나 더 살겠냐? 무슨 꼴 더 보자구…."

매일 복용하던 혈압강하제와 이뇨제를 딱 끊어버린 아버지는 원하던 대로 결국 내 결혼식을 볼 수 없게 되었다. 그때 분노로 터져버린 아버지의 뇌혈관처럼 이젠 내 가슴도 분노로 터지려고 한다.

결혼생활 삼 년, 그건 오로지 죽은 전처가 남긴 흔적들을 지우는 데 보낸 시간이었다. 그럼에도 불구하고 결코 없어지지 않는, 그 흔적들 앞에서 이제 나는 당혹해할 기력조차 없다. 내가 버린 물건들이 며칠 후에 본래의 자리를 지키고 있는 것을 발견할 때의 그 섬뜩하고 쏩쓸한 기분이란…. 똑같은 물건을 구하기 위해 세상 끝까지라도 찾아다닐 그와의 게임은 처음부터 시작하지 말았어야 했다. 이제 나는 전처가 살아 있다는 걸 인정할 수밖에 없다. 죽었어도 영원히 살아 있는 전처와 살아 있어도 죽은 것과 같은 후처, 어느 쪽이 더 나은 처지인가를 그에게 따져 묻는 것조차 헛되고 어리석은 짓이리라. 이제 터지려는 가슴을 내보이며, 아버지가 옳았다고 한다면 용서받을 수 있을까? 아아, 아버지.

하오의 햇살은 차창 위에서 머뭇거리고 있었다. 약간 뿌옇게 흐려진 창을 손가락 끝으로 문지르자 환한 햇빛 속에서 차갑고 투명한 느낌으로 다가오기 시작하는 길과 나무와 집. 그것들은 옛 모습 그대로였다. 하지만 삼 년 만에 화명시로 가고 있는 내 모습은 한 세상의 풍상을 한꺼번에 다 겪어낸 듯한 몰골이리라. 눈가와 콧등 위에 검은 꽃처럼 피어나는 기미와 까칠까칠한 피부 위로 잡히기 시작하는 잔주름들로 변모된 내 모습. 그러나 선아의 수첩 안에서 전처는 언제나 청순한 모습으로 환하게 웃고 있다. 갑자기 구역질이 울컥 치밀어 올랐다. 얼마 전에 끝난 듯한 입덧이 또다시 시작되려는가? 버스는 급커브를 돌아 내리막길을 내려가고 있었다. 나는 끝없이 아래로 추락하는 기분이 되어 빠른 속도로 힘을 잃어가는 짧은 겨울 해를 바라보았다.

저녁 어스름이 깔린 아파트의 놀이터에 아이는 오도카니 혼자 앉아 있었다. 멀리 시선을 주고 있는 아이는 내가 가까이 다가가는 기척을 전혀 못 느끼는 눈치였다. 나는 가만히 곁으로 다가가 아이의 시선이 머물고 있는 쪽을 바라보았다. 짙은 남빛의 하늘 위에 하나 둘 별이 돋아났다. 아이의 눈에서 눈물이 반짝거렸다. 순간 내 가슴속으로 외롭고 정결한 영혼 하나가 빛을 반짝 내며 들어왔다.

"선아야, 여기 있었구나. 이런 줄도 모르고 선생님은 한참이나 벨을 눌렀지 뭐니? 어서 들어가자."

차가운 바람에 싸늘해진 선아의 손을 잡아끌었다. 선아는 마지못한 듯 자리에서 일어나며 말했다.

"선생님, 사람이 죽으면 정말 별이 될까요? 제 짝이 그랬어요. 틀림없이 우리 엄만 별이 됐을 거라구요. 진짜래요."

눈물이 가신 눈으로 선아는 나를 말끄러미 올려다보았다.

"그으럼, 선생님 엄마도 별이 되신걸. 벌써 삼 년 전에⋯."

삼 년 전, 엄마가 갑작스럽게 떠났을 때의 충격이 생생하게 되살아났다. 그 순간 밝고 높은 목소리가 울려났다.

"정말이에요?"

246

선아는 내 손목을 잡고 높이 흔들며 빠른 걸음으로 집을 향해 걷기 시작했다. 아마 이번 주에도 선아는 역시 교재를 다 해놓지 않았으리라. 정해진 요일에 한 번씩 방문해서 앞 주에 내준 교재를 다 했는지 점검하고 새로운 교재를 내주는 게 내가 맡은 임무였지만, 다 하지 못했다고 해서 나는 선아를 나무라지 않았다. 단지 조금씩 양을 더 늘려갈 수 있도록 선아를 도와주려고 나는 애썼다. 초등학교 1학년 때부터 지나친 부담으로 학습에 대한 흥미마저 잃게 될까봐 염려스러웠기 때문이었다.

"아빠, 언제 왔어?"

몸집이 큰 남자가 허리와 등을 잔뜩 구부린 채 싱크대 앞에서 쌀을 씻고 있었다. 싱크대는 남자의 큰 키에 비해 지나치게 낮았다.

"넌 여태 어디 가 있었냐? 찾으러 막 나갈 참이었다. 걱정이 돼서….."

하지만 조금도 불안해하는 기색이 느껴지지 않는, 느리고 편안한 말투였다. 남자는 수도꼭지를 세게 틀어 쌀을 헹구고 있었다. 그의 손끝에서 튀는 물방울은 노란 불빛을 받아 마치 금빛 가루가 사방으로 흩날리는 것처럼 보였다. 갑자기 훔쳐보고 있다는 느낌이 들어서 나는 서둘러 말을 건네려고 했다.

"저어….."

세차게 흘러내리는 물소리에 내 말은 지워졌다.

"아빠, 재원수학 선생님이야."

선아가 악을 쓰듯 크게 소리를 질렀다. 그제야 뒤를 돌아보던 그는 두르고 있는 에이프런의 선홍빛처럼 얼굴을 붉혔다. 지나치게 민망해하는 그의 모습에 내 얼굴까지도 달아올랐다.

"마땅히 살림할 사람이 없어서….. 이거, 인사가 늦었습니다. 한 번 만나뵈려고 했습니다만, 항상 제 퇴근 전에 다녀가시는 바람에 … ."

"아, 네에. 저도 될수록 계실 때 방문드리려고 시간을 조절해보는 중이었어요. 상의를 해야 할 때가 종종 있어서요."

붉었던 얼굴들이 제 본래의 색을 찾고 있었다.

새로 들어가는 두 자릿수의 덧셈에 대해 설명을 듣다가 선아는 엉뚱한 소리들을 늘어놓기 시작했다. 우리 아빠도 선생님이세요. 아파트 바로 옆에 있는 대성고등학교 아시죠? 거기 미술 선생님요. 저 그림도 아빠가 그렸어요. 침대 위의 벽에 걸린 그림을 손가락으로 가리켰다. 항상 혼자 집을 지키다가 나를 맞았던 선아는 아빠를 보여주게 되어서 무척 흥분되는 모양이었다. 나는 그런 선아를 향해 웃어주고는, 그동안 한 번도 눈여겨본 적이 없었던 그림을 자세히 들여다보았다. 아기를 안고 있는 여인의 모습을 그린 크로키였다. 몇 개의 선으로 간단히 처리되어 있어서 아기나 여인의 표정은 잘 드러나지 않았지만 전체적인 분위기가 조용하고 편안한 느낌을 주는 그림이었다. 좋은데, 한마디 해주고 나는 스티커를 학습판에 몇 개씩이나 붙여주면서 다음번 교재를 다 끝내놓을 걸 당부했다. 선아의 방을 나서니 집안 가득 된장찌개 냄새가 풍기고 있었다. 그 구수한 냄새에 왜 그렇게 목이 메어오는지 나는 도무지 알 수가 없었다. 잘 가라고 인사하는 그에게 제대로 대꾸도 못하고 밖으로 나왔다. 불어오는 바람에 날리는 머리카락과 코트자락을 연방 매만지면서 나는 선홍빛 에이프런과 그의 손끝에서 튀던 물방울, 된장찌개 냄새를 끊임없이 떠올렸다.

어둠과 정적만이 깔린 자취방으로 돌아와 서둘러 불을 밝히고, 나는 무슨 소리든 내어보려고 했다. 그러나 내 목구멍은 알 수 없는 슬픔으로 꽉 닫혀서 아무런 소리도 내지 못했다. 그 대신 잘 가라고 하던 그의 쓸쓸한 목소리가 방 안의 정적을 걷어내고 내 귓가에서 오랫동안 맴돌았다.

버스는 화명시에 도착하기 전의 마지막 정류소에서 서너 명의 손님을 태우고 낯익은 산길을 굽이굽이 돌아가고 있었다. 옅은 잿빛을 띠고 조금씩 어두워져 가는 하늘을 배경으로 하고 서 있는 황량한 산의 모습은 육탈이 끝난 거대한 짐승처럼 보였다. 그 산 위로 떠도는 바람의 형체를 보고자 나는 차창에 바싹 얼굴을 갖다 댔다, 마치 내 마음의 형체를 보려고 애쓰는 듯이. 그러나 바람은 보이지 않고 음울한 짐승의 울부짖음만이 내 가슴에서 울렸다. 어쩌면 그것은 바람소리라기보다 뱃속에서 자라고 있는 생명이 내지르는 소리일지도 모른다. 자신을 제거하려고 마음먹는 어미를 향해 통탄하는 소리. 순간 나는 잊고 있던 이의 통증을 느끼기 시작했다. 욱신거리며 아픔이 전해오는 왼쪽 뺨을 나는 손바닥으로 눌렀다. 진통제를 먹어두어야 하리라.

집을 나서면서 치과와 산부인과 중 어디를 먼저 가야 할지 정할 수 없어서 한참이나 망설였다. 흉측한 몰골을 드러내고 있는 썩은 이와 차라리 태어나지 않는 편이 나을 듯한 아이. 그 어느 쪽부터 처리해야 하는가를 정말 알 수가 없었기 때문이었다. 결국 먼저 눈에 띄는 병원의 간판을 보고 들어가기로 한 뒤, 바로 발견하게 된 '낙원치과'. 그 순간 반가움과 안도감을 느꼈던 이유는 무엇일까? 그것은 아직도 남아 있는 미련 때문일까, 아니면 낯설게 다가올 또 다른 상황에 대한 두려움 때문일까? 지난밤에 그가 내뱉은 말은 그대로 내 가슴에 담겨 있는데 ….

"이 아파트는 선아 엄마가 사온 거야."

난데없이 은행으로부터 날아온 가압류통지서를 폭발물 취급하듯 조심스럽게 펼쳐서 들여다보는데 그가 대뜸 내게 한 말이었다.

"뭐라구요? 그래서 선아 엄마가 못 되는 나는 이걸 들여다볼 자격도, 걱정할 자격도 없단 말이에요?"

분노로 떨고 있는 내 손아귀에서 폭발물은 제 기능을 다 발휘했는지 와락 구겨져서 방바닥에 툭 떨어졌다.

"무슨 말을 그렇게 해? 내 말뜻은…. 아냐, 됐어. 처남이 하도 보증 서 달라고 하는 바람에…. 아마 잘 해결될 거야. 처남이 워낙 능력이…."

"물론 내게는 한마디 의논도 할 필요가 없었겠죠. 자꾸만 처어남이라니까 헷갈리네요, 우리 오빠랑. 정말 기가 막혀."

아무리 이죽거려보았자 소용이 없었다. 그는 이미 신문을 펼치고 있었다. 활짝 펼쳐진 신문은 언제나 그에게 훌륭한 방패가 되어주었다. 그래서 그를 향해 쏘아대는 분노와 비탄의 화살은 내 가슴에 도로 꽂히곤 했다.

그와 더 이상 상대할 수 없게 되자 나는 생소한 느낌이 드는 압류라는 단어를 소리내어 보려 했다. 그 순간 압이라는 음절은 내 숨통을 강한 힘으로 틀어막았다. 그리고 곧이어 온몸에 와 닿는 섬뜩함. 나는 비로소 깨달았다, 압류당한 집을 걱정할 게 아니라 압류당한 내 인생을 걱정해야 한다는 걸. 그와 선아는 물론 죽은 전처에게까지 휘둘리며 살아가는 내 처지가 한심스러워지면서 뱃속의 아이가 염려되었다. 태어날 아이에 대해 단 한마디 말도 꺼내보지 못할 만큼 그는 은연중에 내게 아이를 원하지 않는다는 의사를 내비쳤던 게 아니었을까? 그래서 나는 자신도 모르게 그 앞에서 입덧을 숨기려고 갖은 애를 다 썼는지도 몰랐다. 밤마다 베개를 안고 안방 침대 위를 기어오르는 선아를 꼭 안으면서 그는 말하곤 했다.

"아빤 우리 선아만 옆에 있음 돼. 아무렴, 선아말고 또 뭐가 더 필요하겠어? 넌 이 세상에 영원히 하나밖에 없는 아빠의 분신이야. 알아?"

선아의 뺨에 쪽쪽 입 맞추는 소리를 들으면서 나는 베개를 안고 선아의 방으로 갔다. 사실 거기서 훨씬 편하게 잘 수 있었다. 내 발이 닿기라도 하면, 소스라치게 놀라 침대 한쪽 구석에서 웅크리고 있는 그를 옆에 두고 나는 결코 깊이 잠들 수 없었다. 그가 필요로 한 것은 살림하기에 마땅할 사람이었으리라. 차를 끓여주고, 저녁식사를 대접하고, 때로는 엄마 없는 선아의 외로움과 슬픔에 대해 이야기하고, 쓸쓸하고 간절한 표정으로 안주인 없는 집의 썰렁함을 하소연하곤 했던 것은 살림하고 애 돌볼 사람을 구하기 위한 그 나름대로의 한 방법이 아니었을까? 거기에 말려들어 잘못된 결정을 했던 것은 어쨌든 나였다. 이제 그걸 시정할 수 있는 사람 또한 나뿐이다.

완전히 어두워진 거리에는 첫추위를 몰고 오는 바람이 불어댔다. 그 바람을 막기에는 입고 있는 재킷이 너무 얇았다. 견딜 수 없이 시려오는 등을 느끼면서 안방 옷장 안에 걸어둔 외투 생각이 간절하게 났다. 알록달록한 색의 두툼한 외투. 그것이 있어야만 긴 겨울을 견뎌낼 수 있으리라. 어쩔 수 없이 얇은 재킷 속에서 한껏 몸을 움츠리며, 마치 천 년의 세월을 지나온 듯한 아득한 느낌이 되어 낯익은 거리를 걸어가고 있다. 어둡고 가파른 언덕 위의 가로등은 여전히 희미하게 회색 대문을 비추었다. 잊었던 기억을 되살리며 어릴 때의 습관처럼 엄마를 부르려던 목구멍에서 뜨거운 기운이 세차게 북받쳐 올랐다. 겨우 손으로 더듬거려 초인종을 눌렀다.

"어머나, 아가씨네. 연락도 없이 … 이렇게 오랜만에 … ."

어둠 속에서 올케의 표정을 자세히 살피기는 힘들었다. 다만, 목소리에서 놀라움과 불안이 뒤섞여 났다. 삼 년 만의 갑작스런 방문은 분명 예사롭지 않은 일이라고 느끼는 모양이었다.

"저어, 후배 결혼식에 들렀다가 … ."

마치 못 올 데를 온 것처럼 거짓말까지 해가며 허둥거리다가, 어깨 위에 메고 있던 작은 숄더백을 앞으로 내려 양손으로 꽉 움켜잡았다. 오래 머무르기 위한, 그 어떤 준비도 없다는 걸 보여주기 위해 나는 과장된 몸짓까지 할 필요를 느꼈던가? 올케의 뒤를 따라 집안으로 들어가면서 나는 마당을 가로질러 불어오는 바람소리와 함께 낮은 안도의 한숨소리를 들었다.

"그래, 그동안 어떻게 지냈어요?"

아버지를 저렇게 만들어 놓고라는 말을 올케는 용케도 참아냈다. 이혼을 생각하고 있다는, 염치없는 대답 대신 나는 가장 묻기 거북한 아버지의 안부를 더듬거리며 물었다.

"아버지는… 아, 아버진 좀 어떠세요?"

아무런 대답이 없던 그녀는 아버지의 방 앞에서 발을 멈추었다. 틈새 없이 꼭 닫힌 문은 이미 차갑게 식어버린 아버지의 분노처럼 느껴졌다.

"이젠 의식마저 없으세요. 이대로 얼마나 더 계실지….."

캄캄한 어둠 속에 누워 있던 아버지는 갑자기 환하게 들어오는 불빛에도 아무런 미동을 하지 않았다. 올케의 말이 아니더라도 그는 이미 죽음의 길목에 서 있음을 한눈에 알 수 있었다. 살가죽만이 남은, 허옇게 살비듬이 일어나는 그의 손을 나는 꽉 쥐어보았다. 까칠까칠한 촉감과 함께 미지근한 온기가 전해져 왔다. 아직도 숨을 멈추지 않았다는, 유일한 증거인 그 기운을 좀더 생생하게 느끼고 싶어서 내 뺨에 대고 문질러보았다.

"봐아, 아직도 따끈따끈하지? 막 달려왔지 뭐냐?"

턱까지 차오르는 숨을 내쉬며 아버지는 군고구마 봉지를 내 손에 쥐어주었다. 그러나 그의 말과 달리, 군고구마에는 그의 체온처럼 느꺼지는 미지근한 기운만 남아 있었다. 집을 떠나 있는 동안, 나는 목이 메도록 군고구마를 먹으면서 그 미지근한 기운을 얼마나 그리워했던가. 나는 아버지의 손을 여전히 꼭 쥔 채 요 밑에 넣어보았다. 방바닥에서 거의 온기가 느껴지지 않았다. 그것을 알아차린 올케는 변명할 기회를 놓칠세라 다급하게 말하기 시작했다.

"욕창에는 방바닥이 차야 해요. 그래서 ⋯."

그녀의 말을 귀 밖으로 흘리며 나는 문갑 위에 놓인 사진틀 속의 아버지를 바라보았다. 젊고 당당한 모습의 아버지는 자신만만한 웃음을 짓고 있었다. 옆에 놓인 수많은 트로피와 감사패들과 함께 ⋯. 사라진 그의 의식은 저 시간들 속에서 머물고 있으리라, 때때로 나도 돌아가고 싶어하는 저 시간들 속으로.

"어엄마, 엄마 ⋯. 여보."

오빠와 조카들이 한꺼번에 들이닥치는 소리와 함께 짙은 어둠 속에서 고즈넉이 가라앉았던 집안의 분위기가 돌연 어수선해지면서 활기를 띠기 시작했다. 그새 좀더 늙어버린 오빠와 몰라보게 쑥 자라난 두 조카애들이 안으로 들어왔다. 그들이 나를 보고 잠시 말을 잊은 동안, 나는 그들의 손에 들려져 있는 꽃바구니와 케이크를 보았다. 그것들은 더할 나위 없이 곱고 화려했다. 못 올 데를 왔다는 느낌이 차갑게 가슴을 훑고 지나갔다. 이어서 찌르는 듯한 아픔이 어금니에서 느껴졌다.

"어쩐 일이냐? 연락을 딱 끊어버리더니."

"후배 결혼식에 갔다가 ⋯. 애들이 많이 자랐군요. 이리 와봐, 예림이는 이제 고모만하겠다. 어머, 다림이는 더 통통해졌네."

천연덕스럽게 말하며 나는 면구스러움을 잊기 위해 아이들의 손을 하나씩 끌어당겼다. 그제야 아이들도 낯설고 어색한 표정을 풀더니 재잘거리기 시작했다.

"고모, 오늘 아빠 엄마 결혼기념일이다. 몰랐지?"

그렇구나. 십오 년 전 이맘 때였지라고 중얼거리는데, 예림은 내 얼굴을 빤히 들여다보고는 걱정스럽게 말했다.

"근데 얼굴이 많이 야위었어. 그치, 고모? 어디 아팠어?"

왈칵 쏟아지려는 울음을 참느라 나는 예림의 손을 꼭 쥐었다. 그때 부엌에서 올케가 크게 소리쳤다.

"식사들 하세요."

정갈하고 조촐하게 꾸며진 식탁을 가운데 두고 둘러앉은 오빠네 가족들. 그 틈에 어색하게 끼어 앉은 나와 옆방에서 깊고 긴 잠 속에 빠진 아버지는 더 이상 이 집 식구가 아니었다. 이미 상실해버린 식구의 자격을 이젠 되찾지 못하리라. 그와 선아가 앉은 식탁 앞에서도 내게 식구의 자격이 없긴 마찬가지였다. 내가 정성껏 준비한 음식들을 앞에 두고 전처의 음식솜씨와 식습관을 이야기하는 그들에게 나는 아예 없는 존재였다. 그들이 흘리는 높은 웃음소리와 떠들썩한 말소리를 환청처럼 들으며 나는 힘겹게 수저를 놀려야 했다.

"어때요? 둘이서 오붓하게 외식하는 것보담, 이게 더 낫죠? 내가 쪼옴 힘들긴 했지만 ···."

행복에 겨운 얼굴로 어깨를 으쓱하며 올케는 오빠를 향해 생긋 웃음까지 지어 보인다.

"허어, 그 참. 다른 집 여자들은 외식할 건수만 만들려고 안달이라던데 ···. 어쨌든 좋아. 당신이 좋다니까 ···. 참, 이 서방 저녁은 어떻게 준비를 해두고 온 거냐? 그애는 이제 몇 학년이냐? 물론 잘 따르겠지?"

전혀 행복해 보이지 않는 나를 옆에 두고 즐거워하는 게 미안한지 오빠는 별로 내키지 않을 게 뻔한 질문을 두서없이 했다.

"오 학년이에요."

잘 따를 줄 알았던 선아가 나를 거부한 것은 신혼여행에서 돌아온 바로 그 직후부터였다.

"어떻게 나만 빼고⋯. 이럴 줄 몰랐어. 아빠, 선생님이랑 결혼한 거 도로 물러, 무르란 말야. 싫어."

나는 당혹스러워하면서도, 눈을 흘기며 앙탈을 부리는 선아에게 선물로 사온 인형을 안겨주며 말했다. 다음부턴 선아를 꼬옥 데리고 갈게. 정말 미안해. 자, 약속. 새끼손가락을 내미는 내 손을 뿌리치며 선아는 인형을 휙 집어던졌다. 저만치 던져진 인형은 연분홍 드레스를 입고 레이스 달린 모자 아래서 여전히 화사한 웃음을 짓고 있었다. 그 웃음 뒤에 숨겨진 피맺힌 울음을 선아와 남편은 알 리 없었다.

"엄마를 얻은 게 아니라, 아빠까지도 잃었다고 생각하는 모양이야. 그걸 미처 생각 못 했군. 당신만큼은 선아가 받아들일 줄 알았는데⋯."

침통한 낯빛을 하고 그는 가라앉은 목소리로 말했다. 실망되세요, 그래서 선아 말대로 도로 무르고 싶은 모양이죠 라는 말들을 억누르며 나는 내던져진 인형처럼 화사하게 웃으면서 이야기했다.

"제가 잘 할게요. 어느 엄마 못지않게⋯. 저도 엄마를 잃은 경험이 있잖아요. 절 믿으세요."

아픈 경험까지 들먹이며 나는 엄마 역할을 충실히 수행하겠노라고 맹세했지만 그는 믿지 않는 눈치였다. 나를 향해 끊임없이 불안과 의심의 눈초리를 보내며 선아를 감싸안고 돌았다. 숙제를 안 했거나, 친구와 심하게 다투었거나, 거짓말을 할 때도 결코 나무랄 수가 없었다. 아이의 잘못을 무조건 감싸안는 것만이 사랑이라고 그는 어리석게도 믿는 모양이었다.

흰 생크림 위에 여러 가지 과일로 장식한 케이크. 그 위에 큰 초 한 개와 작은 초 다섯 개를 조심스럽게 하나씩 꽂고 있는 예림과 다림의 손은 마치 흘러간 세월을 불러들이는 듯했다. 기쁨과 슬픔, 고난과 즐거움 등이 한데 어우러진 연륜의 불꽃은 갖가지 아름다운 색으로 피어났다. 결코 쉽지 않은 긴 시간들을 묵묵히 견뎌낸 사람들은 마땅히 축복받아야 하리라. 나는 자신도 모르게 흘러나오는 탄식을 감추려 했다. 애써 내가 숨기려는 낮은 탄식 소리를 누르고 서로의 수고로움을 정겹게 위로하는 소리가 났다.

"아빠, 엄마, 축하합니다."

"두 분께 축하드려요."

나는 웃어 보이려고 입 근육을 억지로 끌어당기다가 어색해서 그만두었다. 다행히 어색한 내 입 모양을 주시하는 대신, 천장의 반자를 뚫고 날아가 버릴 듯한 샴페인의 마개를 다들 정신없이 보고 있었다. 찰랑거리며 곧 넘쳐날 것 같은 술잔을 높이 쳐들고 모두들 건배했다. 가족간의 믿음과 사랑을, 영원한 행복을 위해…. 하지만 그것들의 구체적인 모습을 그릴 수 없는 내게는 추상적인 느낌밖에 들지 않았다.

"사랑해. 행복하게 해줄게."

그는 내 코트 깃을 올려주며 말했다. 수많은 갈등과 망설임으로 보낸 불면의 밤들을 잊어버리고, 그때 나는 행복이란 세차게 불어오는 바람을 막으며 목을 포근하게 감싸주는 코트 깃 같은 것이라고 생각했다. 그리고 그 포근함은 내가 세상을 살아가는 힘이 되리라 믿었다. 아버지의 분노와 오빠의 윽박지름, 어떤 것도 결코 막을 수 없을 만큼 나는 그 힘을 간절히 원했었다. 하지만 이제 코트 깃은 더 이상 감싸주지 않고 내 목을 죄고 있다. 포근함이 아닌 압박감으로 나를 가두고 있는 코트 깃. 나는 때로 그것을 찢어버리고 싶은 충동에 사로잡힌다.

"당신, 생각나? 사업실패하고 빚쟁이한테 쫓겨 나 혼자서 이리저리 도망다녔을 때? 그때 소원은 애들 얼굴 실컷 보는 거였어."

오빠는 케이크를 한 입 덥석 물고는, 문득 옛 생각이 나는 듯 감회에 젖은 얼굴이었다. 자, 아빠, 지금이라도 실컷 봐. 얼굴을 들이밀며 두 아이는 깔깔거렸다.

"아무렴 그때 일을 잊겠어요? 지금 생각하면 어떻게 견뎌냈는지⋯. 아마 애들이 아니었음 죽었을지도 몰라요. 그러고 보면 모든 건 다 한땐가 봐요. 혹시 아가씨⋯ 아기 소식, 없어요? 얼굴이 까칠해 보이네. 아니에요? 젊을 때 빨리 낳아 키워야죠. 나이들도 있는데⋯."

이젠 여유와 안정을 찾은 올케가 나를 걱정하는 눈빛을 지어 보였다. 나는 고개를 끄덕이며, 짙은 어둠이 잔뜩 도사린 마당의 한구석에서 빈 나뭇가지들이 바람에 흔들리면서 지르는 아우성을 듣고 있었다. 모든 건 한때라구? 저 나뭇가지 위를 스치는 바람처럼⋯. 그렇겠지, 영원히 머물고 있을 바람은 없을 테지. 그것은 내게 막연한 희망과 함께 위안이 되기 시작했다.

"이제 가봐야 되지 않냐? 막차 놓칠라. 먼저 집에 전화라도 해놓든지, 곧 출발할 거라고."

삼 년 전 오빠는 내게 눈을 부라리며, 그런 데 보낼 수 없다고 한 걸 잊었는가?

"고모, 자고 가. 내 방에서⋯. 응?"

아냐, 고모, 내 방에서⋯. 그새 아이들은 친숙해졌는지 달려들어 한 팔씩 붙잡고 늘어졌다. 정말 못 이기는 척 슬며시 주저앉고 싶었다.

"아니, 애들이 이게 무슨 버릇이야? 고모가 옛날처럼 그럴 수 있는 줄 아니? 고모부랑 기다리셔. 큰일나려고…정말."

올케는 정말 큰일이라도 날 듯 애들에게 눈을 흘기며 호들갑을 떨었다. 더 이상 머뭇거릴 수 없어서 나는 자리에서 일어났다.

"아버지 뵙고 가야죠."

"그러려무나. 오는 줄 아시나, 가는 줄 아시나. 두 눈 꼭 감고 무슨 생각에 그토록 깊이 잠기셨는지…휴우."

오빠의 한숨소리와 함께 내 가슴 한 귀퉁이가 무너져 내리는 소리가 났다. 몸의 곳곳에 치욕처럼 죽음의 꽃이 피어나는 것도 아랑곳하지 않고 누워 깊은 잠에 빠진 아버지. 꿈의 자락을 붙잡으려는 듯 나는 아버지의 팔을 잡고 안타까이 흔들어보았다. 하지만 아버지의 의식은 내 힘이 전혀 닿을 수 없는 곳에 가 있는 모양이었다.

"오오냐, 우리 공주…. 왜, 아빠가 죽은 줄 알고 놀랐냐? 일부러 그래 봤다. 꼭 진짜 같지, 그치?"

아앙. 울음을 터뜨리자 아버지는 까칠까칠한 턱수염을 내 볼에 비비기 시작하면서 껄껄 웃었다. 아니, 저 냥반은…. 앨 데리고 별 장난을 다 치네. 엄마의 높은 목소리가 봄볕이 가득 찬 마당 한구석에서 크게 울려났다. 그 위로 꼭 잠긴 오빠의 목소리가 들렸다.

"가봐라. 너무 늦었다."

저승길을 향해 떠날 채비를 하듯 내키지 않는 기분으로, 나는 재킷을 입고 천천히 구두를 신었다. 정류장까지 바래다주겠다는 오빠를 끝까지 뿌리치고 현관문을 밀쳤다. 그새 기온이 더욱 떨어졌는지 냉기와 함께 매운바람이 코끝을 스쳤다. 헝클어진 머리카락을 쓸어 올리다가 쳐다본 하늘에는 싸늘한 기운을 내뿜으며 가느스름한 그믐달이 걸려 있다.

"어머님 제사가 사흘 남았네요. 그러고 보니 벌써 김장철인가 봐요."

올케도 하늘을 올려다보았다. 김장거리 준비하러 장에 나갔다가 교통사고를 당한 엄마, 그 소식을 듣고 병원 응급실로 달려가다가 문득 올려다본 하늘에 실낱같은 그믐달 한 줄이 걸려 있었다. 엄마의 목숨은 실낱같이 가느다랗게 사흘을 더 이어갔다. 엄마가 없는 친정은 친정이 아니었다. 아픈 상처를 한 번 꺼내 보이지도 못하고 늦은 밤길을 나서는 내게 등 뒤에서 잘 가라고 해대는 인사는 야유처럼 들렸다.

귓등을 가르는 바람에 잘 달구어진 인두처럼 달아오르는 볼과 귀를 손바닥으로 연방 문지르면서 인적이 드문 거리를 마구 달렸다. 저만치 보이는 버스 정류장은 달려도 달려도 닿아지지 않는 곳에 있었다. 비현실적인 공간처럼 아득하게 느껴지는 그곳을 향해 힘껏 달리던 다리에서 힘이 빠져나갔다. 그러자 얇은 재킷 속으로 스며드는 바람의 기세는 더욱 대단해졌다. 아, 지금 내게 무엇보다도 가장 필요한 것은 바로 외투였다. 장롱 안에 반듯하게 걸려 있는 두툼한 외투를 찾는 것이 가장 시급한 문제였다. 더 이상 다른 걸 생각할 여유가 없었다. 나는 어쩔 수 없이 또다시 달리기 시작했다, 외투를 찾기 위해.

마침내 버스에 오르자 두 다리는 경련을 일으키기 시작했다. 노곤하게 풀리는 손가락 끝으로 다리를 주무르다가 어둠 속에서 번쩍거리는 불빛 하나를 유심히 바라보았다. 그것은 단란주점의 간판이었다. 내 기억이 틀림없다면, 분명 옛날의 치과 자리였다. 이젠 저곳에서 입 벌리고 이를 치료받는 대신 술 마시고 노래 불러야 하리라. 괜히 서운한 기분이 들면서 동그란 안경의 의사와 가녀린 몸매의 그 딸이 떠올랐다. 그리고 그들이 술에 취해 마이크를 잡고 노래 부르는 장면까지 상상해 보았다. 그것은 너무나 회화적이었다. 미친 듯이 깔깔거리고 싶은 웃음을 참자 눈물이 어리면서 잠시 잊었던 통증이 되살아나기 시작했다. 아까 먹었던 진통제의 약효가 끝나버린 모양이었다. 입 안쪽에 보기 흉한 모습으로 있는 검게 썩은 이. 하지만 그 위를 크라운으로 덮어씌우기만 하면 감쪽같으리라. 나는 우리들의 관계가 결혼이라는 절차만 거치면 감쪽같을 줄 알았다. 인공적인 모녀관계나 죽은 전처의 존재 따위는 얼마든지 덮어씌울 수 있으리라고 믿었다. 그러나 불행히도 면사포는 크라운과 같은 기능을 가지고 있지 못했다.

"너무 서두르지 마. 모든 건 시간이 해결한다구. 지금까지 선생님이라고 부르다가, 어떻게 하루아침에 엄마라 부를 수 있겠어?"

그는 오로지 호칭만이 문제가 된다고 믿는 걸까? 선생님이라는 호칭에 내가 난처해할 자리들을 어김없이 찾아내서 크고 또렷하게 불러대는 선아의 악의적인 행동에 대해, 그 저의에 대해 그와 나는 이야기해야만 했다. 그러나 그는 그런 부분들을 덮어두고 싶어했다. 시간이 해결할 거라면서, 자신이 해야 할 일을 슬쩍 시간에게 미루곤 했다.

차는 빠른 속도로 어둠 속을 거침없이 달렸다. 훈훈하게 난방이 잘되고 있는 차 안에서 좀 전 갈급하게 외투를 원했던 순간이 먼 전생의 기억처럼 아슴푸레했다. 나는 쓴웃음을 지으면서 차 안을 둘러보았다. 대부분의 승객들은 자리 깊숙이 머리를 처박고 잠들어 있다. 나도 잠들고 싶다, 세상을 향해 열어둔 문을 닫아버리듯 두 눈을 감고. 그러나 검은 차창 위에 비치는 겉늙고 쓸쓸한 내 모습에 잠을 이룰 수가 없다.

프러시안 블루 바탕에 그려진 흰 새와 여인. 여인이라기보다 차라리 소녀에 더 가까운 앳된 표정과 청순한 얼굴이다. 머리 위에 곧 비상하려는 듯 새가 날개를 펴고 있다. 거침없이 유연하게 그은 선들이며, 적절한 생략이 돋보이는 그림이다. 그는 죽은 아내가 저승을 향해 새처럼 훨훨 날아가 버렸다고 생각하는 걸까? 파닥거리는 새의 날개를 놓쳐버린 안타까움과 텅 빈 하늘을 올려다보는 아쉬움이 그림 속에 절절이 배어 있다. 나는 거칠게 그림을 바닥에 내동댕이치며 중얼거렸다.

"홍, 아직 멀었군. 감정의 절제가 필요하다는 걸 모르는 모양이지. 당신은 영원한 삼류야. 죽은 여자의 얼굴 따위나 언제까지 그리고 있을 형편없는 삼류화가!"

하지만 그 옆의 그림에서 여전히 여자는 환한 미소를 지으면서 금방이라도 물기가 떨어질 것 같은 싱싱한 꽃을 한아름 안고 있다. 꽃모가지들을 똑똑 분질러 놓기 위해 나는 캔버스 깊숙이 칼을 들이밀었다. 이미 나의 통제를 벗어난 손끝은 뒤틀린 욕망과 광기로 무슨일이든 저지를 기세였다. 그동안 죽었다고 믿은 여자가 죽지 않고 살아서 얼마나 나를 미치게 했던가. 광포해진 내 손은 여자를 하나씩 죽여갔다. 새가 되려다가, 꽃을 안고 있다가, 아이를 등에 업고 있다가… 드디어 여자는 내가 꽂은 칼에 맞아 영원히 죽고 말았다.

견딜 수 없이 무엇이든 말하고 싶은 욕구로, 간절한 눈빛으로 다가갈 때면 재빨리 등을 돌리고 작업실로 사라지는 그의 뒷모습. 그 속에서 그가 죽은 여자를 살리고 있을 동안, 입 밖으로 채 소리되어 나오지 못한 말들은 돌처럼 딱딱하게 굳어서 내 머릿속을 채워갔다. 그렇게 해서 죽은 여자는 살아나고, 살아 있던 나는 점점 죽어가야만 했다.

따뜻하고 아늑한 느낌으로 나를 감싸안으며 차는 달리고 있었다. 검은 차창 위에 여전히 매달려 있는 늙고 쓸쓸한 여자의 얼굴에 깃든 두려움. 그것을 보는 순간 발붙일 곳 없는 세상이 두려워지면서 온몸이 떨렸다. 나는 입을 비죽거리며 급기야 섧게 울기 시작했다. 하지만 차 안의 어두컴컴한 불빛 아래서 여기저기 들려오는 코고는 소리에 섞여 내 울음소리는 아무런 주의도 끌지 못했다. 차가 톨게이트를 지나 환한 불빛이 보이는 시내에 들어설 때야 나는 겨우 울음을 그치기 시작했다. 어깨까지 들썩거리며 잔울음을 추스른 다음, 나는 독부처럼 아랫입술을 사리물었다. 가만두지 않을 테야. 행복하게 해준다고 꾀어놓구선⋯. 나를 이 지경으로 만든 그를 절대로 용서할 수 없어. 차 안에 갑자기 환하게 실내등이 켜졌다, 마치 영화가 끝나고 극장 안에 불이 켜지듯. 혹시 나는 방금 전까지 영화를 보고 있지 않았던가, 그것도 한참 눈물을 쏟을 만큼 기가 막히게 슬픈 영화를, 하는 의구심이 문득 들었다. 화명시를 다녀온 일조차 영화 속의 장면처럼 느껴졌다. 그런 내 생각들을 멈추게 하듯 차는 종점에 정차했다. 어느새 잠에서 깨어난 사람들은 서둘러 짐을 챙겨들고 종종걸음으로 차에서 뛰어내렸다. 챙길 짐이 없는 나는 재킷의 앞자락을 다시 한 번 여민 후 허청거리며 차에서 내렸다.

"어디로 가실 거요?"

택시기사는 룸미러로 힐끔힐끔 나를 살펴보았다. 아파트 이름을 대는 순간, 선아 엄마가 사온 거라고 그가 딱 부러지듯 말하던 때 느꼈던 무참함과 배신감이 또다시 살아났다. 훈훈하게 난방이 잘 되고 있는 아파트의 실내에서 그는 지금쯤 내가 망쳐놓은 그림들을 죽은 아내 대하듯 쓰다듬으며 나를 향해 분노를 키우고 있을 게다. 그를 그냥 놔둘 수가 없다. 외투 없이 추위 속에서 떨고 있는 나처럼 그도 혹독한 냉기 속에서 떨어야 마땅하리라. 따뜻한 외투를 벗겨 저 멀리 내던져버리듯, 그를 안락하게 해주고 있는 아파트를 없애버려야 한다. 활활 타오르는 불길에 휩싸인 아파트를 눈앞에 그려본다. 그러자 내 두 손은 방화의 충동으로 비틀리기 시작한다.

"아줌마, 내가 왜 다른 사람들 놔두고 먼저 태운 줄 아시오?"

262

손끝에 신경을 집중시켰던 나는 무슨 말인가 금방 알아듣지 못했다.

"하도 추워 보여서요. 내가 안 태우면 동사라도 할 것 같더라니깐. 그참, 옷 좀 두툼하게 입고 다니셔. 아가씨들이야 그렇다 치더라도 아줌마들이야 어때요, 뜨뜻한 게 최고지. 안 그러슈? 올 겨울은….."

"고맙습니다."

끝도 없이 길어질 것 같은 기사의 말을 자르기 위해 나는 별로 마음에도 없는 인사를 했다. 그러나 기사는 계속 말을 해대면서 빠른 속도로 차를 몰았다. 결국 나는 아파트 정문 앞에서 차를 세웠다.

바람은, 미친 바람은 온 세상을 다 휩쓸어갈 듯한 기세로 몰아쳤다. 재킷의 좁은 깃을 올리고 바람 속을 달리며 나는 차에서 내린 걸 금세 후회했다. 좀 전 기사의 말처럼 동사해버릴지도 모른다는 생각이 들었다. 아파트 단지 안으로 간혹 차 들어오는 소리만 날 뿐, 사람의 모습은 보이지 않았다. 사람의 형체를 찾기 위해 사방을 두리번거리다가 내 그림자만 우스꽝스러운 모습으로 길게 늘어진 길을 숨 가쁘게 달려가기 시작했다. 하지만 바람소리에 뒤섞여 누군가 애타게 부르는 소리가 자꾸만 들려오는 것 같아 걸음을 멈추고 말았다. 그 순간 저만치 보이는 가로등 불빛 아래서 장승처럼 서 있는 사람이 보였다. 몇 발짝 앞으로 다가서서 보니 놀랍게도 바로 그가 아닌가!

불빛을 받아 하얗게 빛나는 머리카락이 바람에 휘날린다. 그 사이로 보이는 그의 얼굴은 추위에 새파랗게 질려 있다. 마치 노인처럼 지치고 노쇠해 보이는 그를 영원히 나는 모른 체하고 싶다. 고개를 돌리려는 순간 그가 갑자기 팔을 흔들기 시작한다. 그러자 그의 팔 위에는 온종일 내가 아쉬워했던 알록달록한 외투가 걸려 있다. 내 외투라고, 나도 모르게 내뱉자 그의 팔이 활처럼 둥글게 휘어져버린다. 순간 외투는 온데간데없고 난데없이 무지개가 펼쳐진다. 무지개는 어둠 속에서 찬란한 광채로 주위를 환하게 밝히면서 조금씩 조금씩 멀리 퍼져나가고 있다. 눈부신 빛의 가닥들이 점점 가까이 다가와 마침내 내 몸에까지 닿는다. 온몸이 황홀한 빛 속에 감싸지자 갑자기 뱃속에서 뭔가 꼼지락거리기 시작한다. 그것은 느리고 약하지만 분명 필사적인 움직임이다. 황홀한 빛과 함께 새로운 생명이 자신의 존재를 알리려는 간절한 몸짓, 이것도 다만 착각일까? 어쩌면 오물처럼 제거될 뻔했던 태아의 움직임 또한 나의 착각에 불과한 걸까?

어느새 눈앞에 무지개도, 그도 사라지고 말았지만 뱃속에서 전해져 오는 느낌만은 여전했다. 나는 손바닥으로 아랫배를 감쌌다. 따뜻한 기운이 온몸으로 번지고 있었다. 여전히 바람은 쉬지 않고 나를 향해 불어오고 있지만 손바닥으로 전해져오는 이 온기만은 결코 빼앗을 수 없으리라.

나는 세차게 부는 바람을 헤치며 거침없이 앞을 향해 걸어나가기 시작했다.

남루한 생을 껴안는 따뜻한 시선

백 지 연 (문학평론가)

　최근 소설들에서 꾸준히 다루어지는 중요한 테마 중의 하나는 가족 이야기라고 할 수 있다. 소비사회 속 개인의 소외문제를 집중적으로 다루는 요즘의 소설들에서 가족은 이와 직접적 연관을 갖는 중요한 소재적 영역으로 자주 등장한다. 개인의 성장과정을 볼 때도 가족은 개인이 태어나서 처음으로 경험하는 공동체 집단인 동시에 그가 이후에 성장하여 사회로 나아갈 때도 중요한 매개고리가 되는 지지대이다.

　한국사회처럼 격변의 근대화 과정을 거쳐온 경우에는 가족의 변화과정이 더욱 의미심장하게 다가온다. 전통사회의 가치체계와 원리가 어떤 식으로 해체되고 또 새롭게 재구성되는가를 가족제도의 변화양상이 고스란히 대변하고 있는 것이다. 전후 이후의 많은 가족 소재 소설들 속에서 분단문제와 산업화 사회의 갈등 등을 리얼하게 읽어낼 수 있는 것도 이와 무관하지 않다. 이처럼 가족문제가 한 개인의 성장과정과 그가 겪어가는 삶의 굴곡을 이해하는 데 중요한 출발점으로 놓여 있는 것은 이미 많은 소설들에서 입증된 바 있다.

엄현주의 첫 소설집에서도 가족 이야기는 소설의 주된 서사를 움직이는 동력이 된다. 남성가장이 겪는 실직의 고통, 불륜과 별거 등을 통해 나타난 결혼제도의 모순, 부모와 자식 간의 인연, 입양문제, 물신주의 풍조에 대한 비판 등 다양한 소재를 아우른 이 소설집은 등장인물들이 겪는 심리적 갈등과 상처의 출발점에 '가족'의 문제를 또렷이 부각시킨다. 작가는 일상사를 관찰하는 세심하고 치밀한 시선을 통해 인물들이 시달리는 심리적 강박의 원인을 짚어나간다. 세태풍경에 대한 능란한 묘사를 담아내는 흡입력 있는 문장과 더불어 다양한 양상의 소외를 체험하고 있는 인물들에 대한 따뜻한 응시는 이 소설집이 보여주는 특징이라고 할 수 있을 것이다.

불행한 가족사는 엄현주 소설의 인물들을 얽어매는 중요한 원인으로 소설 속에 자주 등장한다. 인물들은 부모로부터, 혹은 아내와 남편으로부터 깊은 심리적 상처를 받고 그것에서 쉽게 벗어나지 못한다. 〈해브 어 굿 타임〉의 주인공은 미혼모의 신분이라는 이유로 아이마저 친부에게 빼앗기고 사람들의 따가운 시선을 받으며 산다. 〈투망〉의 남자 주인공을 견딜 수 없게 하는 것은 도망간 아내에 대한 살의와 분노이다. 〈장진주사〉에서 어린 시절 형과 비교당하며 커온 주인공이 지닌 열등의식, 〈겨울무지개〉에서 전처의 기억을 떨치지 못하는 남편으로 인해 주인공이 겪는 심리적 고통은 한 개인에게 가족이라는 이름이 얼마나 무거운 멍에가 되고 있는가를 여실히 보여준다. 성장환경의 고통스러운 기억, 혹은 현재의 가족과 결혼제도가 주는 압박감은 인물들에게 견디기 힘든 삶의 고난으로 자리잡고 있다.

소설에서 인물들을 휩싸고 있는 가족 갈등은 비극적인 삶의 형상화로 나타나는데 이 소설들에서 유독 '죽음'에 관련된 내용이 자주 등장하는 것도 이와 관련이 있다. 〈해브 어 굿 타임〉에서 자살하는 주인공, 〈장진주사〉에서 돌아가신 아버지의 무덤가에서 자신의 고통스러운 마음을 고백하는 주인공, 〈목련화〉에서 자살한 딸을 위로하는 굿을 벌이는 무당, 〈은사시나무는 햇빛을 받아 반짝인다〉에서 부모의 사고사로 인해 연인으로부터 결별당한 주인공, 〈아버지의 의자〉에서 암으로 죽는 백 선생, 〈그가 남긴 이름〉에서 사고사를 당한 배씨 아저씨 등 소설의 중심에서 벌어지는 죽음의 사건은 인물들이 겪었던 심리적 강박의 무게를 짐작케 한다.

다른 작품들에 비해서 상대적으로 경쾌한 분위기의 소극으로 형상화된 〈레이스 모자를 쓴 노파〉나 〈왈츠를 추실까요〉 역시 직접적으로 죽음의 이야기를 깔고 있지는 않지만 가족의 상처가 야기하는 삶의 황폐성이나 비극성의 어두운 분위기를 완전히 걷어내고 있지는 않다. 〈레이스 모자를 쓴 노파〉에서 성공한 기업인으로 자서전까지 내고 이름을 알리는 노년의 여성이 실상은 외도하는 아버지에 대한 기억으로 인해 평생 외모지상주의의 강박에 시달리고 있다는 극적 설정은 물신주의 사회의 단면을 씁쓸한 시선으로 담아내고 있다. 〈왈츠를 추실까요〉에서 이모의 남자친구를 새아버지가 될 사람으로 오해하여 벌이는 가벼운 소동 역시 아버지의 외도로 인해 해체된 가족의 삶을 깔고 있다. 등장인물들은 자신을 억누르는 환경과 맞서서 모순을 비판하고 그것을 적극적으로 벗어나려는 시도보다는 그 상황을 어떻게 받아들이고 감내할 것인가에 더 관심을 기울인다. 이들은 현실의 황폐성을 인정하면서 그 속에서 가능한 극복의 방식을 찾으려 애쓴다.

더불어 주목할 만한 것은 가족관계에서 불평등과 상처를 직접적으로 체험하는 인물들이 여성이라는 점이다. 가부장적 가족제도로 인해 여성들이 자신의 의지와 무관하게 삶의 제약을 받는 사건들은 여러 소설 속에서 형상화된다. 전통적인 남성중심적인 가부장적 가족제도가 만들어낸 인물들의 갈등관계는 여성인물들의 희생, 혹은 고통으로 귀결되곤 한다. 〈해브 어 굿 타임〉은 미혼모로 아이를 낳고 법적인 보호를 받지 못한 채 아이마저 빼앗기는 여성의 현실에 대한 항변을 담고 있으며, 〈레이스모자를 쓴 노파〉에서도 여성의 육체적 아름다움에 대한 사회적인 시선의 강박이 가져온 비극이 적나라하게 풍자되고 있다. 〈겨울무지개〉에서 열두 살 연상에 아이 딸린 남자와의 결혼을 감행한 후 힘겨워하는 주인공의 이야기 역시 결혼제도 속에서 약자가 될 수밖에 없는 일반적 여성의 운명을 포착하고 있다. 무당모녀의 기구한 삶을 소재로 한 〈목련화〉나 남편의 외도로 고통스러워하는 여성의 이야기를 다룬 〈아버지의 의자〉도 여성문제의 일면을 사실적으로 드러내고 있다. 아버지, 남편의 자유로운 행동으로 인해 결국은 가족해체의 고통을 감당해야 하는 여성들의 수난과정을 그려내는 과정을 통해 작가는 가족과 결혼제도에 대한 문제의식을 간접적으로 드러낸다.

그러나 여성문제의 소재적 부각에도 불구하고 엄현주의 소설들은 결말부에서 여성현실의 문제점을 직접적인 성찰의 대상으로 삼지는 않는다. 아쉽게 여겨지는 대목이기도 한데, 여성인물들이 감당해야 할 희생과 시련들은 부모자식간의 불가항력적인 인연이나 보편적인 인간사에서 껴안아야 할 숙명의 문제로 보편화되곤 한다. 작가는 여성적 운명의 비극성을 부각시키고 있음에도 불구하고 이것을 불합리한 현실의 문제제기로 좁혀놓지 않는다. 대신 삶의 비극 자체를 숙연하게 껴안아야 하는 존재들의 갱생의지에 좀더 관심을 둔다.

소설에서 인물들이 겪는 비극적인 사건들을 불가항력적인 '운명'의 힘으로 바라보는 시선은 〈목련화〉에서 가장 도드라지게 나타난다. 신내림을 받을 수밖에 없는 운명 때문에 결국 남편이 집을 나가고 또 딸의 죽음까지 불러일으키게 되는 주인공 여성의 비극적인 인생은 일종의 '업'을 진 가련하고 미약한 인간존재의 모습으로 포착된다. 작가는 이 비극의 세계를 극복하는 해결방식의 하나로 '초월적인 견인'의 자세를 들고 있는데, 이는 다른 작품들에서도 공통적으로 발견되는 갈등의 해결방식이기도 하다. 〈목련화〉에서 주인공은 남편과 딸을 곁에 두지 못하는 고통을 굿이라는 의례를 치르면서 견뎌간다. 주인공이 자신의 운명을 감내하기 위해 보이는 정신적 고투의 과정은 〈겨울 무지개〉의 결말에서도 나타난다.

불빛을 받아 하얗게 빛나는 머리카락이 바람에 휘날린다. 그 사이로 보이는 그의 얼굴은 추위에 새파랗게 질려 있다. 마치 노인처럼 지치고 노쇠해 보이는 그를 영원히 나는 모른 체하고 싶다. 고개를 돌리려는 순간 그가 갑자기 팔을 흔들기 시작한다. 그러자 그의 팔 위에는 온종일 내가 아쉬워했던 알록달록한 외투가 걸려 있다. 내 외투라고, 나도 모르게 내뱉자 그의 팔이 활처럼 둥글게 휘어져버린다. 순간 외투는 온데간데없고 난데없이 무지개가 펼쳐진다. 무지개는 어둠 속에서 찬란한 광채로 주위를 환하게 밝히면서 조금씩조금씩 멀리 퍼져나가고 있다. 눈부신 빛의 가닥들이 점점 가까이 다가와 마침내 내 몸에까지 닿는다. 온몸이 황홀한 빛 속에 감싸지자 갑자기 뱃속에서 뭔가 꼼지락거리기 시작한다.

남편과의 관계 속에서 심리적 고통을 겪던 주인공은 귀갓길에서 기다리고 있는 남편을 발견하자 마음이 녹기 시작한다. 새 생명의 기운을 경이롭게 받아들이기 시작한 주인공의 심경변화는 현실에 대한 극복의지를 보여준다. 힘겨운 현실의 바닥에서 그가 확인하는 것은 자신 앞에 놓여 있는 '운명'을 받아들일 수밖에 없다는 사실이다. 남루한 생 속에서도 주인공이 안간힘을 거두어 지탱해 보려는 가족이라는 지지대는 소설의 초월적인 환상의 이미지들과 결부되어 나타난다. 이 작품의 결말에 나타나는 '무지개'의 환상을 비롯하여 빛과 꽃, 바람 등 자연적인 이미지들은 주인공이 새롭게 자각하는 '삶의 의지'와 결부되는 것들이다. "하늘로 쭉 뻗은 은사시나무들이 햇빛을 받아 반짝인다."(〈은사시나무는 햇빛을 받아 반짝인다〉), "유리창 밖, 꽃향기를 품은 바람 속에서 오월의 마지막 밤은 소리 없이 가고 있다."(〈왈츠를 추실까요〉), "어느 순간 환한 빛과 함께 내 앞에 공룡이 서성이고 있다. 공룡의 몸에서는 엷은 술내가, 마치 잊을 수 없는 영원한 향수처럼 아련하게 풍겨온다."(〈장진주사〉), "넓게 펼쳐진 그물 위로 온갖 고기들이 햇빛을 받아 현란한 빛깔로 반짝이며 튀어올랐다."(〈투망〉) 등 비극적인 삶과 대조되는 따뜻하고 생동감 넘치는 이미지들의 환각은 남루한 현실을 견뎌내려는 인물들의 간절한 욕망을 담고 있다.

작가는 삶을 고달프게 만드는 가족현실의 고통을 세밀하게 들여다보면서도 근본적으로 이 가족의 필요성에 대해 부인하지 않는다. 전통적인 가족구조의 와해과정을 바라보는 작가의 시선 속에는 오히려 안타까움마저 깃들어 있다. 여성인물들의 초월적인 견인의 자세와 더불어 소설들에서 아버지-남편의 형상이 너그러운 시선으로 포착되고 있는 것도 이런 점에서 흥미롭다. 특히 '아버지'에 대한 주인공들의 연민 어린 눈길은 소설들 속에서 반복적으로 선명하게 나타난다. 엄현주 소설에서 나타나는 아버지는 엄격한 가부장보다는 이미 힘을 잃고 쇠락해가는 '전통적 가족질서'를 환기시키는 이미지들로 표현된다. 소설 속에서 아버지들은 부재하거나 이미 노쇠하여 죽음을 앞두고 있다.

행방이 묘연한 아버지, 늙어가는 아버지, 죽음을 앞둔 아버지의 모습은 와해되는 가족질서를 바라보는 작가의 안타까운 시선을 대변한다. 그런 점에서 〈겨울 무지개〉에서 주인공의 나이 많은 남편은 아버지의 형상과 닮아 있으며, 〈투망〉의 노인 역시 사멸해가는 가족을 대표하는 '아버지'의 상징적 의미를 내포한다. 인물들은 심정적으로 아버지의 기억을 쉽게 벗어나지 못한다. 〈장진주사〉의 주인공이 실직

상황 속에서 유일하게 자신의 마음을 고백하는 곳은 아버지의 무덤 앞이다. 〈왈츠를 추실까요〉에서 외도한 아버지를 여전히 그리워할 수밖에 없는 딸의 마음 역시 비슷한 맥락에 놓여 있다.

　여러 작품 중에서도 아버지의 빈자리가 남긴 공허감을 집중적으로 묘사한 〈아버지의 의자〉와 〈그가 남긴 이름〉은 가족의 가치에 대한 작가의 생각을 잘 드러낸 작품이라고 할 수 있다. 〈아버지의 의자〉에서 외도하는 남편, 먼저 떠나보낸 아이 때문에 괴로워하는 주인공은 친정집을 방문하면서 아버지에 대한 기억을 떠올리게 된다. "녹색의 매끈한 가죽으로 된 등받이와 시트, 은은한 광택과 함께 나뭇결이 그대로 드러난 팔걸이와 우아한 곡선으로 처리된 다리"가 상징하는 아버지의 기억은 어머니를 괴롭히고 가정파탄을 일으킬 뻔했던 아버지의 여자에 대한 기억으로 거슬러 올라간다. 주인공은 바람을 피운 남편과 아이를 잃은 고통을 위무하기 위해 집을 찾지만 거기서 대면하는 것은 아버지의 여자 때문에 자신보다 더 힘들었던 어머니의 모습이다. 주인공의 어머니는 자신의 가정을 지키기 위해 아버지의 여자를 서둘러 재혼시키지만 결국 그 여성의 불행한 죽음으로 인해 마음의 빚을 갖게 된다. 어머니가 새삼스레 깨닫는 사실은 "뭐든 용서한다고 맘먹으문 못할 게 없는 거"라는 점이다. 작가는 남편의 외도를 목격하고 충격받은 여성들이 결국에는 인내와 용서로서 그 고통의 시간을 감당하는 과정에 소설의 초점을 맞춘다. 소설의 결말에서 어머니의 희망대로 가정으로 돌아오게 될 남편을 맞는 주인공의 눈에는 남편과 아버지의 모습이 겹쳐서 나타난다. "빈 의자 위에 은은한 달빛이 얹힌다. 달빛을 실은 의자는 예전의 기품과 우아한 자태를 되찾고 있다"라는 서술에서 가족의 위기는 따뜻한 낙관의 시선 속에서 상징적으로 봉합된다. 이렇듯 엄현주 소설의 결말에서 자주 등장하는 주인공의 화해방식은 소설의 내적 갈등을 매우 전형적인 방식으로 해결한다는 느낌을 주는 것도 사실이다. 심각한 가족갈등을 주인공의 내적인 의지만으로 뛰어넘기란 현실에서 쉽지 않은 일이다.

양봉장을 경영했던 할아버지가 남긴 땅을 처분하러 가는 손자의 이야기로 시작되는 〈그가 남긴 이름〉도 가족의 인연과 가치를 부각시킨 작품이다. 할아버지의 반대가 극심한 가운데 끝내 음악공부를 선택했던 아버지와, 그런 아버지를 핏줄처럼 이해해준 배씨 아저씨에 대한 이야기를 담은 이 작품의 핵심은 결국 '아버지 찾기'에 맞추어져 있다. 할아버지의 양봉장을 헌신적으로 경영해온 배씨 아저씨를 찾아가는 길은 궁극적으로는 아버지의 존재를 재확인하는 작업이기도 한 것이다. 배씨 아저씨와 아버지가 함께 찍은 사진을 보면서 두 사람을 구별하기 힘들다고 중얼거리는 주인공의 모습은 아버지에 대한 그리움과 존경을 표현한다. "낡고 누렇게 변색된 사진은 이미 초점이 흐려 있었다. 그 흐릿함은 서로 다른 두 사람을 똑같은 사람으로 만들어 놓았다"라는 대목이나 "나는 여기서 분명 또 한 분의 아버지를 만났다. 하지만 그를 위해 아무것도 할 수가 없다"라는 주인공의 고백은 불안한 일상 속에서 개인을 지탱할 가족적 공동체에 대한 간절한 희망을 담아낸다.

개인의 소외를 극복할 수 있는 친밀한 공동체에 대한 염원은 〈투망〉에서도 적극적으로 나타난다. 이 작품은 고단한 삶의 한복판에서 어떻게든 살아남기 위해 자신을 상승시키는 주인공의 심리적 변화과정을 매우 생동감 있게 포착한다. 〈투망〉은 주인공의 소외의식이 낯선 타자와의 만남을 통해 새로운 현실극복의 방식으로 변화하는 과정을 극적으로 보여준다는 점에서 가장 눈에 띄는 작품이라고 할 수 있다.

〈투망〉의 주인공은 뭔가 보호해줘야 할 듯한 여릿한 이미지에 반해서 술집여자와 결혼하는데 천성이 자유로운 그녀는 그가 장기 출항한 사이에 도망쳐 버린다. 아내에 대한 끓어오르는 울분과 독기를 견디다 못해 칼을 품고 다니는 남자는 생계를 해결하기 위해 식물인간이 되다시피한 어느 노인의 간병인 자리를 소개받게 된다. 돈이 아쉬워서 맡게 된 간병인 생활은 지루하고 고독하다. 아무 돌보는 이 없이 질펀한 오물에 뒤범벅이 되어 누워 있는 노인의 모습은 그물에 갇힌 물고기를 연상시키면서 주인공에게 과거의 기억을 새삼스럽게 환기시킨다. 노인을 돌보는 지루한 일과 속에서 그는 아내에 대한 증오의 심리와 함께 자신을 버리고 가버린 어머니에 대한 결핍과 그리움을 새삼스럽게 떠올린다.

여기까지 본다면 이 소설은 자신의 갈등상황 속에 빠져 있는 남성의 강박심리를 그리는데 그칠 것이다. 그러나 식물인간처럼 누워있던 '노인'에게 친딸이라며 웬 중년 여성이 찾아오면서 이야기의 반전이 일어난다. 이국땅에서 고달픈 결혼생활을 마감하고 온 노인의 친딸은 처음 보는 사람인 남자에게 자신의 삶의 고통을 털어놓는다. 여인이 울부짖으며 아버지와 자신의 운명을 하소연하는 과정에서 주인공은 뜻밖에 자신의 삶을 바라보는 새로운 전기를 얻는다. 성장의 트라우마와 결혼의 실패가 준 상처에 휩싸여 있던 주인공이 스스로를 일으키게 되는 계기는 한 낯선 타자와의 만남에서 이루어지게 된 것이다.

> 늘 답답하고 외로웠어요. 어디선가 낮게 웅얼거리는 말소리가 들렸다. 누구의 음성인지 생각해내려는 순간 이해할 수 없는 힘이 그의 팔을 잡아당겨 담 밖으로 칼을 훌쩍 던져버리게 했다. 어느 돌 모서리에 맞았는지 칼은 새벽공기 속에서 쨍그렁 소리를 냈다. 곧이어 탄성을 지르며 수많은 그물코들이 한꺼번에 터지는 소리가 났다. 그의 의식 한가닥이 맑은 소리를 내며 흔들렸다. 그는 아침이 되면 당장 직업소개소에 전화부터 할 결심을 했다.

아내에 대한 살의와 분노, 집착을 극복하고 새로운 삶을 향한 욕망으로 타오르는 주인공의 모습은 등장인물들이 화해를 시도하는 과정 중에서도 유독 눈에 띌 정도로 생생하게 다가온다. 현실의 고난이 이러한 심리적 다짐으로 해결되는 것은 아니지만, 주인공이 자신만의 방에서 빠져나와 바깥의 세계를 향해 움직여 나가는 과정은 긍정적인 첫 발걸음으로 다가온다. 더불어 이러한 움직임을 가능하게 하는 것이 자신의 삶이 아닌 타인의 삶을 들여다보는 데서 시작된다는 점도 매우 의미심장하다. 돈버는 대상으로만 보아왔던 노인이 자신과 연관된 또다른 소외의 현실로 다가오면서 주인공은 비로소 자신만의 고통에서 빠져나오게 되는 것이다.

〈투망〉에서 확인되듯이 소외된 개인과 그를 둘러싼 가족현실을 바라보는 작가의 시선은 냉엄하기보다는 따뜻하고 현실지향적이다. 개인을 얽어맨 가족현실을 세심하게 묘파하면서도 작가는 생의 비루함을 어떻게 견뎌나갈 것인가 라는 보다 근본적인 차원으로 읽는 이의 시선을 끌고 간다. 소설의 인물들은 우리에게 이 답답하고 고단한 현실을 부정하기보다는 어떻게든 껴안고 가야 하지 않느냐고 거듭 속삭이는 듯하다. 인간살이의 허망함을 체감한 자들만이 엮어낼 수 있는 따뜻한 목소리는 이 소설집에서 얻게 되는 귀한 미덕들로 다가온다. 더불어, 남루한 생을 낙천적인 의지로 껴안고자 하는 존재들의 간절한 희원이 이후의 소설들에서 어떤 새로운 풍경들로 나타나게 될지도 궁금하다.

NANAM
나남출판

경기도 파주시 교하읍 출판도시 518-4
Tel:031)955-4600 Fax:031)955-4555
www.nanam.net

서희를 위한 노래
길상을 위한 눈물 土地

긴긴 밤이 온다
사람들은 허전하다

무엇이 완성이고
무엇이 불멸인가?

소설다운 소설 하나 보고 싶다

인간의 긴긴 江을 읽고
생각의 노을이 되고 싶다

- 전권 21권 세트판매 (각권 9,500원으로 낱권으로도 사실 수 있습니다)
- 등장인물 600여 명의 토지인물사전 (이상진 저, 150p)을 증정합니다.

박경리 장편소설 〈김약국의 딸들〉, 〈파시〉, 〈가을에 온 여인〉, 〈시장과 전장〉, 〈표류도〉, 시집 〈우리들의 시간〉, 기행문 〈만리장성의 나라〉 절찬 판매중!

미셸 푸코 세기말의 프랑스 문명비평가

광기의 역사

이규현 옮김 오생근 감수

푸코를 세상에 알린 기념비적 작품으로 '이성적' 시기로 알려진 고전주의 시대,
이성에 의해 비이성／광기가 감금·배제되는 과정을 현란한 문체로 써내려간
푸코의 역작! ·신국판·양장본·872면·38,000원

"오역이나 미흡한 번역은 발견되는 대로 다음 기회에
고칠 것"을 약속한 지 10년만의 재번역판 드디어 출간!

감시와 처벌

감옥의 역사

오생근 (서울대 불문학과 교수) 옮김

보이는 감옥이건 보이지 않는 감옥이건 지배권력의 가장 중요한 기구이자
장치인 감옥의 탄생은 군대·병원·공장·학교 등의 소단위 권력체제를 통해
지금도 확산되고 있다. ·신국판·양장본·472면·18,000원

性의 역사 ①②③

이규현 外 譯

性은 권력의 표현에 다름아니다!

제 ❶ 권 앎의 의지
제 ❷ 권 쾌락의 활용
제 ❸ 권 자기배려

Tel : 031)955-4600(代)
www.nanam.net

NANAM
나남출판

김약국의 딸들 · 68쇄

본능의 숲에서 교배한 필연은 비애의 씨앗을 뿌리고 통영의 밤바다에서는 다섯 딸들의 숙명적 사랑과 배신, 죽음, 원초적 몸부림이 넘실댄다. 삼베처럼 질긴 한의 씨줄과 설움의 날줄은 비극의 천으로 약국집 다섯 딸들을 옭아매는데…
신국판 | 값 9,800원

파시 · 14쇄

낯선 땅에 버려진 채 사악한 인간들의 먹이가 될 수밖에 없는 수옥, 광녀 모친을 둔 명화의 근원적인 절망과 그러한 명화를 사랑하는 응주의 고외, 몰락한 지주의 딸로 꿈을 잃고 타락의 길로 들어선 학자… 6.25의 상흔으로 얼룩진 이들의 상처와 절망!
신국판 | 값 12,000원

가을에 온 여인

숲 속의 푸른 저택에 살고 있는 신비스런 미모의 여인. 그녀의 절대 고독과 끝없이 위장된 삶이 엮어내는 검은 그림자. 자의식의 울에 갇힌 이 여인은 과거의 그림자로 자신의 마음을 한없이 몰아간다.
신국판 | 값 12,000원

시장과 전장 · 5쇄

결혼의 굴레에서 뛰쳐나와 전쟁의 소용돌이 속에 휘말린 여인, 지영. 어느 빨치산을 향해 맹목적인 사랑을 바치는 여자, 이가화. 소박한 시장의 행복을 꿈꾸는, 그러나 추악한 전장에 의해 철저히 짓밟히는 여인들…
신국판 | 값 12,000원

표류도

전쟁통에 남편을 잃고 다방 마담으로 살아가는 인텔리 여성 강현회. 신문사 논설위원 이상현과 불륜의 사랑에 빠져 허우적대던 그녀는 마침내 우발적인 살인을 저지르는데…
신국판 | 값 7,500원

환상의 시기 박경리 문학선

〈군식구〉, 〈불신시대〉, 〈도표 없는 길〉, 〈귀족〉… 저자는 인간의 악의와 격정과 욕망을 가차없이 드러내면서, 동시에 모든 사람이 역사의 희생자이며, 일상 현실에서 완전한 인간과 완전한 질서를 찾을 수 없음을 암시한다.
신국판 | 값 6,500원

우리들의 시간 박경리 시집

"구름 떠도는 하늘과 같이 있지만 없고, 없는 것 같은데 있는 우리들 영혼, 시작에서 끝나는 우리들의 삶은 대체 무엇일까…. 모순의 바다, 그 막대기의 왜소하고 미세함에서 오는 막막함…"
양장본 · 46판 | 값 7,500원

NANAM 나남출판
TEL : (031) 955-4600
www.nanam.net